内蒙古文学重点作品创作扶持工程

稀土之光

——包头稀土业创新转型发展纪实

巴·那顺乌日图◎著

远方出版社

图书在版编目（CIP）数据

稀土之光：包头稀土业创新转型发展纪实/巴·那
顺乌日图著. -- 呼和浩特：远方出版社，2021.12
ISBN 978-7-5555-1523-4

Ⅰ. ①稀… Ⅱ. ①巴… Ⅲ. ①报告文学 – 中国 – 当代
Ⅳ. ① I25

中国版本图书馆 CIP 数据核字（2021）第 254798 号

稀土之光——包头稀土业创新转型发展纪实

XITU ZHI GUANG BAOTOU XITUYE CHUANGXIN ZHUANXING FAZHAN JISHI

著　　者	巴·那顺乌日图	
责任编辑	奥丽雅	
责任校对	安歌尔	
封面设计	李鸣真	
版式设计	韩　芳	
出版发行	远方出版社	
社　　址	呼和浩特市乌兰察布东路 666 号　邮编 010010	
电　　话	（0471）2236473 总编室　2236460 发行部	
经　　销	新华书店	
印　　刷	内蒙古爱信达教育印务有限责任公司	
开　　本	152mm×230mm　1/16	
字　　数	224 千	
印　　张	17.25	
版　　次	2021 年 12 月第 1 版	
印　　次	2022 年 3 月第 2 次印刷	
印　　数	3 001—4 800 册	
标准书号	ISBN 978-7-5555-1523-4	
定　　价	60.00 元	

谨以此书向

中国共产党成立100周年献礼

序　言

　　内蒙古位于祖国北疆，广袤无垠的草原、葳蕤茂密的森林、浩瀚辽远的大漠、纵横千里的阴山组成内蒙古多姿多彩的地理风貌。千百年来，各族人民在此繁衍、生息，丰富着绵历之久、镕凝之广的中华文化。文学传承，生生不息。源远流长的内蒙古文学，在牧野上传唱，在群山中回响，点亮了祖国北疆一盏盏温暖的生命明灯。

　　进入新时代，在习近平新时代中国特色社会主义思想的指引下，内蒙古文学工作者坚持深入生活，扎根人民，把澎湃的现实生活、昂扬的时代精神、丰盛的经验和情感提炼造型。人、生活、岁月在他们笔下是砥砺行进的历史，是绵厚的家国之爱，是浓烈的人间烟火。一批批贴近时代、贴近人民、贴近大地的现实题材作品带着生活之感、时代之悟和人民之思传向全国。

　　为进一步加强文学的组织化程度，推出更多高品位的优秀作品，培养更多高素质的文学人才，内蒙古自治区党委宣传部牵头，内蒙古文联、内蒙古作协组织推进"内蒙古文学重点作品创作扶持工程"，汇集内蒙古众多优秀作家作品，努力推动内蒙古文学事业繁荣发展。该工程坚持以精品奉献人民，在宽广的世界视野中描绘中华民族精神图谱，有 121 部作品入选，已出版作品 53 部（57 册），部分作品荣获鲁迅文学奖、全国少数民族文学创作骏马奖、全国精神文明建设"五个一工程"奖、内蒙古自治区文学创作"索龙嘎"奖、内蒙古自治区精神文明建设"五个一工程"奖等，为满足人民文化需求、增强人民精神力量做出积极贡献。

伴随习近平总书记代表党和人民的庄严宣告，中国人民踏上了实现第二个百年奋斗目标的新征程。内蒙古大地焕发出前所未有的活力，人民创造历史的伟大实践为文学提供了丰沛的源泉和广阔的天地。讲好内蒙古故事，发出富有影响力和感染力的声音，创作出不负时代、不负人民的优秀作品，这是一个作家的光荣与梦想，也是推动内蒙古文艺蓬勃发展，汇聚建设亮丽内蒙古的精神力量。

"内蒙古文学重点作品创作扶持工程"入选作品，以无数真切的、鲜活的声音，书写着属于这个时代的、有质地的、有温度的内蒙古故事。这些作品从内蒙古脱贫攻坚的现实课题中来，从当代内蒙古的发展进步和人们的精彩生活中来，以体现精神高度、文化内涵和艺术价值相统一的书写，为无数创造历史的人们立传。

百年恰是风华正茂，百年初心历久弥坚。值此中国共产党成立 100 周年之际，衷心希望内蒙古文学工作者以深邃的历史眼光和宏阔的现实视野，倾听内蒙古从历史走向现在、走向未来的脚步声，创作一批见历史之大势、发时代之先声的优秀作品，展现新时代中国共产党和中国人民再创中华文化新辉煌、书写中华民族新史诗的文化自信和历史雄心；希望内蒙古文学工作者更加珍爱文学、诚实写作，记录内蒙古人民在建设美好内蒙古的奋斗姿态，把新的灵魂、新的梦想注入文学，努力为铿锵内蒙古书写新时代的史诗。

薪火传承，旗帜高扬。在习近平新时代中国特色社会主义思想的指引下，期待内蒙古文学工作者担当使命，以浩瀚的文学弘扬蒙古马精神，展示内蒙古文学弦歌不辍、日新又新的文化活力；期待更多的读者在文学世界中感受辽阔大地上的人文情怀，感受内蒙古文学的独特魅力；期待内蒙古文学在中华文学版图上绽放出绚烂的光辉。

内蒙古文联党组书记、主席　冀晓青

目 录

序 章

稀土之光在闪耀

在层峦叠嶂的阴山脚下，滔滔东流的黄河之滨，矗立着一座"稀土之都"，这便是稀土之光闪耀的城市——包头。

包头历史悠久，已发现的古代文化遗址证明，早在5000年前，这里就有人类聚居。在历史的长河之中，曾有匈奴、鲜卑、蒙古等北方游牧民族在这里繁衍生息。这块土地，孕育了太多勇于开拓的马背民族。

今天，当笔者贴近包头时，感觉到那一群群剽悍的骏马，似是穿过历史的长河在奔腾，它们雄壮的身躯，让笔者震撼不已。

今天，当笔者走进包头时，感觉到它的神秘和不可思议。在世人的印象中，包头不是远去的，而是当代的、崭新的。笔者惊喜地发现，稀土科技创新与产业转型发展有了日出东方、喷薄而出的势头。包头稀土之光照亮中国，照亮世界，引来了世人的瞩目和惊叹。

可以说，世界的稀土在中国，中国的稀土在包头。得天独厚的稀土资源就出自包头的白云鄂博。

2019年初，笔者造访中国北方稀土（集团）高科技股份有限公司（简称北方稀土）。《北方稀土志》记载，白云鄂博蕴藏着地球上最珍奇的宝藏，孕育着世界罕见的、超大规模的综合性铁、稀土、铌的综合矿床。业已发现这里有183种矿物、71种元素，铁矿石储量约14亿吨，铌储量660吨，居中国之首、世界第二；稀土储量约1亿吨（重稀土储量占2%），占世界已探明稀土储量的38%，居世界第一！

自2015年以来，国家有关部门组织一批知名的稀土专家，历经4年探测白云鄂博矿床，发现能够与中国南方中重稀土储量比肩的中重稀土矿！

稀土元素是钪、钇、镧、铈、镨、钕、钷、钐、铕、钆、铽、镝、钬、铒、铥、镱、镥17种元素的统称。稀土元素因其独特的电子层结构及相关特征，具有十分丰富的光、电、磁、催化等功能。稀土元素是应用于新能源、新材料、航空航天、信息、生物、军工、国防建设以及其他尖端科技领域和国民经济各领域40多个行业的重要基础材料和不可或缺的核心元素，更是影响未来世界经济社会发展和国家安全的核心元素之一。它主要用于提高产品的性能和质量，有催化剂和润滑剂的功能，应用领域非常广泛，而且正在以越来越多的用途和形态融入人类生活的方方面面，尤其是在军事上，作用异常显著。它是真正的无价之宝。有关资料显示，当今世界每5项发明专利中便有1项与稀土有关，全世界依赖稀土资源的产业，其总价值高达4.6万亿美元。

稀土元素有"工业维生素""工业黄金""新材料之母""万能之土"等金灿灿的名称，在科研人员的手中，它还演绎出七十二般变化，让人目不暇接。当包头稀土人发现它的诸多用途，感到新奇、欢欣鼓舞的同时，对至今还未发现的更多奇妙的用途产生浓厚兴趣和无限遐想，并下定决心发掘它的新用途，为经济社会的发展开辟空间，增添活力，造福人类。

稀土在钢、铁、有色金属、机械制造、石油化工、玻璃、陶瓷和农林牧业等传统产业方面用途广泛，用量虽小，但效果显著，产生巨大的辐射效益。包头稀土研究院的研究显示，钢碰到稀土，其耐磨腐蚀性能就成倍提升，每吨钢水中只需加入50克稀土就可以使特钢低温冲击韧性提升一倍以上。中国科学院包头稀土研发中心孵化的包头中科陶瓷科技有限公司，研制出世界首创的稀土釉陶瓷，具有抗菌环保功能，被定义为世界级陶瓷。

军事上，稀土是"核心"。目前，几乎所有高科技武器都有稀土的身影，且稀土材料常常用于高科技武器的核心部位。凡是我们能想到的高科技装备，如激光武器、电磁武器、卫星、雷达、隐身战机等军事装备的材料和设备，都离不开稀土。比如，由美国洛克希德·马丁公司研制的F35隐身战机（第五代战机），凭借稀土独特功能使其具备较高的隐身设计、先进的电子系统以及一定的超音速巡航能力，主要用于前线支援、目标轰炸、防空截击等多种任务。

工业上，稀土在荧光、磁性、激光、光纤通信、贮氢能源、超导、节能环保、高铁、5G、芯片、信息化装备等材料领域有着不可替代的作用。如果想用其他金属替代稀土，除非有极其高超的技术，目前基本做不到。据笔者了解，2019年，在沙特阿拉伯半岛红海岸上，总投资5.3亿美元，建造9座海水淡化项目工程。这项工程建成后，这里的私营淡化水产量将提升3倍。包头钢铁（集团）有限责任公司（简称包钢）接受生产6.5万吨稀土管线钢的订单，这些稀土管线钢将用于这项海水淡化项目工程。

生活中，人们到处能看到稀土的身影。制造变频节能空调、空气净化器、扫地机器人、吸尘器等常用电器，都需要稀土元器件；手机、电脑、照相机、打印机等门类众多的高端电子产品是稀土应用的集大成者；未来绿色环保的绘画颜料、化妆品等也会用到稀土元素。稀土还是汽车关键零部件的法宝，对车身钢材、齿轮、轮毂、轴承都有着举足轻重的作用。丰田普锐斯混合动力汽车的制造需要稀土元素钕的参与。有关资料显示，截至2020年底，我国纯电动汽车保有量已达400万辆。纯电动汽车的电机就等于传统汽车的发动机，是汽车的心脏，而电池则等于汽油，是汽车的血液。如果要制作纯电动汽车的电机和电池，那么稀土是必不可少的，稀土还能够提升电机、电池的性能和品质。据公安部公布的数据显示，2019年，我国汽车保有量达2.6亿辆。为了治理燃油汽车尾气，打赢大气污染防治攻坚战，北方稀土承担"铈锆固溶体项目"，与天津工业大学牵手进行联合攻关，利用稀土氧化物铈的有效功能，将汽车尾气里的有害气体通过化学反应转变为无害的二氧化碳、水和氮气。这项新技术的成功开发，打破了国外垄断。

党指引稀土航船的方向

从1949年中华人民共和国屹立在世界东方的那天起，各族人民对祖国母亲既有感恩，也有了刻骨铭心的记忆。值得人们回忆的一个重要事件是，中华人民共和国诞生之后，稀土开始被应用于我国多个行业。在工业的诸多领域、高科技领域、军工和国防建设中，稀土被誉为"新材料之母"。

内蒙古包头有丰厚的稀土资源。尽管包头稀土资源占全国稀土资源的八成以上，占世界稀土资源的三成以上，但当时技术落后，缺乏人才，资金短缺，导致稀土综合利用和创新发展工作遇到了很多风险与挑战。

中国的社会主义革命和建设事业面临诸多前所未有的难题。在工业领域、高科技领域、军工和国防建设中，如何广泛应用稀土？应选择什么样的稀土业发展道路？党和国家更加重视包头稀土的开发利用和创新发展，制定了一整套雄心勃勃、气势恢宏的发展规划，把稀土业发展战略确定为国家战略，变资源优势为经济优势，建设科学合理的能源资源综合利用体系。

自1960年以来，聂荣臻、邓小平、方毅、江泽民等多位党和国家领导人先后来到内蒙古视察并指导稀土工作，为综合利用稀土资源，从战略高度认识稀土业以及为稀土业技术创新转型发展指明正确方向，激发创新创造创业活力，并给予续写伟大奇迹的信心。

在奔流不息的时间长河里，一些重要历史时刻因其影响深远而被永远铭记。1978年，诗人艾青写下《光的赞歌》："让我们的每个日子，都像飞轮似的旋转起来，让我们的生命发出最大的能量。"改革开放如同久旱等来甘霖，如同春雷唤醒大地。包头张开双臂，拥抱改革开放的春风，拥抱当下，上下求索，不断开拓，转变发展方式，加快稀土科技和产业的创新发展。

以党的十八大为标志，习近平总书记进行战略擘画，引领全盘布局，展现了我们党团结带领干部群众坚持改革创新的坚强决心和意志。包头稀土业进入快速发展的新时代，从"挖土卖土"到发展现代能源经济，再到生态优先、绿色发展，改革转型，实现高质量发展的伟大飞跃。

在党的领导下，包头市委、政府领导，稀土行业专家、稀土界有关部门领导、稀土行业企业家怀着深沉的国家情怀和以天下为己任的责任担当，弘扬吃苦耐劳、一往无前的精神，从一穷二白、满目疮痍的基础起步，满怀豪情踏上新征程，迈向新目标。从此，包头稀土之光呈冉冉升起之势，越来越亮，延续在包头人的前程与目标里，为中国乃至全世界稀土产业发展和人类进步带来一片光明。

中国特色社会主义进入新时代，包头稀土业又迎来新的发展机遇。包头稀土业创新转型发展能够取得辉煌成就，是党的关怀、悉心指导的结果，是坚持党的全面领导，确保党把方向、谋大局、定政策、促改革的生动写照。

2012年8月9日，笔者有幸参加了第四届中国包头·稀土产业国际论坛，目睹了包头市被中国稀土行业协会正式命名为"稀土之都"的美好时刻。自此，我多次驻足凝望包头的背影，发现包头稀土业一直奔腾向前，不曾停留。这里的人们告诉我，包头稀土之光更加自豪地照耀着祖国奋进的轨迹，也照耀着世界发展的征程。

"满眼生机转化钧，天工人巧日争新。"包头市创建"稀土之都"的宏伟愿景，向世界传递出包头能够更高质量、更高水平地实现稀土技术创新和产业转型发展，将打造出世界稀土科技和产业中心的信心和底气。从此，在党和国家的高度重视和亲切关怀下，包头稀土人用意志、力量和智慧创建更高质量、更高水平的新型"稀土之都"，包头稀土创新转型发展事业已成为前无古人、后有来者的伟大事业。这是一代代矢志不渝、生生不息的稀土人弘扬吃苦耐劳、一往无前的精神，艰苦创业、拼搏进取、接力奋进的事业，也是栩栩如生、生机盎然的事业。

这一切都超出了笔者的想象。如今，世界稀土产业中心由欧美部分国家及日本等发达国家转移到中国，转移到包头，不仅加快了突破和掌握稀土核心技术的步伐，而且开创了提升和掌控稀土市场话语权、技术控制权、创新引领权的新格局，给人以心灵的震撼。包头稀土人取得了令人瞩目的进步，从崛起到创造辉煌，令今天的"稀土之都"独具魅力。历史已见证，没有力量能够阻挡包头稀土业策马扬鞭、接续奔驰、奋勇向前的铿锵步履。

2020年，对包头稀土人来说，既是经受严峻挑战的年份，又是岁物丰成的年份。

这一年，包头市全面贯彻党中央各项方针政策，做好新型冠状病毒肺炎疫情防控以及经济社会发展各项工作，坚持稳中求进的工作总基调，坚持新发展理念，精准落实疫情防控和稀土产业复工复产的各项举措，奋力实现了稀土高端应用产品不断走向五湖四海，使稀土产品夺目之光处处闪耀。

这一年，包头稀土人重塑稀土世界，稀土科技和产业创新发展的影响力上升至崭新的高度。

如今，包头已经建立了比较完整的稀土创新体系和高科技产业体系，逐步肩负起国家发展稀土产业的重任。包头正在实施近100个稀土产业关键技术开发、中试及产业化项目，在航天航空、稀土磁制冷、稀土永磁电机、稀土储氢电池、纳米稀土基颜料、稀土钢、稀土釉陶瓷、节能环保等领域，形成一批拥有自主知识产权的稀土应用产品。包头市稀宝博为医疗系统有限公司研发的世界首创的具有自主知识产权的驰影A30磁共振诊疗车，中国科学院包头稀土研发中心张洪杰院士团队研发的世界首套稀土环保着色剂，包头中科智能科技有限公司研发的精密伺服电机，中国科学院院士李依依和包钢稀土专家共同研制出的我国首创的高端钢，由包钢"稀土高强钢"加工而成的、重量42吨的螺旋焊管，包钢研制的汽车用稀土钢板，第二、三代稀土钢轨，包头稀土研究院为"神舟"系列以及"嫦娥一号""嫦娥二号""天宫一号"等火箭的成功发射而提供的钐钴永磁辐射环等钐钴永磁材料和永磁器件以及磁制伸缩材料、磁制冷试样机，上海交通大学包头材料研究院中试孵化的"5N高纯氧化铝项目"……为国家经济社会的繁荣和发展做出贡献，也为人类的进步和幸福奉献着爱意。我发现，从这些拥有自主知识产权的稀土高端产品中闪耀出一片灿烂的光芒，那是包头稀土人改变稀土史的汗水和智慧所折射出的光芒，即使经时光的淘洗和打磨，它也不会褪色。这闪耀着的光芒，使人激进、唤人奋发，也激励人前行。

时光的脚步已跨进2021年，这是迎来伟大的中国共产党诞生100周年的吉祥而激荡人心的一年。稀土人站在历史的新起点上，放眼未来，期待更加美好的明天，包头稀土科技创新和产业转型实力将大幅跃升，稀土将放射出更加灿烂夺目的光芒，光耀中国，光耀世界！

第一章

稀土强国初梦

相传300多年前，今包头一带，牧草青青，泉水淙淙，鹿群出没，流连于此。牧马人看到那奔跑的鹿群，便指着它们道："包克图。"包头，即蒙古语"包克图"的音译，意为有鹿的地方。这就是包头地名的由来。

白云鄂博坐落在广袤而秀美的包头达尔罕草原上，那里有珍贵的宝藏，造福人类，令世人神往，也令世人敬仰。

"白云鄂博"为蒙古语，意为"富饶的圣山"。白云鄂博，是蕴含宝藏的地方，神话与传说都隐匿在它的胸怀里。它带着神秘的色彩不知沉睡了多少年，草原上的牧民感悟到它的神圣和富贵，把它命名为"白云博格都"（圣地宝山）。每到六畜膘肥体壮的季节，牧民们聚集于此，举行盛大的"祭敖包"活动，并举办那达慕盛会，祝福白云鄂博吉祥、富饶。

　　说起稀土，世人的目光都会投向中国，投向中国包头，投向白云鄂博。因为，这里闪耀着为中国乃至世界科技及经济发展增强活力的稀土之光。那是生命之光，也是爱意之光。

　　近一个世纪以来，一批批、一代代地质学家、稀土科学家和其他有识之士，纷纷踏上这座神圣的宝山，开始了复杂而漫长的探矿和研究之路。他们以不可思议的伟力，战胜千辛万苦，揭开白云鄂博神秘的面纱，发现、开采、选矿，提炼出珍奇宝藏——稀土，也让稀土闪耀出灿烂的光芒。

一、不朽的丰碑

　　1927年7月3日，中瑞（典）西北科学考察团中的中国地质学家丁道衡独自前往白云鄂博。奔腾的马群在草原上奋蹄嘶鸣，苍鹰在白云鄂博的山顶盘旋、翱翔，苍狼在山林中吼叫……顿时，如同饥饿的野狼看到猎物一样，丁道衡两眼放光。他的目光穿越蓝天白云，停留在埋藏宝藏的圣山上。他的身上似乎迸发出智慧的光芒。

　　1926年，丁道衡毕业于北京大学地质系，并留校任地质系助教。1927年4月26日，他应邀参加中瑞（典）西北科学考察团，负责地质、古生物研究和沿途矿产调查工作。5月10日，该考察团由北京到达包头，开始考察。7月3日，丁道衡在达尔罕草原阿木斯尔北发现了铁矿床。由于方言差异，丁道衡将"白云宝格都"译为"白云鄂博"。他发现白云鄂博铁矿时仅28岁，是位英姿勃勃的青年学者，动作干净利落，走起路来透着一股帅气。丁道衡徒步进行为期十几天的田野调查。天气干热，树叶在阳光中轻轻颤抖。一阵凉风吹过，但他仍是汗流浃背，炙热的山地烤着他的脚跟。空气又热又闷，使他浑身无力，腰酸腿疼，口干舌燥。虽然他有过短时间的苦闷和焦虑，但他身上有着别人所不能及的耐力和品性。他终于克服酷热干旱，兴致勃勃地采集矿石标本。丁道衡通过初步调查白云鄂博的地形、地质构造、矿区生成、铁矿储量、矿石成分等，认定该矿为储量可观的大型铁矿。他为这个发现而狂喜。他分明感到，一股热流从心底升起，正源源不断地流淌，兴奋的热泪也流淌在他微笑的脸上。他一次又一次亲吻着含铁和稀土的矿石，感谢慈母般的大地将这一神奇珍宝赠予人间，赠予达尔罕草原。对丁道衡来说，探矿是个至尊的事业，沉睡了亿万年的白云鄂博铁矿被他发现，引起了世人的瞩目，他也非常珍惜这个发现成果。在这次考察中，他绘制了100多幅地质图，收集了35箱资料、3箱风俗物品。这是他正式参加地质工作的新开端，也是他所取得的一个巨大成就。1933年，他在《地质汇报》（第23期）上发表了《绥远白云鄂博铁矿报告》，报告分为绪言、位置与交通、地层、地形与构造、矿产以及结论，文中首次将白云鄂博铁矿公布于世。他在《绥远白云鄂博铁矿报告》中写道："假如能够对白云鄂博铁矿进行大规模的开采，它必将成为工业的主要矿，并促使中国的西北地区发达起来。"之后，丁道衡通过奋斗，成为著名的地质学家、古生物学家、教育家、社会活动家，享誉世界。

中华人民共和国成立，白云鄂博回到人民的怀抱之中。白云鄂博铁矿对中华人民共和国成立后的包头钢铁、稀土基地的建设以及大西北的开发做出了里程碑式的贡献。

在白云鄂博的开发和建设时期，丁道衡始终关注着白云鄂博的发展。

二、神圣的发现

何作霖，1926年毕业于北京大学地质系，是我国近代矿物学和岩石学奠基人之一。1928年，何作霖应李四光之邀南下，在"中央研究院地质研究所"任助理研究员；1932年，晋升为研究员，并任北京大学地质系兼职讲师。在此期间，他在岩石矿物学的各个领域展开了深入细致的科研工作，不断探索新领域，攻坚克难，尽显才华，瞄准地质科学前沿，坚定地走向远大目标。

何作霖与丁道衡是一对志趣相投的地质学家，有共同的理想和精神品格。一直以来，他们之间的合作与交流十分频繁。1933年，青年地质学家丁道衡请求何作霖对他所采集的白云鄂博矿石进行深入研究。那一年，何作霖刚跨过"而立之年"，正是奇思妙想爆发的年龄。于是，他乐此不疲地开展岩石矿物学研究。

心中有理想，行动有力量。何作霖刻苦研究丁道衡采集的十几箱标本时，遇到了前所未有的挑战。比如，用仅有的偏光显微镜，不能很好地观察很厚的矿石标本。因此，他费很大力气把厚厚的矿石标本制成薄片，再放在显微镜下，逐一观察。他发现，总体现象并没有变，然而仪器上显示的依然是模棱两可的结果。如果一个人只做些常规的、重复的、没有创造性的研究工作，那么就不能产生思想火花。何作霖热爱矿石研究，在每项实验之前，他总是利用自己的创新思维对实践的技术路线、方案进行反复推敲，去粗取精，删繁就简。有一天，一个奇特的现象引起了他的注意。白云鄂博的铁矿里有一种矿物叫萤石，这个萤石是紫色的，有些地方的紫色会有一些褪色的小白点。他惊奇地发现这个白点里头还有东西，他确认这种褪色的现象是由这个小白点造成的。于是，他把仅有0.1毫米的小颗粒抠出来，这一举动成就了他的惊世发现：两种细小的新奇矿物。当时，这两种新奇矿物被命名为"白云矿"和"鄂博矿"（后来证明是独居石和氟碳钙铈矿），并经"中央研究院物理研究所"的光谱分析，证明是稀土矿物。何作霖的脸上焕发出特别的光彩，目光中有奇异的神色。他宁静地微笑着，拉开窗帘远眺，看着蔚蓝的天空。

何作霖大胆预测，该矿稀土元素储量丰富，并得出结论：白云鄂博的矿石里含有极为珍贵的稀土元素。他不仅发现了白云鄂博铁矿中含稀土元素，同时验证了中国拥有巨大的稀土矿床，这为中国稀土千秋大业奠定了基础，他也因此被誉为中国"稀矿之父"。

1935年，《中国地质学会会志》（第14卷第2期）刊登了何作霖编著的《绥远白云鄂博稀土类矿物的初步研究》，首次向世界宣告：白云鄂博矿物中存在稀土矿物。可惜的是，如此重大的发现却湮没于乱世。由于近代中国积贫积弱，底层百姓离不开苦难、辛酸、贫困与挣扎。渐渐的，稀土研究之事无人问津。可是，早在丁道衡第一次发现白云鄂博矿床，何作霖第一次证明白云鄂博蕴含丰富的稀土元素之后，白云鄂博却首先引起日本人的关注。1939年至1944年，日本考察队先后11次到白云鄂博探查，这里的铁和稀土矿藏引发日本侵略者的垂涎。

何作霖目睹苦难深重的中国被西方侵略者践踏和欺凌，又听到白云鄂博矿将要被日本人掠夺的消息，心急如焚。几天来，发着高烧的何作霖既不吃饭也不睡觉，草拟出一份保卫白云鄂博矿藏的建议，呈上国民政府，表达了替国分忧、为民造福的心愿。

日本侵略者侵占包头和乌兰察布的大部地盘长达6年之久，至1945年日本战败被赶出中国，他们妄图侵占白云鄂博的野心终未得逞。

当五星红旗在祖国飘扬，党的光芒普照各族人民，穷苦百姓翻身得解放的时候，中华人民共和国第一批地质勘探队，肩负着党和人民的重托，迎着朝阳，来到白云鄂博。从此，矿山升腾吉祥之云，起重机、挖掘机开进矿区，开启了建设白云鄂博的新时代。

1958年6月16日，中国科学院和苏联科学院组成的联合考察队开进白云鄂博，共同研究白云鄂博矿。何作霖被任命为中方队长。中华人民共和国的诞生，给何作霖带来了丰沛的精神动力，激发他研究白云鄂博矿的全部热忱。在他的带领下，经过几年的奋发努力，终于查明白云鄂博矿不仅是大型铁矿，而且是当时世界上最大的稀土矿，稀土储量占世界总储量的1/3，其矿物组成超过150种，堪称世界之最。1959年，他发现矿中含有大量的铌和钽，证明这是一个大型铌钽矿床。这个发现为中国成为世界"稀土大国"做出了重大的关键性贡献。

1951年，国家矿产地质勘探局分两批将6箱白云鄂博矿样交给国家重工业部综合工业试验所，该所工作人员李维时对矿样进行分析并证实：白云鄂博矿中的稀土大部分为铈，其余有镧、镨、钇等，并提取出115克稀土氧化铈。李维时于同年提交了《铈之提取报告》。

1957年12月，中国科学院和苏联科学院签订了关于白云鄂博矿中铁、稀土研究工作的合作协议。研究项目：一是白云鄂博铁矿与稀土矿床的物质组成及原因；二是白云鄂博铁矿中稀土金属的提取和利用；三是从白云鄂博矿中提取稀土元素，研究其性质和用途；四是对白云鄂博矿区进行经济技术估价并确定其工业利用远景。

三、逐梦之路

稀土被人类发现、了解和利用，已有200余年历史。中国有着丰富的稀土资源储备量，自20世纪70年代以来，我国一批又一批稀土科技人员为改变稀土分离技术的落后面貌，不懈努力，开展了无数次攻关，展现出无穷的勇气，经受了前进路上的诸多挑战和考验。但是，这项技术难题始终没有取得突破性进展，一直被部分发达国家的少数厂家垄断。因而，我国只能长期向国外廉价出口稀土原料，然后高价进口高纯度稀土产品，对国家稀土资源造成极大的浪费。

1972年，徐光宪所在的北京大学化学系接受了一项特别的紧急军工任务——分离稀土元素中性质最为相近的镨和钕。这项任务对纯度要求很高。从此，52岁的徐光宪毅然转换自己的研究方向，勇敢挑起了分离稀土元素的重任。"祖国的需要高于一切！"徐光宪对党和人民的忠诚和责任感，令人敬佩。

徐光宪，1920年出生于浙江省绍兴市；1944年，毕业于上海交通大学化学系；之后，在美国华盛顿大学攻读化工专业；1951年3月，获美国哥伦比亚大学物理化学博士学位，并获助教职位。徐光宪回忆这段经历时说："那时，我在量子化学方面有些想法，导师说我的这些想法很好。毕业时，他把我推荐到芝加哥大学著名理论化学大师密立根教授那里做博士后。"徐光宪的导师看中他的潜质，希望他能够留在美国继续从事科学研究，并且推荐了相应的学校和教授。对他来说，这是个千载难逢的机遇。然而，就在此时，抗美援朝战争爆发，美国即将通过法案，禁止全体留美中国学生回国。"学成归国，有所奉献"，徐光宪想起自己立下的宏愿。他隐约感到，再不回去，也许就要一直为别人的国家服务了。可是，他的妻子高小霞的博士学位只需一年就能拿到手，此时放弃就意味着前功尽弃，徐光宪觉得太可惜了。他知道，为了这个博士学位，妻子已经等待了很久，也付出了很多心血。徐光宪看得出，在妻子眼里有一种藏不住的不舍，但她却坚定地说："科学没有国界，但科学家有祖国。祖国是母亲，在这危急时刻，我们要投回母亲的怀抱。"妻子这种浓烈的家国情怀，令徐光宪感动，他展开双臂紧紧抱住妻子，含着眼泪说："咱们是一对候鸟，祖国给了咱们飞翔的翅膀，现在祖国需要咱们去建设，那里有受苦受难的父老乡亲，还有咱们的理想和爱。咱们应飞回祖国的蓝天里。"

1951年4月15日，徐光宪夫妇以华侨探亲的名义获得签证，登上"戈登将军号"邮轮，返回阔别多年的祖国。这是在"禁止中国留学生归国"法案正式生效前，驶往中国的倒数第三艘邮轮。

回国后，徐光宪夫妇一同在北京大学化学系执教。1961年，徐光宪晋升为教授。1975年，徐光宪担任北京大学技术物理系副主任，兼燃料化学教研室主任，从事核燃料萃取化学研究。徐光宪夫妇这对"化学伉俪"，携手并肩，共同走过半个世纪。他们同窗共读，同时回国，同时当选为中国科学院学部委员（院士），同时获得国家自然科学奖。

1988年，妻子高小霞因病去世，徐光宪在追悼会上难忍悲痛，泣不成声。

"我一生中，最庆幸的，是和高小霞相濡以沫的52年。这辈子她温暖了我的心灵，但我没有照顾好她，使她先我而去。她带走了我全部的爱，也成了我永久的怀念。"徐光宪说这些话时，忍不住潸然泪下。从此，徐光宪显得沉闷、孤单，往往是看着窗外的蓝天发呆，也时常想念在美国生活的女儿。徐光宪去美国见到女儿之后，如雾般弥漫在他心灵的哀愁，在温暖的亲情中得到平复。但他心之所系仍是稀土，在女儿家仅仅待了两三个月便回国了。女儿是徐光宪在这个世上最亲近、最牵挂的唯一的亲人了，就要辞别时，他的内心深处滋生一种离别的忧伤。但他振作起来，对女儿说："我有用岁月、血水、才智和希望让祖国的稀土事业获得重生的决心。因此，我得回国了，希望你照顾好自己，爸爸是最想你爱你的。再见！"

徐光宪没有沉沦和颓靡，而是重新规划未来的稀土科研工作。他的心中奏响了由暮色与渴望合成的伟大的乐章。

1974年至1978年，徐光宪先后在北京大学化学系工厂、包钢有色三厂进行多次试验，并提出稀土串级萃取理论。徐光宪悟性很高，也十分刻苦。那几年，他跑遍了全国各地有关科研院所和大学，跟他们合作开展稀土分离技术的研究工作。面对一次又一次的失败，看到科研人员付出的艰辛和泪水时，沉重的心情向他压顶而来。

1981年，中国科学院上海有机化学研究所、长春应用化学研究所、北京有色金属研究总院等单位在应用P507萃取分离轻中稀土方面做了大量的研究工作，用意志、信念和血肉之躯去穿越时空，为以后创建的新工艺打下了基础。1982年，在包头冶金研究所和包钢有色三厂，经过多次攻坚克难，中轻稀土分离工业试验取得成功，应用串级萃取理论得到论证，串级萃取工艺试验也圆满成功，还取得了一定的经济效益。

从理论上讲，萃取技术似乎并不复杂。然而，要达到极高的纯度要求，必须要经过上百次的萃取分离，并且将每次分离的成果串联起来，才能达到99%以上的纯度。这个极为烦琐而复杂的工艺过程，叫作串级萃取。

理论与实践之间，往往横亘着一条巨大的鸿沟。摆在徐光宪面前的最大挑战，正是如何把串级萃取理论真正应用于大规模的工业生产中。而在稀土萃取工艺的试验阶段，研究人员必须使用繁复而漫长的"摇漏斗"方法，模拟串级试验以获取准确的设定参数。若整套流程中稍有失误，就得不到满意的结果，一切都要从头再来。

不仅如此，徐光宪的科技创新还须面对"本土化"挑战。国外生产工艺较成熟的稀土厂，其"摇漏斗"技术能够尽量维持原料不变，而在中国，由于稀土分布很广，内蒙古、四川、江西、山东等地的原料组成均不相同，对稀土元素分离的要求自然也无法"千篇一律"。

"我们要根据原料才能找到合适的工艺，更重要的是发现这种工艺方法要靠背后的理论依据。"徐光宪时时不忘基础理论研究是开辟创新之路的基石。

白天"摇漏斗",晚上琢磨串级理论。有人开玩笑说,他们白天是体力劳动者,晚上是脑力劳动者。徐光宪一周工作80个小时,没有节假日。他以拼搏奋斗、吃苦耐劳为乐,主动献身稀土研发事业。可以说,徐光宪以火焰般的热情和钢铁般的意志,战胜了千辛万苦,写下了艰苦奋斗的壮丽篇章。

徐光宪的同事回忆当年的科研情景时说:"只有置身于稀土元素周期表和稀土4F轨道模型之间,徐先生才会怡然而坐。"

功夫不负有心人,串级萃取中的规律在徐光宪面前清晰呈现。他发现的"恒定混合萃取比规律",使得串级萃取理论最终得以确立。

在此基础上,徐光宪和他的团队制作了包含100多个公式的数学模型,创建"稀土萃取分离工艺一步放大"技术,免除费时费力的"摇漏斗"步骤,使原本复杂的稀土生产工艺"傻瓜化",可以直接应用到实际工业生产中。

徐光宪的萃取"流水线",似魔术师手中的神奇黑箱,只需在一边放入稀土原料,各种高纯度的稀土元素就能从另一端源源不断地输出。

同行们大为吃惊,不相信徐光宪能用这么"简单"的办法,完成这项曾被视为世界级难题的工作。其实,徐光宪和他的团队能够走进这个辉煌的殿堂,是他们呕心沥血、义无反顾,无数次攻关,克服千难万险,在满怀理想和抱负的壮美征程中收获的丰硕成果。徐光宪不断突破和超越自己,实现了报效祖国的宏愿。

徐光宪在《稀土串级萃取理论的建立和发展纪实》中说:"在此之前,法国罗纳普朗公司非常骄傲,在与我国几次谈判转让他们的分离技术时,不但要价很高,而且提出产品必须由他们独家对外经销的苛刻条件。实际上,他们的目的是要使中国的稀土分离工业成为罗纳普朗公司的一个海外工厂。"部分发达国家的一些厂家的技术封锁,激发了徐光宪立足现实、自己搞研发的坚定决心。

徐光宪查阅资料时发现，分离镨和钕的问题，国外学界也尚未解决。据他回忆，当时最先进的法国罗地亚厂，虽然能够用萃取法分离其他稀土，但分离镨、钕仍要用传统的离子交换法。从长远来看，离子交换法生产速度慢、成本高，对规模化工业生产很不利。

无先例可循，徐光宪做了一个大胆的决定——挑战萃取法分离的国际难题。他立足于基础研究，没跟着外国人跑，而是着眼于实现国家目标的宏愿，自信地走自己的创新之路。1961年，包钢稀土冶炼厂的前身，即8861稀土实验厂，开工建设。建设项目包括稀土精矿选矿车间、混合稀土气氧化物、混合稀土金属、单一稀土氧化物、单一稀土金属提取分离车间以及相应的辅助设施工程，将稀土分离技术逐步推向成熟，突破了国外的技术垄断。

1978年，徐光宪开办"全国串级萃取讲习班"，把他的科研成果在国有企业里无偿推广。几年前被国外企业当作最高机密的稀土分离技术，成了一项连中国的乡镇企业都能掌握的工艺。我国单一稀土生产进入一个全新的时代，大部分稀土企业都能进行萃取分离，大部分稀土产品都是单一稀土产品，其中有很多还是高纯产品。萃取是一种具有分离和提纯双重功能的方法，使我国稀土出口产品从初级产品转向深加工产品。

很快，法国、美国和日本在国际稀土市场的垄断地位被打破，中国实现了由稀土资源大国向稀土生产大国和出口大国的飞跃。

20世纪90年代初，由于我国单一高纯度稀土大量出口，国际稀土价格降为近原来的1/4，成功改写了国际稀土产业的格局。国外很多稀土生产厂家不得不减产，甚至停产，他们把这称为"China Impact"（中国冲击）。

徐光宪院士为中国稀土事业做出了重大贡献，被誉为"稀土之父"。徐光宪获得了2008度国家科学最高奖，他把所得的50万元个人奖金，全部用于稀土研究。

串级萃取理论和串级萃取工艺技术为徐光宪赢得很多赞誉和荣耀，直到今天，他的研究成果依然是我国稀土工业的基础，保持着世界领先地位。在他的实验室里，一项又一项研究成果相继诞生。串级萃取理论不仅应用于稀土分离，还可用于选矿、冶金等物质分离。

"中国一下子搞了几十个稀土厂。"作为中国稀土化学研究领域的领军人物，"稀土之父"徐光宪万万没有想到，自己发明的工艺却引来这样的"弊病"。

稀土产量节节攀升，远超全世界的需求量。结果各个厂家为了能够出口，主动降低纯度要求，同时狠狠下压价格。很快，得到消息的日本、美国开始不再对外售卖稀土，而是用很便宜的价格从中国采购，进行储备。

面对严峻的形势，徐光宪处于不安之中，甚至深感痛心。2005年至2006年，他联合师昌绪等14位院士两次上书国务院总理温家宝，呼吁保护我国内蒙古白云鄂博地区宝贵的稀土和钍资源，避免包头市和黄河受到放射性污染。

很快，温家宝批复，提出要从2007年开始限制稀土产量。

2009年，徐光宪在香山科学会议上再次提出，要用10亿美元外汇储备，建立稀土和钍的战略储备，控制生产和冶炼总量，并建议重点支持几家企业主导产业发展。

徐光宪为此大声疾呼，但他深知，这已经不是科学家能够解决的技术层面的问题了，最好的对策是从行业乃至国家战略的角度对稀土价格进行调整。

不难体会到徐光宪深深的报国情怀，用基础研究和应用研究服务国家目标，是他毕生事业的原则和动力。

第二章

扶上马，送一程

一、阳光照耀伟业

中国人民的稀土强国梦和信念始终坚定执着，始终闪耀着火热的光芒。党带领广大稀土人开拓创新、奋发图强，筑起稀土强国梦的磅礴力量，用耀眼夺目的稀土之光，让世界刮目相看。

建党100周年，是稀土人感到自豪的伟大时刻。稀土人用党的光荣传统和优良作风，坚定信念、凝聚力量，不懈奋斗，克服千难万险，加速稀土业创新转型发展的步伐，不断推进稀土产品高端化，使世界稀土产业化中心由部分发达国家转移到中国，全球稀土科技创新和产业转型升级版图发生重大改变。笔者跟稀土行业精英、企业家、专家交谈后发现，他们衷心拥护党的领导，赞颂党的伟大和英明。他们认为，中国共产党使中国变成一个在国际社会不容忽视、倍受尊重的大国，中国共产党是社会稳定、经济发展的最大保障。

在党的领导下，包头市历届党政领导、稀土业管理者、稀土专家、工程师和广大稀土工作者，用辩证思维分析和认识前进中遇到的困难和转型的阵痛，瞄准突出问题和薄弱环节，坚持问题导向，有的放矢，冲破艰难险阻，艰苦创业，开拓创新，让稀土放射出更加绚烂的光芒，照耀包头、照耀中国乃至照耀全世界。尤其是2012年包头市被中国稀土行业协会命名为"稀土之都"以来，创新发展已成为包头的主旋律，更成为包头人奋斗不止、一往无前的精神动力，不仅为包头带来新的活力，还带来强劲的发展实力。让人惊叹和骄傲的是，经过几十年的艰苦奋斗，包头已建成中国稀土科技研发体系，以及开采、选矿、冶炼、研发、深加工、应用等比较完整的稀土工业体系，并延伸了稀土永磁、储氢、抛光、发光、催化及稀土合金产业链，成为世界稀土资源第一、生产第一、消费第一和出口第一的稀土大国，取得了举世瞩目的成就。

（一）铿锵的脚步

站在时代的高度，让我们回望岁月留下的铿锵脚步吧。党的十八大以来，包头市委团结带领一班人马，回望过往的奋斗路，眺望前方的奋进路，加强对稀土事业的全面领导；在稀土业的发展中，把方向、谋大局、定政策、促改革，为稀土业实现高质量发展提供了根本保证。

2018年，是包头市稀土产业发展的"成绩年"。在这一年中，包头市委把思想和行动统一到习近平总书记的重要讲话精神上来，指引稀土事业发展的正确方向，着力解决"挖土卖土"问题，提升创新体系效能，激活创新转型发展的活力，努力把创新主动权、发展主动权牢牢掌握在自己的手中。

包头市委为稀土产业发展三年行动计划把方向、定政策。市委主要领导参与《稀土新材料产业园区发展10条》等一系列政策措施的顶层设计，把好的政策送到企业和企业家身边，也送到稀土产业园区，推动稀土产业高质量发展，并为包头市稀土产业更好地创新转型发展探索新的出路。

2019年、2020年，包头市委多次召开市委常委会听取稀土产业集群的发展及稀土新材料产业园建设情况汇报，为稀土新材料产业园区发展做出了新规划。2019年2月19日，包头市委常委会召开会议，听取全市稀土产业高质量发展情况汇报，安排部署下一步工作。市委书记张院忠凝视着正在汇报工作的包头国家稀土高新技术产业开发区的同志，一边做记录一边严峻地沉思着。听取有关部门负责人的汇报之后，他的心里似乎展现出明确而宽广的远景，他坚定地说："要深入学习贯彻习近平总书记对内蒙古的重要讲话和重要指示批示精神，切实增强推动稀土产业高质量发展的责任感和紧迫感，立足我市稀土资源优势和产业基础，扎实做好稀土产业提档升级文章，着力解决好'挖土卖土'问题。还要规划建设稀土永磁材料产业集群，这对于发挥磁性材料产业集聚优势、促进产品就地转化、提高产品附加值、增强稀土产业的核心竞争力具有十分重要的意义。"

包头市委将对以稀土永磁高效电机生产为核心，以磁钢磁材、铜材电磁线、硅钢、磁调速器相关重点产业为节点纵向成链、横向成群，拓展产业规模，培育新的经济增长点，确保包头稀土经济沿着正确的方向前进。

在打造稀土新材料产业集群的过程中，包头市委主要领导到稀土科研单位和企业搞调研，营造创新创业、奋发向上的社会环境，确保稀土界上下拧成一股绳，心往一处想，劲往一处使。2019年，包头市委书记张院忠在包头市新源高新材料有限公司调研。他深入企业检测实验室和生产线，详细了解生产工艺、产品研发和市场销售等方面的情况。该公司在自动化、智能化方面取得突破，在纳米稀土抛光材料的研发上占据国内领先地位，还研发了稀土金属、稀土合金、稀土特殊化和物、稀土催化材料等稀土新材料。他感到很高兴，深情地鼓励企业要再接再厉，继续围绕纳米稀土抛光材料的开发与应用，全力攻克"卡脖子"的核心技术难题，促进稀土新材料产品向高端化迈上更新的台阶。在包头市金蒙汇磁材料有限责任公司，张院忠走进企业展厅和生产车间，观看产品展示，了解企业在生产运行以及改革发展的风浪和挑战中，攻克各种艰难险阻，实现提档升级的新情况，深受感动。他鼓励企业负责人，要围绕稀土磁性新材料领域，做好"领跑"文章，全力往前冲，扩大技术领先优势和市场优势，不断提升企业的综合竞争力。此外，他对企业负责人说，在生产经营中有什么困难或对党委、政府有什么意见和建议，可以及时告知他。党和政府要将很多企业扶上马，送一程，又一程。

随着稀土的应用领域不断增多，合金钢性能的关键技术得到不断突破，使国产化高端钢替代每年进口的近千万吨高端优质钢成为可能。包头市委把方向、谋大局，及时抓住这一历史机遇，在有关会议上，部署加快推动和提升稀土特钢创新与研发能力建设，做出加大稀土特钢研发力度、积极引进高尖端稀土特钢制备技术的工作安排。包钢稀土钢研发项目取得重要突破，稀土轴承钢顺利实现5炉以上连续浇铸成功的工业化生产目标。在包头市委的领导下，重点促进轴承、模具、齿轮、盾构机等高端用钢产品的研发和产业化应用，同时，加强高尖端稀土特钢母材基地建设。包头市委对吸引如轴承、齿轮、模具等高端器件制造企业云集包头把方向、定政策，对能够打造千亿产值的稀土特钢材料及器件产业生产基地建设带来希望。

包头是全国唯一拥有稀土全产业链的地区，规模以上稀土行业企业有29户，形成了从稀土的采、选、冶、分离到新材料，再到器件、装备完整的稀土产业体系。特别是在包头市委的集中统一领导下，构建了稀土永磁、储氢、催化、抛光、合金5条产业链。2019年，包头永磁、储氢、抛光三大材料产量占全国的20%，稀土储氢、抛光材料产量居全国第一，磁材料产量居全国第三，形成了政产学研协同创新体系，以及集技术研发、测试评价、电子交易、信息服务等于一体的综合配套服务体系。永磁产业链已发展到高稳定性风力发电、电动汽车应用、医疗设备等高端钕铁硼磁体，储氢产业链进一步延伸到储氢电池，抛光产业链进一步延伸到抛光液蓝宝石切片、电子及半导体应用抛光材料产业链，有望进一步对接国际市场，打破发达国家垄断抛光液高端市场的局面。催化助剂产业链，新增脱硫脱硝产品、改性塑料、高分子材料产业链、稀土合金产业链，进一步向导线、型材等下游发展。

（二）再踏征程

2020年9月29日，孟凡利正式履新，出任内蒙古自治区党委常委、包头市委书记。

对孟凡利来说，这是他人生之路上一次重要的、非同寻常的选择。

孟凡利上任后，一直牵挂着包头市稀土业的创新发展前景和走向。为了熟悉稀土业务，他在百忙之中抽空阅读了很多稀土技术与产业方面的书籍，然后找来有关部门领导了解稀土科技创新与产业转型概况，稀土科研单位、企业的分布与创新发展情况，稀土产业数字化、数字化产业以及互联网、大数据、人工智能跟实体经济深度融合的进展情况。

作为曾经的东部沿海发达城市的领导干部，孟凡利到西部任职最被关注的是，对当地经济发展的新思路和新政策。

"凡是过往，皆为序章。"如今，包头稀土业将开启新征程，书写新时代奋发向前、创新发展的崭新篇章。

孟凡利认为，以往稀土科技创新核心技术掌握在发达经济体手中，但这只是个别过去的现象，而非现在的现象，更不是未来的趋势。

新时代，孟凡利追求的新目标是大而强，大而壮。

这是一条布满荆棘的奋进之路，一条充满博弈的精进之路。履新不到一个星期的孟凡利就有了紧迫感，他深谙"马群跑得快，全靠头马带"的道理，所以从自身做起，下定决心以头马的劲头和速度奔跑，深化改革，创新转型，追求卓越，让包头这座城市焕发信仰、信念、信心的力量，成就时代伟业，直抵伟大梦想。他认为，只要有一个好的领导班子、好的思路和好的精神风貌，就没有改变不了的局面，没有克服不了的困难，没有逾越不了的障碍。

"谁牵住了科技创新这个牛鼻子，谁走好了科技创新这步先手棋，谁就能占领先机、赢得优势。"[1]习近平总书记对创新驱动做出的富有科学内涵的深刻阐述，让孟凡利信心百倍。

凭借有关部门通报的信息，孟凡利初步了解到，包钢加快稀土产业转型升级步伐，不断提升企业竞争力；包头稀土研究院已形成稀土基础研究、应用研究、中试试验、科技成果产业化及产学研融合的稀土创新体系。此外，中国科学院包头稀土研发中心加快科研成果转化落地情况也引起他的注意。因此，孟凡利把目光首先投向包钢、包头稀土研究院和中国科学院包头稀土研发中心。

2020年10月17日，孟凡利兴致勃勃地赶到包钢、包头稀土研究院

---

[1] 《习近平：当好全国改革开放排头兵　不断提高城市核心竞争力》，《人民日报》（2014年5月25日01版）。

进行调研。他首先走进包钢会展中心展览馆，听取了包钢的发展历程、生产经营、产品特色、企业精神等方面的情况介绍，并实地考察了金属制造公司，热轧生产线、冷轧生产线和轨梁厂2号万能轧钢生产线，详细了解生产工艺流程、产品种类和市场份额以及进出口贸易等情况。金属制造公司和轨梁厂，历经改革开放的洗礼，不断创造新的自我，抢占创新转型的高地，这样的情景似乎超越了他的想象。尤其是当他了解到，轨梁厂这样具有60年历史的老牌企业通过创新转型实现了企业蜕变，他感到惊奇，并用心、用爱领悟包钢工人的创造精神，向他们表示钦佩和敬意。同时，为了让企业开拓新境界，赢得新机遇，创造新辉煌，孟凡利强调，要在研发创新、技术改造和国内外市场的开拓上狠下功夫，不断提升产品品质和市场占有率。

在包头稀土研究院，孟凡利详细了解了包头市的稀土储量、开发和利用情况。当他了解到，包头市的轻中重稀土储量都很大，在轻稀土的开发和利用方面取得了明显成效，而中重稀土方面亟须加强研究时，他强调要深入贯彻落实习近平总书记关于稀土产业发展的重要指示精神，围绕提高轻稀土、中重稀土的开发和利用水平，加大科技研发力度，把稀土资源转化为技术优势、产业优势。

11月2日下午，孟凡利来到中国科学院包头稀土研发中心进行调研。他走进实验室、中试基地，了解科技研发和成果转化等情况，强调要将稀土优势转化为技术优势、转化优势、发展优势，为包头市的高质量发展做出新贡献。值得关注的是，孟凡利走进我国首条具有自主知识产权的新型稀土镁镍基储氢合金电机生产线时，久久观察由他们研发出的280公斤重的稀土镁镍基储氢合金电极。中心主任池建义向孟凡利介绍，稀土镁镍基储氢合金电极材料具有高容量和低自放电等优点，是替代传统AB5型稀土基储氢合金。这一新电极产品制备的镍氢动力电池具有出色的低温稳定性，可让汽车性能十分稳定，即使在北方极寒的环境中，也可以正常使用。镍氢动力电池目前被丰田等世界主流车企应用于混合动力车型上。我国在支持新能源汽车产业发展方面，也把镍氢动力电池作为重点支持对象。孟凡利听完池建义的介绍，想到将来该产品自中试生产线批量生产到实现工业化生产，给社会带来的规模效应，鼓励他们在将这一科研成果转化为现实工业化生产力上下功夫。孟凡利还跟池建义就如何吸引更多的科学家到包头开展科研成果转化问题进行了探讨。

11月12日下午，孟凡利主持召开市委专题会议，各级领导干部和有关部门的主要负责人参会。孟凡利深知他们就是在各自领域追赶超越的"领头马"，肩负着带领各部门向前奔跑的重任，致力于营造整个城市经济旺、人气旺、创新旺、产业旺、商气旺的良好氛围。因此，他把信任的目光投向大家，希望他们投身改革创新之中，为包头的创新发展做贡献。之后，他听取全市工业经济、稀土产业、高技术产业、战略性新兴产业在科技创新、产业转型升级等方面与大学和科研机构合作的情况，以及重点产业链招商引资情况汇报。听取汇报时，他神情专注，对汇报工作的每位部门领导都给予关注，不时地显露出沉思的表情。有时，他插话询问些重要细节和数据，进一步加深对行业情况的认识。听完有关部门的汇报，他静思片刻，之后发表了讲话。他强调，要树立工业立市、工业兴市、工业富市的理念，要求在传统产业转型升级上下功夫，加大技术改造和工业互联网应用力度，加快推动传统产业高端化、智能化、绿色化，不断提升传统产业质量问题。当他讲到稀土产业时，明确指出，稀土产业作为包头市的优势特色产业，是建设现代产业体系的重要力量，一定要进行深入、系统地研究，集中精力做大做强做优。要解放思想、创新理念，制定具体化、操作性强的支持稀土企业发展、吸引稀土人才的政策措施，以及系统完整地推动稀土产业创新发展的实施方案，努力把包头市打造成稀土产业发展和相关人才引进政策最优、吸引力最强的城市。要坚持创新在稀土产业发展中的核心地位，支持企业深化与各大学和科研院所的对接合作，打通产学研创新链、价值链，不断提高稀土资源综合转化利用率，打造具有核心竞争力的终端产品。

随即，包头市出台了《不担当不作为领导干部认定和组织处理办法（试行）》，着力解决不担当不作为的问题，旨在推动各级领导干部时刻保持坐不住的紧迫感、慢不得的危机感、等不起的责任感，奋发图强，主动作为。

企业"一头挑着技术，一头挑着市场"，是科技成果转化为现实生产力的重要力量，是科技创新、产业转型升级、推动经济快速发展的重要一环。在营商环境好、充满活力、昂扬向上的城市氛围中，企业才会更好地实现为国家、为地区创造财富，为创新发展做出贡献的梦想。作为市委书记的孟凡利，把已实现规模化经营的近30家稀土行业企业纳入常联系的名单里，经常了解经营情况，还问有什么困难，对市委、市政府有什么意见和建议。他以这种尊重企业家、亲近企业、服务企业的态度和作风，为其他干部做出榜样，也率领干部敢扛事、愿做事、能干事、善成事。金山磁材有限公司董事长靳树森对笔者说，孟凡利书记上任后切切实实地关心稀土行业企业的发展，很有紧迫感、危机感、责任感，并主动担当作为，激发了他们稀土企业奋发向上、再创佳绩的积极性。

"十四五"规划已然开启。在2021年初召开的包头市"两会"上，将这座城市2021年开局及"十四五"时期稀土业发展蓝图呈现在人们眼前。开局之年，包头市将围绕市委的中心工作，营造一流的营商环境，加大对稀土产业项目的支持力度，奋力把各项工作做实做细做好。在新材料产业方面，对新落地以及已建成投运的稀土项目，要出台优惠政策，大力支持企业在高端功能材料方面的研发和制造。同时，在稀土终端应用产品的研发和制造方面下大力气，把稀土新材料产业和终端应用产业做大做强，让包头稀土产业不断向高端化、智能化、绿色化发展，为实现制造强国的战略任务做出新贡献，向中国共产党成立100周年献礼。

未来5年，包头将瞄准世界稀土科技前沿，全力建设稀土创新创业城市和高标准"稀土之都"，增强科技创新转型发展能力，积极融入"双循环"新发展格局，立体、综合、全方位推动稀土业高质量发展。

二、扶上马，送一程

从党的十八大以来，包头市政府为稀土科技的进步"添柴加火"，让"稀土之都"的创新发展富于魅力。与此同时，包头市政府对继续挖掘、拓展区域研发、产业、基础设施等方面的发展新空间提供科技支撑，政府职能从对稀土业的微观管理向创新服务转变，更加注重抓宏观、抓战略、抓前瞻、抓基础，更加注重向创新链前后端延伸，更加注重优化政策供给，形成全链条统筹推进的工作格局。

（一）时代的召唤

如今，包头市政府从管理型政府转变成服务型政府，确定了为社会、企业、纳税人服务的理念。这一理念的确立，为进一步加快政府改革扫清了认识上的障碍。

对稀土从"挖土卖土"到现代能源经济，再到生态优先、绿色发展，包头市政府按照习近平总书记的重要嘱托，创新政府服务职能，优化政策供给，构建产权制度、投融资制度、分配制度以及人才培养引进使用等方面的新机制体制，加快形成有利于创新转型发展的一流营商环境。在制定关乎稀土发展全局重大政策时，包头市政府先后多次举办座谈会、听证会，公开征求稀土业界的意见，主动了解市场主体所急、所需、所盼，以多种方式、多种渠道广泛听取意见和建议，提升政策的针对性和有效性，提高政府执行力和公信力。包头市政府先后制定和实施的政策有：《包头市加快新旧动能转换、推进经济高质量发展规划》《关于进一步加快稀土产业发展的若干政策意见》《包头市稀土产业转型升级试点实施方案》《关于支持稀土新材料产业园区发展十条政策》《加强重点领域人才工作十项措施》《促进科技创新工作十条措施实施办法》等。目前，包头市政府委托中国工程院编制《包头稀土新材料产业发展三年行动计划》，为逐步加快用高新技术和先进适用技术改造传统产业和传统企业，改变"挖土卖土"的粗放型资源开发模式，提高能源资源综合利用效率，实现包头市稀土产业技术提档升级，进一步延伸稀土深加工产业链，促进稀土产业转型发展提档升级提供了科学指导，力争把包头市打造成为全国稀土产业创新高地。

董义，在吉林大学获物理硕士学位，于2012年来到包头天和磁材科技股份有限公司开展高性能稀土产品研发工作；2014年，担任公司总工程师。董义犹如贫瘠山梁上的一棵草，扎根于生产第一线，以山一样的脊梁、顽强的意志和乐观的天性忘我地工作，开发了很多科研成果，并将其转化为现实生产力。如今，他已经具备了很强的创业能力和创新潜力。这位年轻的创业者，拥有创业精神、创新能力和较高的知识水平。企业创新转型正处于关键期，包头市制定有利于稀土企业发展壮大的方针政策，让企业享受到各项优惠政策，使其走得畅通，走得快。对此，董义很有感触地说："新的机制犹如敞开了城市的门户，使城里到处充满了春的生机，市里制定的各项政策如春风化雨给予我们巨大的能量和信心，我们稀土人太需要这样的温暖和力量了。"

（二）行稳致远

2018年1月至2021年2月，赵江涛担任包头市委副书记、市长。他接受笔者采访时，表达了自己独特的见解。他说，包头不仅是包头的，也是全国的，更是世界的。

赵江涛这样说的理由，主要是包头具备了以下3个条件：第一，2018年，中国科学院地质与地球物理研究所初步勘探，白云鄂博稀土矿里中重稀土总储量预计达到300万吨，与我国南方七省稀土储量相当。从过去轻稀土储量居全球第一，再到如今中重稀土的重大发现，包头"稀土之都"的地位更加不可动摇，为包头稀土业的创新发展提供了牢固的资源基础。目前，在世界各地还没有发现其他具备轻中重稀土储量如此丰富的城市或地区。第二，包头目前拥有稀土冶金及功能材料国家工程研究中心、白云鄂博稀土资源研究与综合利用国家重点实验室、国家稀土新材料测试评价行业中心、国家稀土行业质量检测中心等9个稀土领域国家级科研平台，占全国14个稀土领域国家级创新平台的近70%，具备面向2030年开展研发稀土新材料领域重大科研项目的能力，也具备了创新发展的基础条件。同时，包头拥有稀土科技专业技术人员3000人，80%以上的稀土企业建立了自动控制、在线监控及数据实时传递系统，生产效率、产品质量和一致性显著提升，使包头的创新发展如虎添翼。第三，党的十八大以来，素有"稀土之都"之称的包头，以科技创新为引领，扎实推进企地融合、校地融合，不断转变稀土产业发展方式，调整和优化产业结构，推动稀土产业创新转型发展，得到有关领导、业界专家学者的认可和高度评价。包头市集聚优势资源，创建规模化的稀土新材料集群基地，同时，正在努力将自身打造为全国稀土产业发展和科技创新政策最优、吸引力最强的城市。创新转型的激情正在升腾，创新转型的包头风华正茂，正以矫健的步伐走向全国，走向世界。

赵江涛在履职期间曾说，他在这里当市长，为这个城市服务，为这里各行各业的人服务，为这个城市的稀土业创新转型事业服务，为稀土人服务，感到很荣幸。为稀土科技创新和产业转型需要做的事情太多。他认为，作为一名市长，光有一颗真诚、善良的心，再加上比他人多些的联想和想象能力都是远远不够的，还要有心甘情愿、心无旁骛地为稀土创新转型服务的信念和意志。

在2019年和2020年全国"两会"上，他提交"关于支持包头市创建国家稀土功能材料创新中心的建议""关于在内蒙古包头市建设国家级稀土技术创新中心的建议"议案。如今，这两项议案得到了国家相关部委的高度重视和大力支持，"两个创新中心"的设立均在积极推进当中。"两个创新中心"将以稀土产业前沿引领技术和关键共性技术研发与应用为核心，加强创新基础研究，协同推进现代工程技术和颠覆性技术研发，进一步助推包头成为高端资源集聚、结构多元、运行高效的稀土产业技术创新城市。得知这一进展时，赵江涛似乎看到一片新的希望之光，悬着的心也落了下来。

2018年2月，赵江涛风尘仆仆地赴国家工信部，请示协调在包头市创建"国家稀土功能材料创新中心"事宜。2019年5月，他再次前往国家工信部汇报相关工作；10月，赴国家科技部协调创建"国家稀土新材料技术创新中心"事宜。"创建国家稀土功能材料创新中心"项目，于2020年3月得到国家工信部批复，目前正在组织建设当中。为统筹全国稀土领域优势力量，着力解决以往稀土科研碎片化的问题，国家科技部拟考虑组建"国家稀土新材料技术创新中心"事宜。这是聚集全国稀土领域一流的创新要素和资源，面向世界前沿和国家需求，抢占全球稀土产业技术创新制高点的重要战略，是支撑包头市稀土产业向高端化、绿色化发展的重要举措。因此，赵江涛多次向自治区相关领导汇报工作进展情况，并恳请有关部门参与"国家稀土新材料技术创新中心"创建工作，推动国家稀土新材料技术创新中心在包头落地，全力推动稀土产业高质量发展。

2019年3月，在全国"两会"上，赵江涛提交了《关于推动包头市白云鄂博矿床资源储量勘查及资源综合利用的建议》议案。在此议案中，他建议国家进一步摸清白云鄂博资源底数，为国家稀土资源开发、保护提供科学、翔实、准确的数据。议案得到有关部门的重视，然而，议案得到采纳并非唾手可得。赵江涛提交的议案能够被采纳，是因为他重视调查研究，可行性论证很充分。2020年，在全国"两会"上，赵江涛提出建议，将包头稀土产品交易所升级为国家级稀土交易平台，全力推动稀土交易所发展成为我国乃至世界稀土原材料供给主渠道，拓展市场影响力，进一步提升包头稀土市场话语权。

从2009年至2020年，中国包头·稀土产业国际论坛已连续举办12届，历届论坛可以说都是稀土行业的国际顶级盛会，每届论坛都助力包头市稀土科技创新和产业转型发展，扩大了包头的国内及国际影响力。每年的论坛从筹备到举办，组织工作千头万绪，也面临很多挑战和困难。但每届论坛都相当于向外界打开了一扇新的窗口，透过这扇窗口，让世人看到包头稀土界的形象和包头人的精神风貌。历届政府领导和工作人员通过办好论坛，为包头市稀土业的腾飞推波助澜。

2020年11月18日，举办第十二届中国包头·稀土产业国际论坛时，市政府对这届论坛组织工作提出了更高的要求。此次论坛聚集全国稀土领域一流的创新要素和资源，面向世界前沿和国家需求，抢占全球稀土产业技术创新制高点，是支撑包头市稀土产业高端化、绿色化发展的重要举措，在包头稀土事业发展史上留下了亮丽的一页。

新设的"好产品、新应用"展示环节成为论坛的亮点之一，以"点土成金"的轻稀土釉料、让手机照相更清晰的马达黑科技、基于稀土镁基储轻材料的固态储轻技术、打破国外技术垄断的高性能稀土快淬磁粉、让玻璃断热的稀土涂层、5万吨电度表面处理新平台、富集稀土元素的高炉渣固废提炼7项成果代表着稀土行业最新科技成果和应用方向，代表稀土行业前沿的好产品、好技术惊艳亮相，让参加论坛者感受到稀土科技创新的巨大魅力和广阔前景，在社会上引起极大反响。给笔者留下深刻印象的是，参加这届论坛的领导和专家学者围绕深入贯彻落实党的十九届五中全会精神，从加快构建以国内大循环为主体、国内国际双循环相互促进的新格局和全球视角出发，对加快稀土领域科技创新，推动产业新旧动能转换，寻找国内国际合作新机遇，努力提升包头稀土产业在全球的影响力等方面建言献策，让人感受到"集五岳之气，唤万里风雷"的气势。

（三）再开一扇窗

创新发展是大势所趋，放眼全球，新一轮科技革命和产业变革蓄势待发，创新已经成为大国或地区之间竞争的新赛场。"谁走好了科技创新这步先手棋，谁就能占领先机、赢得优势。"

创新是多方面的，核心是科技创新。

科技是国之利器，国家赖之以强，企业赖之以赢，人民生活赖之以好。

一般认为，要素投入和科技创新是稀土经济发展最重要的两个驱动力，靠要素投入驱动发展空间有限，靠科技创新驱动发展潜力无限。党的十八大以来，包头科技创新领域呈现出千里马竞相驰骋、亮点频出、精彩纷呈的景象。包头市强化稀土科技创新和产业转型升级，既是摆脱"挖土卖土"的根本举措，也是提升稀土产业核心竞争力的必由之路。

笔者采访了包头市科技局副局长王菁，他说："市政府面对蓄势待发的新一轮科技革命，注重实施创新驱动发展战略，加快以要素驱动发展为主向创新驱动发展为主转变，在发挥科技创新的支撑引领作用上狠下功夫。包头市抓落实力度之大、作风之实、动作之快，着实让我受到了视野冲击，产生了情感的共鸣。有人说，创新从来就都是九死一生。这种描述不是没有道理。要素驱动，简单直接，创新驱动蕴含风险。然而，要实现创新驱动必须要迈这个坎。包头市设立了40亿元的稀土产业基金和1亿元科技创新基金，为稀土产业转型升级提供资金保障。其实，作为一座西部城市，设立这么大规模的资金来做基金项目，并不是件简单的事，需要在科技创新的赛道上敢为人先，拿出良好的奉献精神，拿出向前奔跑的姿态，拿出迎头赶上的决心。政府有一支忠诚、干净、有担当的团队为之奋斗，在深入稀土科研单位和企业调研的基础上，写可行性报告，向有关部门摆困难、说实情，强调行业特殊性，历经磨炼，守护内心的良知。"

多年来，包头市科技局助推包头市重点企业与高科技"联姻"，为包头市科技创新和产业转型发展提供优质服务，让"稀土之都"逐步走上一条向科技要效益、要高质量发展的征途。步入21世纪之后，包头市科技局工作人员出大力、流大汗引进东方稀铝，促使包头铝业有限责任公司产业转型升级，达到工业化生产高品质铝钛稀土合金，为未来在中国铝行业领先奠定基础。包头有钪钆稀元素，没有合适的深加工、高附加值产品，但每年产生500吨钪钆副产品。经包头市科技局牵线搭桥，包头京瑞公司与清华大学达成合作协议，利用清华大学已有的技术将钪钆副产品研制成用于航空、汽车、工业等生产方面的高性能材料，使其附加值提高数倍。

在新时代，市政府主要领导肩负重任，市科技局和有关企业奋力前行，不断挺进科技创新的领域。笔者在采访中发现，他们的心海总是涌动波澜、起伏跌宕，总是释放生命的能量，在实践中不断创造新业绩，绘制一幅幅动人的画卷。包头市政府与中国科学院、上海交通大学、浙江大学等院校、科研院所合作建立了一批中试转化实验基地。与此同时，他们助推稀土特钢、镍氢动力电池等一批具有自主知识产权的新技术得以突破，纳米超光滑铈基抛光液、稀土硫化物着色剂等一批科研成果实现产业化。目前，在世人面前呈现的科技创新成果还有很多。比如，稀宝博为自主研制国内首台磁共振诊疗车——驰影A30，填补了国内移动式磁共振影像设备的空白。拥有自主知识产权的新型稀土储氢合金电极材料生产线，一举打破了日本在新型稀土A2B7储氢科技、工业技术和产品方面的垄断，已在包头国家稀土高新技术产业开发区正式投产运行。上海交通大学5N高纯氧化铝项目，实现纯度超过5N5的超高纯铝锭的规模化生产，填补了国际稀土高纯铝制备技术空白。中国科学院包头稀土研发中心高纯稀土金属项目，澄清了稀土的纯净度，填补国际空白；国六催化剂项目、北方稀土"铈锆固溶体项目"打破国外垄断，对我国燃油汽车尾气治理和稀土产业升级意义重大。包头长安永磁电机有限公司研制的特种永磁电机，广泛应用于航天航空、国防军工、精密数控机床等领域。具有完全自主知识产权的国产离心场大力矩高冲击稀土永磁同步电机，成功突破了国外技术封锁，为我国在高冲击、高精度应用领域实现核心部件国产化奠定了基础。

2020年，包头市被评为全国第二家标准国际化创新城市。市政府领导和市科技局负责人看到他们助推的一个又一个创新产品填补了我国技术空白，打破了国外的技术垄断，正逐步掌握稀土市场话语权、技术控制权和创新引领权的情况，有一种集中精力去办几件实事，进一步加快创新转型步伐的紧迫感。

三、壮阔的伟岸

白驹过隙，就在笔者凝望包头市稀土业创新转型发展全景式景象之际，又看到包头国家稀土高新技术产业开发区（以下简称稀土高新区）壮阔而绽放如新的前景，顿觉耳目一新。多年来，稀土高新区肩负着党和政府赋予的历史使命，坚持一张蓝图绘到底，一任接着一任干，着眼于长远发展，立足当前、做实当下，投到引领生机勃勃的新一轮创新发展的征程之中，去提振稀土科研机构、稀土产业园区（基地）、稀土企业和稀土人的创新创业精神。

（一）赤诚与坚守

2019年初，笔者看到北方稀土一楼大厅悬挂着"中东有石油，中国有稀土"十个字，感到热血沸腾，豪情满怀。1992年春天，邓小平同志在南方谈话中，讲过一段关于稀土的脍炙人口的名言："中东有石油，中国有稀土。一定要把稀土的事情办好，把我国稀土优势发挥出来。"如今，这句话像盏明灯一样照亮了包头稀土人的心灵。

2020年7月初，我在包头稀土研究院的大厅里再次看到"中东有石油，中国有稀土"的字幅在闪闪发光。稀土高新区人说，这句话时时闪耀着智慧的光芒，激励和鞭策着稀土人。他们从战略高度来重新认识稀土，看到稀土业创新发展的潜力和广阔前景。稀土高新区人就像蒙古马一样奋发向前，敢于应对前所未有的挑战，在倾力打造"稀土之都"的征程中，风雨无阻，奔力奔跑，登上了一个崭新的大台阶，走向了辉煌。

恰恰就是在1992年，稀土高新区被国务院命名为全国唯一一个以"稀土"冠名的国家级稀土高新技术产业开发区。包头因为有了这座稀土高新区，就不再是原来意义上的包头了。稀土高新区找到了稀土的"正确打开方式"，以不可忽略的能量与世界各地进行沟通和联系，不断提升包头稀土业创新实力和影响力，使包头更加被世界关注，使包头成为被世界青睐和羡慕的"稀土之都"。稀土高新区跨上奔向远方的骏马，在时光的隧道里奋力飞翔，实现跨越式发展，已步入全国一流的创新型特色高新技术产业开发区方阵。如今，这颗"稀土之都"皇冠上的明珠，迸发出绚烂夺目的光彩。

自2019年1月16日开始，笔者历经两年，对稀土高新区进行采访。首先走进稀土高新区党工委、管委会办公楼，拜访了稀土高新区党务综合部领导同志。在他们的安排下，笔者一次又一次认真走访分布在稀土大街、阿拉坦汗大街、黄河大街的诸多稀土科研单位和稀土企业，以及入驻稀土高新区的一些园区和基地，采访了很多稀土科研单位管理者、专家、科研人员、企业家、劳动模范、工匠以及其他员工，那一幕幕画面深深地印在我的脑海中。

如今，我对稀土高新区有个深刻的认知，稀土人用赤诚与坚守倾力打造创新型高新技术产业园区（基地），着力构筑以企业为主体、市场为导向、产学研相结合的技术创新体系，将稀土高新区打造成为一座绿树成荫、高楼林立、气派壮观、宜居宜业的现代化稀土之城。在笔者的记忆中，稀土高新区位于包头市南部，总面积为120平方公里，人口有15万，由建成区、滨河新区和希望园区组成。这里不仅充满人间烟火气息，还洋溢着稀土人创新创业的激情。稀土高新区是一座让人追逐稀土梦想的梦想之城，也是稀土人才聚集之城，与产业界和学界建立起密切的关系。笔者还感知到，这里正创建创新转型发展的最佳社会单元和创新社会的崭新模式，不断增添既"高"又"新"的重要砝码，助力包头稀土业高质量发展。

这是稀土高新区的光荣之所在，而且是更牢靠、更坚实的光荣。

（二）锐意追寻

笔者踏进创新要素活跃的包头稀土研究院、中国科学院包头稀土研发中心、上海交通大学包头材料研究院以及白云鄂博稀土资源研究与综合利用国家重点实验室、国家级工程技术研究中心、国家稀土新材料稀土行业质量检测中心和其他省部共建国家重点实验室等科研机构。这些稀土科研机构，自入驻稀土高新区以来，以"科技梦"助推"中国梦"，不断发展壮大，成为包头稀土科技创新高地。如今，这里人才济济，科技研发实力雄厚，取得了很多科技创新成果，每个研发人员都有一种日新月异、锐意追寻的紧迫感。笔者在采访中看到，这些科研机构在稀土高新区的扶持下，从过去引进吸收再创新到如今加快推进技术创新体系建设，向推动原始创新、集成创新转变，在一些关键科技创新点上发力见效，起到牵一发而动全身的效应。这一历史性变革，彰显着稀土高新区抓住了科技创新的"金钥匙"，使科研机构的发展动力正向创新引擎上切换，实现体制创新、科技创新、工艺创新的"多轮驱动"。

笔者在包头稀土研究院采访，发现科研人员把聪明才智、情感和精力投到推动原始创新、集成创新和成果转化之中，使包头稀土研究院成为创新包头的新坐标。

比如，2010年以来，包头稀土研究院科研人员发扬中国精神，增强自主创新能力，加快转型升级步伐，研制出高质量的钐钴永磁辐射环，为"神舟""嫦娥"的一次次成功飞行提供火箭精确定位、导航服务。别看钐钴永磁辐射环是个不太起眼的小部件，其作用却不可低估，把它用在火箭控制平台的陀螺仪上，可以自动控制电机速度，调整火箭方向，确保发射目标准确进入预定轨道。

包头稀土研究院最新研究成果——聚乳酸用稀土增韧改性助剂（以下简称聚乳酸助剂）取得新突破，测试结果满足下游客户要求的技术指标，将在中试生产线批量生产，走向市场，满足客户需求。

根据包头稀土研究院中试基地稀土助剂项目科研人员的介绍，聚乳酸是一种可生物降解聚合物树脂，不但在使用过程和废弃后具有环境友好的特性，而且其原料——乳酸可由玉米、小麦、木薯等植物中提取的淀粉经过发酵后得到，因此，被认为是传统石油基材料的理想替代品，是迄今为止最具市场潜力、可生物降解聚合物的绿色环保材料。然而，性脆、断裂伸长率小、韧性差、热稳定性差、成本高等缺点却阻碍了聚乳酸的进一步推广。因此，如何提高我国聚乳酸产品品质成为占据聚乳酸市场和提高其经济价值的关键问题。

包头稀土研究院中试基地稀土助剂项目组主任、高级工程师曹鸿璋在接受笔者采访时，有理有据地阐述这个研发项目的原始创新内涵和对生命的观照以及超越生命之上的追求。他说："聚乳酸助剂项目是国家工信部立项的研发项目。提高聚乳酸性能，增加其市场应用价值，考虑其对人体无害、无毒的环境友好性价值，是我们开启聚乳酸助剂研究的出发点和落脚点。我们项目组科研团队主要是通过添加一定比例的稀土助剂来提高聚乳酸的韧性。2020年，已通过客户使用评价，并进行了连续工业试验，可完全达到用户的使用要求；2021年，将批量生产，走向市场，满足客户需求。研发适用于聚乳酸的稀土助剂，我们通过探索使稀土助剂在聚乳酸基体中得以均匀分布，并与聚乳酸分子连接形成特殊的螯合性结构，有利于提高聚乳酸的抗冲击韧性和耐热性。"

曹鸿璋对此项研究成果转化成为新产品以及对产品信誉和环保性能信心十足，说："我们的产品不仅环保，而且产品质量好，价格远远低于进口产品价格。以目前使用的巴斯夫的改性剂为例，一吨25万元左右的成本，而我们的成本一吨也就10万元左右。最重要的是，稀土资源是我国的优势资源，稀土改性剂为自主合成产品，辅料可由国内厂商提供,无需进口。"

据曹鸿璋介绍得知,包头稀土研究院研发的高性能聚乳酸稀土增韧改性剂,通过了SGS(国际公认的检验、鉴定、测试和认证机构)的检验、鉴定。与进口品牌增韧剂进行连续工业试验和第三方检测评价对比,该改性剂无毒、无味、环保,且价格远低于进口助剂,市场优势显著。

郝宏波是包头稀土研究院青年一代科研人员,他与祖国和人民同行,在实现中国梦的实践中,创造自己的精彩人生。他在磁制伸缩材料研发中辛勤劳动、艰苦努力。作为项目组组长,他带领团队自2017年以来,利用3年时间研发磁致伸缩触动器。这一项目引起国内外稀土科技界的高度关注,拨动人的心弦。他认为,中国稀土科技的突飞猛进,是中华民族伟大复兴的一个重要组成部分,然而在今天看,中国稀土科技水平与世界水平还存在着一定的差距。如果稀土科研人员增强忧患意识,接续奋斗,那么中国稀土科技在不远的将来,肯定会赶上甚至超过国际先进水平。他有这个信心,因此,他从自我做起,带动团队承载着民族的夙愿前行,承载着稀土院的希望前行。

郝宏波接受笔者采访时,既蕴含热烈情感又不乏理性思维地说:"这台仅10厘米高的触动器是天文望远镜关键部件,能有效减少大气环流对成像效果的影响,对天文望远镜有重要作用,是具有自主知识产权的科技创新项目。截至2021年1月底,我们已申请国际专利2项,国内发明专利10项,实用新型专利7项。目前,7项实用新型专利已全部获得授权。"

针对日本对高性能新一代超堆结构稀土镁镍基储氢合金(简称新型稀土储氢合金)产品和技术的封锁,燕山大学韩树民教授课题组,在开展基础研究20年的基础上,与中国科学院包头稀土研发中心合作进行成果转化。2017年开始,在稀土高新区产业应用园区注册成立包头中科轩达新能源科技有限公司，建设一条年产200吨新型稀土储氢合金电极材料生产线，产品供应国内镍氢动力电池企业。这是中国科学院包头稀土研发中心在稀土高新区稀土应用产业园区孵化的一家企业。笔者走访时，欣喜地看到这条生产线全部采用具有自主知识产权的国际最先进的合金制备工艺，设备情况、生产技术水平及产品性能均处于国际前沿。与此同时，笔者目睹了他们把包装好的一批又一批产品发往国内多家镍氢动力电池企业的现场。

近年来，我国政府助推电动汽车和锂离子电池两项重要技术的研发工作和工业化生产。据报道，从2009年至2018年，我国创造了年产并销售100万辆以上电动汽车的行业奇迹。2015年，我国的电动汽车销量已超过了美国，而且还在持续增加。2020年，欧洲电动汽车销量突破100万辆，就在当年底，我国电动汽车产业变革深入发展，纯电动汽车保有量约400万辆。

在韩树民教授看来，他们团队研发的镁镍氢动力电池更安全、更节能，不仅攻克了产品组分控制和结构调控等关键技术，打破了国外技术垄断，而且成功建设了具有自主知识产权的新型稀土储氢合金电极材料生产线。其产品具有高容量、低自放电和耐低温等特点，可为安全型绿色环保镍氢动力电池、混合动力汽车、氢燃料电池以及固态储氢等提供高性能关键材料。韩树民教授自豪地对笔者说，他们的生产线为我国进一步推广高性能新型稀土储氢合金生产技术奠定了坚实的基础，将极大地促进我国高安全性、易回收水系镍氢动力电池的技术进步和产业竞争力，并为快速发展的氢能产业提供低压固体储氢新型高容量储氢材料。

（三）真诚携手

站在新时代发展和战略全局的高度，稀土高新区领导带领广大职工一路风雨兼程、砥砺奋进、奋勇搏击，强化创新意识，厚植创新土壤，出台扶持稀土企业的各项政策，增加投入，加强基础设施和研究设施建设。同时，通过财政补贴、奖励金制度和基金会等多种方式向企业提供帮助，搭建企业与企业之间互动的平台，搭建院企合作平台，全面推动提升企业创新能力，让研究机构与企业、企业与企业之间密切联系，成为科学研究并将研发成果转化为现实生产力的命运共同体。

创新创业是没有围墙的大学。随着智能制造技术的迅速发展，在产品的研制周期越来越短，新产品层出不穷、日新月异的形势下，一个企业在社会上要形成具有科技研究、科技开发、成果转化、创新创业能力的共同体去占领市场，显得势单力薄。面对这种情况，稀土高新区与入驻这里的稀土企业之间进行密切互动，促进外地企业与入驻企业之间对接，并为大项目、好项目在这里落地铺路搭桥。

从孵化器到众创空间，从自主创新示范区建设到科技成果转化，创新的火炬熊熊燃烧，照亮蓬勃发展的神州。稀土高新区不断深化企地、校地融合，加强与中国科学院、上海交通大学以及包头稀土研究院的合作，集中力量攻克"卡脖子"的技术难题，确保重点项目转化落地，同时，稀土高新区努力去做引领性创新成果，发挥产业基金带动作用，加大对科技型优势特色项目的股权投资，实现产业链、创新链、资金链的有效衔接。据笔者了解，截至2019年底，中国科学院包头稀土研发中心和上海交通大学包头材料研究院累计追踪高技术成果60余项，建立中式示范线18条，开发产业化项目11项，为200余家企业提供技术服务，帮助企业向价值链上端攀升。

院企紧密合作开发的纳米超光滑铈基抛光液可控制备技术与产业

化取得重大突破，产品达到国际领先水平。这个实例既独特，也很有意义。铈元素在17种稀土元素中储量最丰富，占比较大。院企合作利用铈元素，高附加值开发，为提升我国稀土业整体科技水平的提升做出新贡献。在集成电路芯片制造中，减薄与平坦化所用的抛光材料几乎被美国卡博特公司和日本福基米公司的纳米氧化硅所垄断，已成为限制我国芯片发展的"卡脖子"问题之一。中国科学院国家纳米科学中心研究员王奇接受笔者采访时，深有体会地说："在中国科院包头稀土研发中心的协调下，中国科学院国家纳米科学中心与包头新雨稀土功能材料公司紧密合作，创建联合实验室，共同开展技术研发，取得了突破性进展。从院企合作开展研发到将成果转化为现实生产力，我每个月去一次包头，与企业的科研人员并肩作战，攻克一个又一个技术难关，在实验室和中试生产线度过了近4年的光阴，终于解决稀土纳米颗粒团聚与球形化的国际相关技术难题，成功开发比氧化硅抛光活性与选择性更高的集成电路纳米稀土超光滑抛光液，将稀土氧化铈的附加值提升至原来的100倍。我可以自豪地告诉大家，该技术成果具有自主知识产权，将在我国进行产业化推广，有望实现年产1万吨、年创收20亿元。"

近年来，稀土高新区以打造国家级稀土新材料、稀土永磁电机、储氢材料等研发基地为目标，以培育发展稀土行业明星企业、骨干企业为重点，围绕产业链部署创新链，围绕创新链布局产业链，着力提升自主创新能力和关键领域技术创新能力，支撑稀土业高质量发展。截至2020年底，入驻稀土高新区的稀土工业企业、科研服务和相关配套企业达115家，稀土功能材料及终端应用产品工业企业占比近90%。

企业是推动创新创造的生力军，没有创新就没有企业的今天，也没有稀土产业的明天。

笔者在包头长安永磁电机有限公司采访时了解到，公司总经理、教授级高级工程师张继鹏，自哈尔滨工业大学毕业后就来到包头艰苦创业。他带领研发团队进行长久的"探索性研发"，着力提升稀土科技自主创新能力和在关键领域、技术领域以及国家急需的高精尖技术领域的创新能力，把诸多研发成果转化为现实生产力，支撑企业高质量发展，也支持国家重要装备的列装，使企业步入"明星企业"和"骨干企业"行列。比如，他们开发的高精度稀土永磁无刷力矩电机、稀土永磁直流力矩电机、稀土永磁同步伺服电机、水下航行器稀土永磁无刷水密电机、稀土永磁双转子电机等多种稀土高科技产品，牢牢占据了国内稀土永磁电机高端市场；他们打造出"长安"永磁电机等产品，广泛应用于航空、航天、航海、兵器等国防领域，以及风力发电、海浪发电、电动汽车等高效节能领域。这样辉煌的成就，来之不易，但也绝非偶然。公司副总经理苏锦智谈到张继鹏时，说："可以说，张总是在应对挑战中站立起来的，二十多年如一日地不断探索进取，埋头苦干，以刻苦钻研为'金钥匙'打开了科技的'金库'。我知道他的生活远比想象中更艰难和孤独。他十天半个月不回家，用粗茶淡饭在实验室和中试生产线度过是常态。"

苏锦智对稀土高新区怀着一颗感恩之心。他恳切地说，在稀土高新区出台的"稀土产业发展三年行动计划""支持支持稀土企业新材料产业园区发展十条""科技'小巨人'企业培育扶持办法"等政策的推动下，公司不断创新发展，先后成功开发了10多类300多个规格的高精尖永磁电机。其中，"高效稀土风力发电机"系列发电机，荣获国家科技进步二等奖；"永磁直流电动汽车电机"，荣获内蒙古自治区科技进步二等奖。他们从奋斗中收获更多的自信和勇气，在稀土高新区的扶持下打开新的未来，迈向稀土科技创新的巅峰。

包头天和磁材科技股份有限公司（以下简称天和磁材），是专业研发、生产和销售高性能稀土永磁材料的重点高新技术企业、科技创新型企业。公司总经理陈雅接受笔者采访时，以流畅的语言，生动的实例和闪光的数字讲述企业从小到大、从弱到强的发展情况。她说："天和磁材创建于2008年。2010年至2012年期间，公司发展比较缓慢。那些年，公司生产规模不大，产品质量不尽如人意，处于徘徊不定的状态。面对困境，公司绘制打造'百年天和'的远景，坚持图强不贪大和可持续发展理念，以自主技术研发创新为核心，充分依托包头稀土全产业链，深耕高性能稀土永磁材料领域，走出一条创新发展之路。2016年至2018年，在稀土高新区产业转型升级基金、原材料和销售补贴、优惠电价等各项优惠政策的扶持下，公司发扬吃苦耐劳的精神终于形成规模。"

如今，该公司已建成万吨永磁生产基地，拥有稀土原料供应—生产—成品加工—表面处理的稀土永磁生产全产业链。他们已拥有先进的生产技术，高端产品的生产和研发能力，还有关键设备的设计和制造能力，实现精益化生产和智能制造，使得天和磁材在不断发展壮大的过程中，形成了原料供应、技术创新、产能规模和产品质量成本等方面的核心优势。公司还成立研发中心，加快科技创新步伐，硕果累累，被授权的发明专利已达55项，其中国际专利33项。

陈雅对公司的未来充满信心，说："在'十四五'规划的开局之年，公司将开拓新境界，坚持科技创新，转型发展，奋力成为稀土永磁材料行业的全球引领者。"

（四）这缘分像一道桥

"能够有机会为稀土企业服务是个缘分，这缘分像一道桥，连接着稀土高新区工作人员与稀土企业人员的心灵，方便双方沟通和联系，有利于促进事业的发展，也有益于加深双方的友情。"这是稀土高新区领导和工作人员共有的感受。

多年来，稀土产业基地管理处副处长张艳苹向入驻稀土高新区的100多家稀土企业提供周致、高效的服务。她把为企业服务当作一种缘分，将服务变成一种自觉行动，一种责任感。张艳苹从事稀土高新区稀土产业基地管理工作以来，及时将稀土高新区各项优惠政策传达到企业，办事及处理问题时讲究原则。她将微笑挂在脸上，注重与企业负责人及员工之间的沟通与交流，赢得了服务对象的信赖和赞誉。

为保障高新技术产业基地厂房效益最大化，稀土高新区对近几年未达标的企业采取退出机制，用他们的话来说，这是一种"腾笼换鸟"的做法。基地内的欣海工矿科技有限公司因几年来规模效益不高，未达到相关标准而被退出稀土高新区基地。企业领导不愿离开基地，张艳苹多次耐心细致地做该企业领导的思想工作，同时，为了保障企业能继续留在高新区发展，她联系多家民营企业厂房，安排工作人员带企业负责人去看厂房。她热情诚恳的服务态度让该企业老板感动，最终同意搬出基地。在搬离之前，企业领导打来电话说："张处长，我支持你的工作，决定搬出基地了。我虽然离开基地了，但我要向你表示感谢！我这么个小公司，你没有让我们一走了之，而是一如既往地关心我们未来的发展，想着我们，热心帮我们联系厂房，带我们去看，我很感动。等到我们公司做大做强后，还要回稀土高新区基地发展，希望你还能欢迎我们回来。"企业方的一番话让张艳苹感动，自己认为应该做的小事却受到企业老板如此认可，她的内心暖暖的。

从北京搬到稀土高新区的包头永真静平磁性材料科技有限公司，在建设项目即将竣工前，与施工方因价格问题出现纠纷，施工方停工，双方出现不友好的举动，影响项目的竣工和生产。解决纠纷并不是一件容易的事，操作难度很大。张艳苹了解事情的来龙去脉后，多次对双方进行协调。后来，她多次约施工方和永真静平公司，安排双方重新根据实际施工内容做决算，补充监理手续，并组织稀土高新区建设局、劳动监察部门、工程甲乙双方、监理单位开协调会，最终通过严肃认真的协商使双方达成认可的工程款，同意分期付款的一致意见。张艳苹也督促施工方加快后期装修和修复收尾工作，保障了永真静平公司的全面投产。

张艳萍默默无闻地搭起政府与企业沟通的桥梁，让企业放心地在稀土高新区发展。

据稀土高新区党务综合部李学斐介绍，稀土高新区设置了稀土高新区希望园区、稀土应用产业园区、机电园区和稀土高新区国家双创示范基地。这里处处都在讲述着稀土高新区向企业送去创新发展的"金钥匙"与提供优质高效服务的事迹，以及双方加深友情的佳话。

稀土高新区不同于一般的工业园区，其重要功能是以科技创新为引领，发展高新技术产业和高端产业集群。稀土高新区国家双创示范基地牢牢把握"高"和"新"的定位，强化建立战略性新型产业和高新技术产业，因地制宜、因园施策，带动形成若干高新技术产业集群，构建高端产业集聚。稀土高新区国家双创示范基地是一个巨大的孵化场，目前已形成"创业苗圃+孵化器+加速器+基地"全链条式的平台孵育体系，分别为处于种子期、初创期、成长期、成熟期的创新型企业提供成长平台。

对于"种苗企业"，稀土高新区依托国家双创示范基地，为"种子期"企业提供席位并提供资本对接、项目路演等全方位创业服务，使种苗企业"生根发芽"。

对于"成熟企业"，稀土高新区提供资本、人才、技术等方面的配套服务，帮助他们转变营业模式、管理体制和融资理念，并满足他们不同发展时期的物理空间需求，让他们加快创新转型发展步伐，使他们"开花、结果"。

笔者多次走进国家双创示范基地，采访了一些企业，了解到他们从蹒跚起步到依靠自主创新迅速成长壮大的过程，也目睹了创新创业者挥汗如雨的辛勤付出和收获创新成果的喜悦之情。在稀土高新区的大力扶持下，一批又一批企业破茧成蝶，并通过开拓创新，在激烈的市场竞争中，激发出澎湃的创新动能。

笔者几次采访入驻该基地的包头市英思特稀磁新材料股份有限公司中层管理人员和车间工人，看到了企业科技创新事业蓬勃发展的新景象以及职工共享创新成果的景致。该企业于2011年6月成立，是个很小的"种苗企业"。从初创期到后来发展的各个阶段，稀土高新区向该企业提供全方位的创业服务，在场地、房租、水、电、气的使用方面给予优惠，尤其对他们的厂房租赁给予3年免费，促使企业"生根发芽"。

自2016年始，该企业步入"成长企业"的行列，稀土高新区向该企业提供资本、人才、技术等方面的配套服务，帮助他们转变营业模式、管理体制和融资理念，助推他们加快创新发展步伐，促使他们"开花、结果"。

笔者通过几次采访了解到，该公司进入"成长期"之后，其业务范围涉及汽车、电机、家用电器、扬声器、油田打捞、船舶、风电、航天航空等领域的创新产品。该公司自进入"成熟期"以来，不断提升产品的科技含量，开发出新能源汽车、手机、电声等行业永磁体及磁性应用器件的前沿技术，使产业得到进一步转型升级。笔者在该公司车间采访时看到，他们通过独特的磁路设计开发高端应用器件，用于电脑、手机等通信设备，以及新能源电机、风电、磁悬浮、远洋打捞、航空航天、船舶和各类热交换器的防结垢装置等磁性件应用端新产品。比如，他们设计和研发的稀土磁化水器引人注目。这款水器看起来体积小，却能广泛应用于军用船舶、热交换器以及家用暖气管道，有效阻止水垢的形成，达到节能环保的目的。

2020年12月4日，笔者在稀土高新区梁先生的带领下采访该公司总经理助理范立忠。范立忠聪慧、热情、健谈，对稀土高新区向该企业送来科技创新"金钥匙"的服务模式表示十分满意，同时，对稀土高新区向他们提供全方位服务的情况进行了客观评价。"在公司发展的不同阶段，公司都享受到实实在在的政策扶持。2016年，公司申请到稀土创新与产业基金2000万元。仅此一举，就像在紧要关头给我们送来阳光和新鲜空气一样，温暖了心田，增强了活力。此外，公司接着还申请到出口和参展补贴。公司处在'成熟期'时，稀土高新区管委会主要领导多次来公司进行调研，在子女教育、引进磁材人才、科技创新、智能化等方面为企业提供优质服务，促使企业创新转型发展步入快车道。"接着，范立忠站起身来，侧着头满意地笑着，并自豪地说，"2020年，公司厂房租赁面积已有2000多平方米，职工总人数从2011年的几十名发展到1400多名。2020年，公司总产值从2011年的几十万元增加到4.25亿元，实现盈利8200万元，实现上缴税金1600万元，公司的发展再上新台阶。"

大地熊（包头）永磁科技有限公司（以下简称大地熊永磁公司）是安徽大地熊新材料股份有限公司的全资子公司。公司成立于2017年，至今已有4年的发展历史。这是一家集钕铁硼、钐钴等磁性材料应用产品开发、研究、生产、加工、销售、进出口贸易于一身的公司。

总经理刘明辉深情地回忆，2017年，经过一系列的调研，当了解到包头在稀土资源与政策支持上都优于其他地区之后，他们的梦想就从包头起航，开启创新创业的历程。与此同时，他还对包头市政府及稀土高新区为他们的创业与发展提供优质服务，将他们扶上马、送一程的人和事念念不忘。"2017年10月，公司完成工商注册。接下来，租赁厂房，安装设备，启动中试生产线。在稀土高新区稀土和高新技术产业局的帮助下，2018年11月，公司全资收购了包头奥瑞特永磁材料有限公司，建成年产3000吨专用钕铁硼生产线，并于2019年10月全线投产。大地熊永磁公司在发展的每个紧要关头，都有稀土和高新技术产业局帮我们把政策、定方向，稀土产业基地管理处工作人员在公司现场办公，一直伴着我们在筑梦路上渡过难关，也提振了我们战胜困难的信心。他们亲善、热诚的神态一直在我的心里萦回。"他接着说，"稀土高新区积极为我们申报电力多边交易政策，不仅使我公司生产成本大大减小，而且增加了产能。此外，稀土原材料供应价格的优惠使公司更富活力。租房补助、稳岗返还等基础政策与补助，大大减少了公司的后顾之忧。稀土高新区一流的营商环境和干部队伍高效服务的作风，让我们集团增加了在包头投资新建项目的信心。2020年10月，与稀土高新区再次签订入区协议，购地139亩，新建5000吨高性能稀土永磁材料及器件项目。"

2020年12月4日，笔者再次走进稀土高新区稀土新材料产业基地。磁性材料产业链延伸的最后一道工序离不开电镀这个环节。稀土永磁材料，有磁才能运行，这个材料在使用过程中产生热量时，磁性作用会下降。中国稀土界通过多年的研究发现，稀土永磁材料终端产品上电镀铜、镍之后，磁在运行过程中虽然发热，但表磁的作用不会下降或衰退。以前，这种前沿技术被日本人掌握。如今，这种前沿技术已被包头稀土人掌握，尤其是包头汇众磁谷稀土科技有限公新建的两条生产线，其自动化程度、电镀科技创新和工艺水平已达到全国最好水平，突破了被发达国家"卡脖子"的问题。

2020年以来，稀土高新区以全力打造"世界最具影响力的磁谷"为目标，鼓励企业发展中高端稀土永磁材料，生产高磁性能、高稳定性、高一致性的永磁材料产品，提升产品附加值，提高自动化能力，进一步增强高性能磁性产业的影响力，助力包头"稀土之都"建设，加速创建全国电镀规模最大、配套齐全的包头稀土新材料产业基地。如今，这里已建成23万平方米的产业基地，包头金山磁材有限公司、包头天和磁材科技股份有限公司、包头市金蒙汇磁材料有限责任公司等十几家永磁终端产品电镀企业入驻此地，共建成45栋生产车间，各企业同时间赛跑，勠力同心，求是创新，为改变电镀技术和工艺落后的现状，打响了一场电镀创新攻坚战，取得了佳绩。稀土高新区科技创新中心总经理永平说："基地落成前，包头稀土产品很难做成终端产品。基地的落成不仅打通了稀土产品向终端迈进的瓶颈，而且填补了稀土高新区稀土产业的空白。"

笔者采访了包头汇众磁谷稀土科技有限公司副总经理曾玉勋，他主管公司的技术与生产工作。多年来，他在广东、天津等地的稀土企业开展电镀工艺的研发工作，积累电镀生产经验，掌握电镀技术原理与操作方法。在这一基础上，他来到包头帮助企业制订突破关键技术瓶颈的生产工艺方案，让"镍—铜—半光亮镍—亮镍"4层镀形成的稀土磁体表面镀膜技术被开发应用。刚开始研发这种新技术时，山一般大的困难挡住了他的路。但勇气长一寸，困难就会缩一尺。稀土永磁电镀加工是永磁新材产业链延伸中的一个瓶颈，为了突破这一瓶颈，他练出一身胆，带领团队自行设计生产工艺，新建稀土永磁滚镀铜镍生产线、稀土永磁滚镀锌自动生产线，使创新成果得到转化应用。他们在掌握"镍—铜—半光亮镍—亮镍"4层镀形成的稀土磁体表面镀膜新技术的基础上，新建稀土永磁滚镀铜镍生产线。"创新起点高，定位高端，电镀出的产品质量优良，深受用户的喜爱和好评。如今，公司申请的10项实用新型专利已获得国家专利局授权。公司还申请了3项国家发明专利，待国家专利局审核授权。"曾玉勋感慨地说，"从我公司初创时期开始，稀土高新区稀土新材料产业基地对公司科技创新与产业转型给予扶持和关心，并从水、电、气的使用上给予优惠，在食宿上也给予便利条件。上个月某一个星期日，公司的水管子出现问题，眼看就要给企业生产带来很大的损失。我们给基地打电话紧急通报此情况时，他们马上派人抢修，避免了生产事故的发生。"

第三章

"创新"敲响人间

创新是创造新的知识，并将知识要素与传统经济要素相结合，形成新的产业领域的过程。

创新是一个民族进步的灵魂，是国家兴旺发达的不竭动力。稀土创新事业敲响人间，又张开双臂拥抱包头稀土事业，并在创新驱动发展战略中建功立业。

在这个章节中，笔者怀着欣羡之情，向读者推介包头稀土研究院、中国科学院包头稀土研发中心、上海交通大学包头材料研究院有关科技创新的感人故事，展示科研人员紧紧抓住科技创新这个关键变量，坚持需求导向和问题导向，从国家、地区及科研单位的需求出发开展科技创新的精神境界，以及无私奉献的觉悟、信念和其他管理者的气魄与心智。

一、老树新枝俏争春

包头稀土研究院（以下简称稀土研究院）从历史的深处走来，以矫健的步履穿越58个春秋。这所历经沧桑的老牌稀土研究院以饱满坚忍的品行，经过多年的拼搏和进取，如今焕发青春，让稀土放射出耀眼夺目的光芒。

2019年、2020年，笔者先后6次采访了稀土研究院，印象深刻，感触颇多。在创新发展中，他们有过迷茫，也有过转型期的阵痛，然而笔者看到的是，他们享受成功的那种喜悦振奋的场景，以及肩负着党赋予的历史使命，艰苦创业、创新发展，凭借着一股子勇气与闯劲，创造出让世界刮目相看的奇迹。

（一）敢问路在何方

1963年，稀土研究院正式成立。从此，这所综合性稀土研发机构，以稀土资源综合开发利用为己任，开展稀土资源的开采、选矿、冶炼、萃取分离、火法冶金、稀土磁性材料、磁制冷材料、发光材料、储氢材料、抛光材料以及稀土镁合金、稀土环保材料等稀土新材料的研发工作。

20世纪60年代中期至80年代初，稀土研究院是隶属于国家冶金工业部的正地级科研机构，全院拥有职工1200多人。稀土研究院科技力量雄厚，科研成果丰厚，多次得到国家冶金工业部的表扬和嘉奖。

20世纪80年代初，稀土研究院的工作就像驴子推磨走老路，任凭科研人员长上六手八眼也未能发挥作用，科研工作陷入低谷，人心涣散，渺茫无望。1983年1月10日，《人民日报》头版刊登了一封来信，题目是《我们想起飞，没人按电钮——包头冶金研究所225名工程师的呼吁》，一石激起千层浪，在社会上引起了强烈反响。1983年初，包头冶金研究所组建了新的领导班子，推动改革发展的步伐。与此同时，落实知识分子政策，提拔和重用一大批优秀青年科技人员，迎来了开拓创新、欣欣向荣的新局面。

1985年，包头冶金研究所正式改名为包头稀土研究院，将"稀土"两个闪亮的字明确地提出来，确定了稀土研发的正确方向，开始了壮美的稀土研发征程。

（二）向着太阳出征

20世纪80年代中期至90年代末，稀土研究院科研人员活力奔涌，激情飞跃，筑梦稀土，为稀土研发事业做出了重要贡献。其中，王琦、叶祖光、谢宏祖、黄林璇等是老一辈稀土专家在稀土研发工作中做出了突出贡献。当时，职工们尊称他们是稀土研究院科技创新的"四梁八柱"，他们有抱负、有理想、有担当，具有吃苦耐劳、一往无前的精神。他们是如何扮演时代赋予的角色的？我通过电话采访了这几位老专家，又跟老稀土人了解他们的事迹，还阅读了相关资料。请允许我以自己的方式理解他们，书写他们，赞颂他们。

王琦，出生于1938年，是位有血有肉、有情有义的教授级女高级工程师，国家有突出贡献的专家，是稀土研究院有突出贡献的老一辈科研人员。1987年7月16日，在内蒙古自治区妇联召开的"双学双比""争优创先"表彰大会上，她介绍自己的先进事迹，我在台下聆听了她的发言。当她用清脆的声音介绍自己的一项项科研成果时，人们以敬佩的目光注视着她，并报以热烈的掌声。80年代，她还是个40多岁的中年科研人员，但她体质羸弱，意外的车祸使她腰椎受伤，走起路时如雨的汗水大颗大颗地从她的身上滴下。就是这样一位身体虚弱的女人，却用坚强的肩膀扛起科研工作的重任，攻坚克难，在20世纪80年代推出了3项重大科研成果。

据《包头国家稀土高新技术开发区志》中记载，王琦作为主要参与者和子课题负责人，参加"P507盐酸体系轻中稀土全萃取连续分离工艺"研究，研究成果荣获1985年国家科技进步奖二等奖。王琦负责完成的"直接萃取制备荧光级氧化铕"课题，荣获1985年国家冶金工业部重大科技成果奖二等奖；"独居石氯化稀土P507萃取分组与稀土分离工业试验""'一分三'萃取新工艺研究"，荣获1987年度国家科技进步奖二等奖。1990年，她设计并组织完成了"P204萃取分离轻稀土工艺艺研究"课题并通过国家冶金部技术鉴定，在江西、湖南几家稀土厂应用，取得了较好成绩。

王琦带领子课题团队，精确把握工艺的操作步骤，不断完善工艺流程，攻克一道道难关，最后取得举世瞩目的成绩。她在稀土研发界的知名度逐步提升，先后两次被邀请参加在美国召开的国际稀土专业会议。

后来，王琦被包头稀土研究院委派到湖南桃江稀土金属冶炼厂转让萃取分离技术。我采访她的时候，她给我讲述了她带领几名年轻的科研人员到湖南转让萃取分离技术时遇到的尴尬境地：那是1985年的秋天，她受包头稀土研究院派遣，赶到湖南省桃江稀土金属冶炼厂，那里将要举办稀土萃取分离技术转让仪式。当时，厂方负责人看到她又瘦又小的身材和不具派头的模样，觉得她不可能有什么作为，便皱了皱眉头，用僵硬的手势示意她回去，叫包头稀土研究院换个人来完成这项工作。王琦看看四周，脸上闪过一丝苦笑，但她用昂扬有力的口吻说道："请你们放心，我是一名久经锤炼的稀土专家，对这个项目的完成很有把握，才受包头稀土研究院的委托堂堂正正地奔你们而来的，我不会让你们失望的。"

王琦一头扎进萃取分离新工艺工业试验中去，心无旁骛，潜心研究，工艺设计一丝不苟，计算数据精确无误，操作紧张有序。不到30个小时，传来让人振奋的消息：她试生产的低端产品完全合格。顿时，全厂400多名职工欢欣鼓舞，激情飞跃，祝贺稀土试生产圆满成功。从此，王琦跟厂家之间建立起相互信任的关系，进一步开展稀土萃取分离技术的工业化试验。在试验过程中，她敢于跨入前人没有走过的路，大胆地在"一分二"串级萃取理论设计公式的基础上，提出了"一分三"串级萃取理论设计公式，并且直接上工业试验，提取了纯度高的稀土，取得了令厂家十分满意的成果。自此，湖南省桃江稀土金属冶炼厂一举扭转了10年亏损的局面，首次跃入先进企业的行列。

1988年，包头稀土研究院为了以技术入股的形式与湖南益阳联手建立益阳稀土厂，又派遣王琦去帮助他们建厂并进行技术转让工作。王琦受到包头稀土研究院的重托，告别亲人来到益阳，从工厂的选址、工程设计、工程建设到试车投产，全面负责技术工作。

在帮助益阳建立稀土厂的过程中，为了尽快建成投产，王琦夜以继日地工作。其间，她想念家、想念丈夫、想念女儿，有时偷偷地抹眼泪。王琦懂得人生有限，但她战胜了内心的焦虑，主宰了自己的命运。

工作中，王琦忙得不可开交，她的眼睛红了，咽喉肿了，咳出的痰中带有血丝，但她还是一刻都不肯停下来休息。有人劝她说："悠着点吧，为一家外地厂家服务，你命都不要，多不值得啊！"王琦不以为然，坚定地说："单位信任我，将我派到这里开展工作，我代表的是包头稀土研究院的形象。此外，益阳稀土厂对我寄予很大希望。因此，我就得凭着良知，全身心地投入这项工作中！"她在益阳稀土厂坚持拼搏5年。1992年，建成一座现代化稀土厂并投产，让稀土在湖南大地上闪耀出灿烂的光芒。

叶祖光，1941年出生，共产党员，从武汉大学毕业后，被分配到包头稀土研究院。他是享受国务院政府特殊津贴的教授级高级工程师，稀土冶金及功能材料国家工程研究中心首席专家，国家有突出贡献专家。

打眼一看，叶祖光瘦弱而朴素，但他神情坚毅，充满工作激情。

1979年，叶祖光担任了"P507稀土全萃取连续分离工艺模式及工艺流程方案"（包头稀土研究院、包钢稀土十三厂、包头一冶炼厂合作）课题组组长。他们团队从事的技术开发课题是个艰巨的技术创新系统工程，首先在对理论技术、行业现实情况、市场前景进行深入研究、缜密分析的基础上提出课题，再对课题的设想进行小型试验、扩大试验、工业试验、推广应用等五个前后相连阶段的技术攻关。叶祖光担任小型试验、扩大试验、工业试验三个阶段的技术组组长、第一技术负责人，同时也是推广应用阶段多个项目的设计者、技术负责人。叶祖光从列项答辩、工业设计，到设备施工安装技术指导，再到进行工业试验，以领队和第一技术负责人的双重身份带领团队在现场奋战近两年，直至任务胜利完成。

当时的试验条件很差，设备相对落后，各种试验都得靠人工进行。叶祖光带领团队人员轮流上阵，攻坚克难，决心破解核心技术。但想在稀土连续萃取分离关键技术上取得突破，对他们来说近乎天方夜谭。叶祖光为了勉励团队其他人员，坚定地说："稀土元素已成为影响未来世界经济社会发展的核心元素之一，眼下开发的这项全萃取连续分离技术就是点石成金的关键性技术。我们的使命光荣，任务艰巨。我们首先要在思想上突破传统观念，同时，要创新技术理论，以创新理论指导实践，才会厚积薄发。"叶祖光带领团队夜以继日地守护着试验室，紧张而有序地进行一次又一次试验。他不停地观察、思考和记录数据，从一次次的失败中吸取教训，抽象综合，举一反三，不断更新攻关模式，选择最优的试验方法。

　　缺乏可供参考的技术资料，成为他们团队攻坚克难的一大难题。为了查阅资料，叶祖光几乎走遍了全国各大图书馆，翻阅相关书籍和资料，用孩子般的好奇心关注和认识陌生的事物，用大海捞针的信心去寻找更新的信息。他在大学里学的外语是俄语，但很多稀土书籍和资料都是用英文撰写的。他想，要在该领域研发出"颠覆性成果"，就得下定决心在百忙中像春天的蜜蜂采蜜一样去学习英语，达到能够阅读英语资料的水平。后来，他查阅到的英文资料，拓展了他的眼界和思路，助力他们团队进行科研攻关。他这种吃苦耐劳、一往无前的精神，给团队人员带来勇气和力量。在后来的两三年里，他和他的团队精诚团结，奋发向前，终于攻克"P507稀土全萃取连续分离工艺模式及工艺流程方案"，研发成果取得圆满成功，达到国际先进水平。

　　两年后，叶祖光承担了"15个稀土元素全萃取分离工艺"课题。当他正在紧张地投入新一轮研发工作时，他的妻子得重病，卧床不起。在这种情况下，叶祖光早晨6点就起床，做饭煮药，照料患病的妻子，安顿好家里的事情，再赶去上班，照常开展攻关，反复试验。他勇于精进，竭力支撑，得到领导的信任和同事们的尊重。叶祖光的两项研发成果，先后在全国20多家企业推广，形成我国单一稀土企业群，也培养了国内大批稀土萃取分离研发、生产的技术人员和工人，在国内外稀土行业产生强烈反响。

　　为稀土串级萃取理论的建立和发展做出重大贡献的"稀土之父"、中国科学院院士、北京大学教授徐光宪，在《稀土串级萃取理论的建立和发展纪实》中写道："包头冶金研究所（现为包头稀土研究院）等完成了用萃取剂P507在盐酸体系中全萃取连续分离轻稀土元素的扩大试验。我参加了鉴定会，认为这个工艺可以同时得到6个高纯稀土产品，收率高，单耗少，经济效益高，具有国际先进水平，在稀土行业具有里程碑式的意义。"该项目被列为国家"六五"科技攻关项目，成为我国第一条工业规模P507全萃取连续分离轻中稀土元素，同时取得了6个单一稀土纯产品。

喜讯不胫而走，南北各地的领导，国有、民营企业的老板们纷至沓来，寻求技术转让或商讨联营办厂。包头稀土研究院先后在包钢稀土十三厂，江苏常熟、常州，以及广东平远、辽宁辽阳、山西原平、陕西岐山、湖南桃江、湖南益阳等地，与很多单位联营办厂或技术转让，并带动了其他地区投资建厂的热潮。后来，叶祖光及其团队研发的产品源源不断地进入国际市场，占领国际市场份额的80%。

叶祖光及其团队研发的"P507全萃取连续分离工艺模式及工艺流程方案""15个稀土元素全萃取分离工艺"分别荣获国家科技进步奖二等奖、三等奖。他以一个共产党员始终不渝的人生追求，谱写了一曲稀土科研事业的壮丽诗篇。他先后获得"内蒙古自治区劳动模范""内蒙古自治区优秀共产党员"等荣誉称号，并获得全国五一劳动奖章。

谢宏祖，生于1938年，教授级高级工程师，是我国稀土界知名专家。1962年，他毕业于兰州大学物理系磁性专业。他先后承担了"六五"后期，"七五""八五"国家科委重大科技攻关项目，被评为国家有突出贡献的中青年专家。他当选为八届、九届全国人大代表，是内蒙古自治区稀土领导小组专家组成员。

谢宏祖的人生之路充满了各种挑战，他选择了拼搏和奉献，用理想信念之光点燃生命之火，以过人的毅力创造了稀土事业的奇迹。

几十年来，谢宏祖为我国稀土永磁材料的发展事业默默奉献自己的才智。他的研究涉及基础研究、应用研究、工艺理论研究、高性能磁体制造、工艺设备设计以及工业规模化生产线的建设等。谢宏祖参与研制的新型磁性材料–0错钐钴，对于难度大的钐钴径向的开裂问题，提出了理论上的解释。他主持研究的"新型稀土永磁材料钕铁硼（磁能积25–035MG0e）"，获得国家冶金工业部科技进步奖二等奖。（高职能36–040MG0e）钕铁硼永磁材料""高职能41–045MG0e钕铁硼永磁材料"，分别荣获国家冶金工业部科技进步奖二等奖。

在永磁材料研究中，谢宏祖解决了困扰稀土学界10年之久的SmCo5相关分析问题，发现了SmCo5磁体在750度C矫顽力下降的原因，克服了矫顽力下降的弊端，对150度C～450度C的相交提出新机制，使生产工艺稳定，有力促进了第一代稀土永磁材料的发展。谢宏祖是国内较早研发钕铁硼的成功者之一。国家冶金工业部军工办凭借谢宏祖对钕铁硼研制成功的案例，决定在包头稀土研究院建设国内第一条年产40吨的钕铁硼磁体中试生产线。

谢宏祖没有停下奋发向前的脚步，为了赶超世界先进水平，他提出无氧工艺理论和无氧工艺生产线的新理念，接着在包头稀土研究院筹建一条50磁体积的试验生产线。

1990年，谢宏祖在无氧工艺实验室做出了磁能积为52.2MG0e的钕铁硼磁体，超过日本当年公布的50.6MG0e，在当时是最高的技术水平。该攻关项目后来荣获国家科技进步奖一等奖。该项目的快速研发成功，打破了部分发达地区的技术封锁和专利的制约。

1994年10月，美籍华人、诺贝尔物理学奖获得者丁肇中走访谢宏祖时，讲述他的试验室在太空建了一座磁场，探测反物质的存在，他希望中国能为这项试验提供磁体，磁体性能越高越好。丁肇中问谢宏祖能不能生产50磁能积的钕铁硼磁体。谢宏祖对他们团队能生产出50磁能积的钕铁硼磁体很有信心，但对接受如此重要的任务，内心是十分矛盾和复杂的。丁肇中先生为了让他的祖国能参与到这一国际科技合作项目，从美国跨越太平洋来到中国，四处寻找能参与这个项目的单位和人员。这种爱国之心激起了谢宏祖的热情，就这样，他接下了这个任务。

　　这项工作得到国家冶金工业部、包钢和稀土研究院的大力支持。这项任务中最重要的是启动生产线的建设，还要选设备，订购设备，开展一系列的准备工作。然而，市场上销售的都是非标设备，因此，他们要自己设计和自制不锈钢设备。谢宏祖和课题组的年轻科技人员刘国征、丁开鸿加班加点，想办法，出主意，充分考虑设备加工和安装上的每一个细节，紧紧抠住"无氧工艺"的关键环节。2020年7月17日，笔者在稀土研究院无氧中试生产线参观了他们当年制作的无氧中试生产设备。用当下的眼光来看，它是很落后的，但在那个年代，它可算是个先进设备。

　　功夫不负有心人，1995年10月15日，无氧中试生产线投产；11月，生产出合格的产品。美国能源部检测样品后，才正式同意AMB仪的磁场装置由中国科学家完成，这样谢宏祖和他的团队才参加到这一国际科技合作项目之中。

　　紧随其后，1996年4月24日，负责磁场组装的中国科学院电工所和稀土研究院正式签订了钕铁硼磁体供货合同。时间紧迫，不到一年的时间就要生产出2吨高性能磁体，而正式合同又提高了性能指标。谢宏祖和他的团队夜以继日地奋战，抢夺时间，就在找到新的技术条件并准备试生产的关键时刻，一件可怕的事情发生了。5月3日，包头发生6.4级地震，对这条要求真空度非常高的无氧工艺生产线带来了致命的影响。谢宏祖是个坚强、耿直的人，但在此刻，有一种令人痛心疾首的感觉从四面八方包围着他，几乎把他的胸膛压破了。他最担心和烦恼的事情就是不能按期完成供货任务。

　　谢宏祖担心的事还是发生了，他们停工3个月。其间，他们全面检测和维修生产线。恢复生产线之后，需要试运作和试生产。眼看就要到交货期了，即使是日夜兼程地生产，也不能完成丁肇中所要求的产量。他那颗忐忑不安的心越跳越快，双腿也不听使唤，像筛糠似的乱颤起来，手心里都出了汗。

谢宏祖缓过神来后，随即同丁肇中驻院代表共同研究，采取应对措施。自然灾害给他关上了这扇门，但老天爷却帮他打开了另一扇门。在他和驻院代表的商议下，寻找德国VAC公司的帮助，共同完成高性能磁体的生产任务，并将磁体按时装入太空试验装置，准时发射升空。

1997年，谢宏祖带领团队向研发出更高水平的磁体进军时，他唯一的儿子却出车祸丧生。灾难像晴天霹雳一样，给谢宏祖一家人带来了沉重的打击。眼泪从他那凝滞的双眼里流溢出来，流过他的脸颊，滴在他的胸口。后来的那些日子，他整天呆滞地凝视着儿子的遗像。他的神智混乱不清，愁云满面，忧心忡忡。他和妻子很长时间都在痛苦中挣扎，妻子缺少血色的脸上骤增许多皱纹。

不完美，是人的常态。谢宏祖的心总是在像被撕破了一样难受，但他没有自我迷失，更没有被命运击倒，奋进的职业精神重新激起了他对稀土科研的梦想，也使他从痛苦中逐渐站立起来。

在工艺研究方面，以控制氧含量为核心，用4个工艺参数使复杂的工艺过程和磁体性能之间有了量的关系，构成了"稀土永磁工艺学"的基本框架，促进了工艺研究和稀土永磁业发展。R-Fe-B系磁体的合金粉极易氧化生成稀土氧化物，而生产过程中氧的来源很多，几乎防不胜防，致使R-Fe-B系磁体的生产很不稳定，影响产品性能。早在研制第一代稀土永磁体时，谢宏祖就注意到工艺过程中控制氧含量对生产高性能磁体的重要性，并在长期的实践过程中不断改造工艺设备，总结工艺规律，最终从氢粉的粉碎到烧结结束为止的全部生产过程中掌握了无氧化技术，解决了世界同行们未解决的问题。长期以来，人们只看到氧在磁体制造工艺中的有害作用，把它当作最大的有害元素来消除，但是当采用ZHOFP技术，将氧降至400ppm以下时，适当增加微量的氧，不但影响不大，反而能明显提高抗蚀性，改善磁体其他性能。

谢宏祖对笔者说，无氧工艺不仅是理论上的，而且是被国内外学界和产业界认可的"最理想的"钕铁硼生产工艺，但他们曾断定这项工艺"很难产业化"，以至于对它一直持否定态度。日本人以讥讽的口吻说，尽管中国人掌握这项技术和工艺的意愿很紧迫，但他们的技术不能入围，达到世界先进水平的概率很低。然而，谢宏祖退而不休，自1999年起，与稀土研究院共同完善无氧工艺，在山东烟台正海磁材有限公司建成一条高性能钕铁硼磁体全自动无氧工艺生产线。谢宏祖作为技术设计总负责人，全身心地投入这一项目的建设中，使高性能磁体年产量达到500吨。2002年，这条现代化的全自动钕铁硼无氧工艺生产线投产，磁体中的氧含量降到0.01%～0.04%的水平，为世界领先水平，也打破了发达国家的技术封锁。他自豪地说，无氧工艺是一个拥有自主知识产权的新技术，国外并无先例。事实上，几乎所有的引进设备都将按照"无氧工艺"要求进行重大改造。与此同时，谢宏祖研究出新的生产工艺方法，并成功生产出N53、50M、48H等国际先进的NdFeB磁体，制造了一系列创世界纪录的新磁体。正海无氧工艺技术及其产品（含微量氧的NdFe磁体）已获国家发明专利权。

黄林璇，男，1938年生，教授级高级工程师。他隐忍、内敛、持重，在这里殚精竭虑，铁杵磨针，聚沙成金，终成栋梁。1978年，黄林璇负责并研制成功稀土矿物捕收剂N-羟基环烷酸酰胺；1979年，该成果应用于包钢选矿厂的生产；1981年，该成果获内蒙古重大科技成果奖二等奖。他成功从包钢选矿厂重选稀土粗精矿中，选别特级稀土精矿，该项目获1985年度国家冶金工业部科技进步奖一等奖。

1986年，黄林璇和张新民合作，采用H205捕收剂从重选稀土粗精矿中选别高品位稀土精矿。该成果属国内外首创，破解了白云鄂博选矿难题，为实现稀土选矿工业化生产奠定了基础，也为包钢选矿厂获利500万元利润。该项目获1988年度国家冶金工业部科技进步奖二等奖。

（三）薪火传承

20世纪80年代中期至80年代末，稀土研究院奋发有为，高歌前行，呈现出"春城无处不飞花"的景象。

1992年，稀土研究院归包钢领导之后，主要承担包钢下达的任务，同时还继续承担国家冶金工业部下达的重点科研任务。但随着稀土研究院的机构改制，机构和人员缩减，国家拨款也锐减，出现了研发工作停滞不前的局面。就在这个时候，有不少员工或改行，或调走，有些人看重沿海发达地区的工作条件与优惠待遇，有些人看重自己的发展前途与地位的升迁，其中也有些人真的要离开稀土研究院走向他乡时，充满依依惜别之情。

然而，这里还有很多怀有稀土梦想的一代年轻人。在稀土研究院陷入低谷时，他们牢记使命，义无反顾，踊跃投身于科技创新事业，以非凡的奋斗精神，汇集一往无前的磅礴力量。他们中的不少科研人员经过几年的磨砺和锤炼，具备了很强的创新创造能力和颠覆潜力，彰显了开拓创新、科技报国的本色。刘国征就是其中的一位代表人物。

刘国征，男，共产党员，正高级工程师。他完成东北大学材料专业本科、硕士研究生的学业后，于1988年来到稀土研究院开始了镨、钕铁硼永磁材料的研究。后来，他在北京钢铁研究总院攻读博士，坚守稀土科研，不断激发创造活力。

刘国征走出校门步入社会时，对社会和人性的复杂缺乏深刻的认识，对创新创业的走向持过于乐观的态度。自开始开展永磁材料研究时，他就遭遇到挑战：艰苦的工作环境和条件，搞试验没有专用设备，试验往往以失败告终。在头两三年，他面对这些困境时，心情焦虑，缺乏耐心，也感到茫然。不过，他尊崇人们所说的"熟能生巧"和"勤奋出真知"等经验之谈，于是不断体验、思考和钻研，为研发工作打下了一定的功底。1988年2月至1995年4月，他担任稀土研究院新材料课题组副组长、组长。在这期间，他培养了一种创造的性格，逐步养成开拓创新的习惯，积极开发自身潜力，先后研究低氧工艺高性能烧结钕铁硼永磁材料、超高矫顽力烧结钕铁硼永磁材料。他还带课题组完成了国家"七五"攻关课题中的"高热稳定性廉价永磁材料"课题，采用镨钕合金研发出既廉价又具高热稳定性的烧结钕铁硼永磁材料。

1998年至2000年，刘国征曾接到发达地区几家稀土公司高薪聘请到他们那里开展工作的机会。后来，他在做了一场激烈的思想斗争后，还是选择留在稀土研究院。这10年来，他力戒浮躁，耐得住寂寞，挡得住诱惑，确定了稀土永磁材料的研究方向，并且锲而不舍地投入科研工作之中，对稀土研究院以及包头这座城市有了深厚的感情。

回忆这段往事时，他说："我从东北走进包头时，是稀土研究院接纳了我，对此我一直很感恩。我不能忘恩负义，而是应该涌泉相报。因此，我还是留在稀土研究院，选择稀土事业，为它献出我的青春热血和壮年才智。"

刘国征的生命之河，无论是风平浪静还是激流险滩，都满怀对事业的执着追求，做的多些，再多些。当人们看到他的简历时就会知道，他从来没有离开研发工作，这些平凡的岗位和稀土事业成就了他。他的同事说："刘国征是个朴实的人，也是个有抱负的人。"他对稀土研究院和稀土事业的贡献，实在是功不可没，劳苦功高。2002年5月至2020年12月，他先后任稀土研究院希苑中心常务副主任、主任、党支部书记、课题组组长，以及包头稀土研究院副总工程师、中试基地副主任等职。刘国征在稀土永磁生产线的建设、选设备以及自行设计高标准设备的过程中，将创造力融合在实践中，为成功完成任务打下了坚实基础。

近年来，包头市加快了打造世界"磁谷"的步伐，从借鉴到创新，从跟跑到领跑，奏响了稀土强国梦的铿锵足音。刘国征用一股子闯劲，研发高性能稀土永磁材料，为打造世界"磁谷"添砖加瓦。刘国征为了满足智能制造、轨道交通、电子信息等领域的需求，研制出具有知识产权的牌号为32H、30SH、28SHT的钕铁硼辐射磁环和牌号为45UH、48SH的钕铁硼磁块。该产品具有加工精度高、磁极间过渡区小、易安装等优点，可提高永磁电机的精度，降低电机的噪音，是高转速、高精度控制电机的首选。刘国征跟同事赵明静等研发人员共同设计建成年产200吨高性能稀土永磁产品中试线，产品广泛应用于核磁共振、风力发电、新能源汽车等领域。同时，他研究开发的烧结钕铁硼永磁材料低氧生产工艺，为高性能钕铁硼永磁材料的发展提供了10多项地市级研发项目。

钕铁硼磁性材料是稀土行业中最具活力、发展最快、经济价值比重最大的产业，它的发展带动了我国稀土产业的发展，其发展水平代表了我国稀土生产和应用的水平。目前，刘国征仍从事钕铁硼磁性材料研究与开发工作。他曾先后主持了国家商务部的技术性贸易措施体系建设项目、国家自然基金项目、全国稀土标准委员会下达的国家标准制订的项目、原国防科工委项目等国家课题14项，以及地方与企业横向课题16项，并有多项课题鉴定达到世界先进水平。刘国征获省部级科技进步三等奖9项，包头市科技进步奖7项，在国内外公开杂志上发表论文30余篇。

（四）呼唤希望之绿

2011年，杨占峰被任命为稀土研究院院长、党委书记。2018年，北方稀土调整了稀土研究院的领导班子。

他们把"与时俱进、开拓创新"的特质，注入接续发展的快节奏之中，奏响新时代的凯歌，呼唤稀土研究院希望之绿。这里的职工向笔者介绍，"奉献、开拓、廉洁、求实"是他们工作的主旋律，他们善于管理，善于钻研技术，具有坚韧的品性，在奋斗的人生中闪耀着光芒。

杨占峰，正高级工程师、博士，历任包钢白云铁矿主矿车间主任、生产部部长、副矿长兼总工程师，包钢集团巴润矿业有限责任公司、白云鄂博铁矿党委书记兼总经理，包钢副总工程师等职。他曾获2019年度"内蒙古自治区杰出人才奖"，并获自治区管理奖3项，自治区科技进步奖2项，国家冶金工业部科技进步奖1项，包头市和包钢科技进步奖22项。

杨占峰纯朴、坚毅，神态自如。在被任命为稀土研究院院长、党委书记的当天，杨占峰走进稀土研究院的大楼。跟员工见面时，他对大家说："我在矿山和矿业公司摸爬滚打20多年，全是跟矿山和矿工打交道，却很少跟稀土研究院研究人员打交道。虽然我是一名博士，撰写过几部书，发表过30多篇论文，但我还是个粗人，我的领导力、修养和技术水平还有待提高，搞科研、讲理论我不如你们，但是我希望你们往后在科研上有所作为，把爱国之情、报国之志及稀土科学之梦融入民族复兴的伟业之中，勇挑重担，建功立业。如今，稀土科研形势逼人，挑战逼人，使命逼人，为了把新一轮稀土科技创新和科技成果转化工作搞上去，稀土研究院将要拿出改革创新的具体意见和措施。"听到新上任的院领导的讲话，多数职工觉得这位新上任的领导不但没有讲大道理，反而讲得朴实而具体，很有感召力，让人有所期待，也让人看到了新的希望。

杨占峰上任不久，带领班子成员深化科技管理体制机制改革，将制定的政策落地生根，对科技人员在政治上给予关怀、工作上给予支持、生活上给予关心，营造良好的科研氛围。从杨占峰的诸多实践中，人们首先看到的是他具有打破陈规、突破瓶颈、敢于创新的理念；其次，他把创新精神灌输至每位员工的心里，号召大家要突破思维定式，进行创新思考，在研发上求新求变，创造出具有突破性、颠覆性的新成果。

2013年7月18日，对稀土研究院来说是个特殊的日子，他们在稀土研究院中试基地举行庆祝建院50周年的仪式。中国工程院副院长、院士干勇，中国工程院院士徐惠彬，中国科学院院士严纯华，以及内蒙古自治区及包头市有关部门领导、包钢领导参加庆祝大会。

在这次庆祝仪式上，中国工程院副院长、院士干勇说，包头地区有两宝，一是白云鄂博矿，另一个就是稀土研究院。他说稀土研究院是当今世界上规模最大的稀土研究院，成立50年来，取得了非凡的成就。同时，他从人才激励机制以及青年科研人员创新活力现状，看到了包头乃至中国稀土科技创新的未来，希望稀土研究院科研人员振奋精神，创新创业，夺取更大的胜利。包钢领导充分肯定稀土研究院在稀土基础研究、应用研究方面取得的成就和为实现"稀土强国梦"提供强大支撑的历史功绩，深刻总结了稀土科研方面积累的宝贵经验。稀土研究院领导表达了在新时代新起点上，创新科研体制体系和人才培养支持机制迈向稀土研发制高地，继续把创新发展推向前进的决心。

改革，为稀土研究院添上一只丰满的羽翼，机制体制的创新则是腾飞的另一只翅膀。2014年，稀土研究院经过考核，将29名年富力强、德才兼备的80后，提拔至各部门副科长以上的领导岗位，为稀土研究院的建设注入新鲜血液，让他们增强自信和勇气，带领各科室员工开拓进取、更上一层楼，为稀土研究院的创新发展做贡献。稀土研究院还落实党的知识分子政策和人才激励政策，加强了人才队伍建设。他们精细化管理科研工作，把科研人员动态评定为科研骨干、后备人选、技术带头人、专家4个档次，将待遇和收入与这4个档次挂钩，使待遇和收入向一线科技人员倾斜，充分调动了科研人员的积极性。

2018年，稀土研究院在新一届领导班子的团结带领下，共同开创新高地，进一步落实知识分子政策，激发全院科技创新的激情。如今，这里的年轻科研人员都愿意为稀土研究院付出辛劳和汗水，使稀土研究院充满了朝气和活力。中国稀土科技和产业正在向世界稀土大国和世界强国迈进，既面临着新的机遇，也面临着前所未有的挑战。面对新挑战，稀土人正以前所未有的奋发姿态，风雨无阻地前行。

山立在地上，人立在志上。新上任的领导说话办事都是快刀斩乱麻，从不拖泥带水，既爽快又果断。他发扬滴水穿石的精神，不断出实招、亮硬招，推动改革创新。稀土研究院党委书记说："这两年来，我们稀土研究院新一届领导班子成员没有沉溺于自己的满足中，没有安于现状，而是有了新的忧患意识，有了对于新时代稀土事业的担当。我们围绕构建新发展格局，找差距、摆问题，从薄弱环节入手，发扬敢为人先、攻坚克难的创新精神，着力加强白云鄂博稀土资源研究与综合利用国家重点实验室、国家稀土新材料测试评价行业中心工作，肩负起发展稀土科技的历史责任，积极推动行业和产业创新驱动发展，推动全院工作高质量发展，在稀土采选、冶炼、分离等技术领域始终处于世界领先水平，为我国稀土产业的发展和国家重大工程建设做出了应有的贡献。2019年，我院获批国内唯一一家稀土新材料测试评价行业中心。目前,该中心已参与制定50多项稀土行业技术标准,成功实现我国稀土国际标准零的突破,为包头稀土产业进一步走向世界奠定了基础。"

稀土研究院办公室副主任邱晓梅说:"近几年稀土研究院发生的变化比较大。院领导班子成员都有无边的耐心和克制精神,而且更具有改革创新精神,他们创造性地实践了自己庄严的承诺。"

笔者参观了白云鄂博稀土资源研究与综合利用国家重点实验室。该实验室以稀土的采选、稀土的清洁高效冶炼、稀土轻合金、稀土磁性材料及应用、稀土资源的综合回收技术开发为重点研究方向,最终形成"基础研究—应用研究—中试研发—产业化"的完整研发体系,为我国稀土产业的可持续发展提供技术支撑。

当笔者走进磁重选试验室、连选试验室、矿物处理室、浮选试验室和稀土湿法冶金室时,发现这里试验设备齐全,员工们都坚守岗位、兢兢业业地工作。连选试验室主任李强说:"我对稀土连选试验很感兴趣,这里有很多未知的科技谜底,只要刻苦研究,每天都会有新的发现。"

这里还有国家有关部门批准的稀土新材料国际科技合作基地、稀土冶金及功能材料国家工程研究中心、国家稀土产品质量监督检验中心和中国北方稀土行业生产力促进中心等。

长江后浪推前浪,稀土研究院的希望之光属于青年科技人员。近年来,院领导十分重视对青年科技人才的培养,支持新概念和新思想,主张充分发挥他们每个人的创造性和专长。因此,在稀土研究院,很多优秀的青年科技人才脱颖而出,唱响自主创新的主旋律,不断拓宽科研成果的转化之路。

笔者在稀土研究院采访资源与环境研究所时,感受到一股拼搏的气息扑面而来,充满青春活力。副所长张立峰讲述了这里的年轻职工群体倾注全部热血与汗水创新创优的故事。

这两年来，稀土研究院吸纳和培养了一批青年专业人才。为了让他们早日成为栋梁，有一位年轻的院领导同他们一起深入矿区，同吃同劳作，手把手地传授技艺，用敢于负责的务实精神影响着、感召着他们，开辟了很多创新型项目。2018年以来，该所副所长张立峰多次带领矿产资源研究室的"白云鄂博矿综合利用选矿技术研究"项目组，赴白云鄂博矿区实地开展工作。有一年冬，天寒地冻，寒风怒号。他们迎着凛冽的西北风，忍着饥饿和劳累，坚定地探索前行，对新露出的地质现象进行观察、分析、描述、记录、拍照和采集标本，进行样本储备。为了赶进度，他们加班加点，放弃了节假日和休息时间，展现了团结奋进、迎难而上、拼搏向上的精神。

2018年12月末，资源与环境研究所在研项目达16项，全年新增专利6项，承担的北方稀土项目"白云鄂博中重稀土元素分布及生产流程迁移规律研究"获2018年度中国稀土科学技术奖基础研究类一等奖。

2019年，该所对外交流20多次，与印度拉姆加德矿业有限公司签订了《印度某稀土矿工艺矿物学与矿石可选性试验研究》合同，还跟蒙古、澳大利亚、土耳其等国家建立合作关系，参与海外稀土资源的研究工作。

2019年7月10日，笔者采访了稀土研究院副院长李波。李波，哈尔滨理工大学硕士研究生，兰州大学博士研究生，毕业后来到这里工作。他自豪地向笔者列举几组闪光的数据。他说，自建院至2010年，稀土研究院领导及科研人员为稀土科技创新抛洒血汗，付出才智，取得了很多重要科研成果，其中：1997年11月13日，稀土研究院完成"八五"攻关项目"稀土超磁致伸缩材料研制的扩大试验"，通过内蒙古自治区科委主持的技术鉴定。是年11月，"稀土高温电热元件制的扩大试验"攻关项目,通过内蒙古自治区技术鉴定,填补了中国等直径高温电热元件的空白。1997年,他们在世界范围内首次开发出稀土非晶丝传感器。包钢无缝厂采用该院研发的漏磁探伤仪,不仅比美国进口的便宜几十倍,而且在200摄氏度以上的温度中也不会被烧毁。1997年,具有国际先进水平的湿法冶金稀土产业化在该院形成规模。国际首创电解高熔岩金属钕已达年产100吨规模。

2010年12月,稀土研究院与清华大学合作完成"稀土复合助剂提高聚氨酯橡胶耐热性能研究"成果,为稀土在聚氨酯橡胶乃至整个高分子材料中的应用奠定了基础,填补了世界低成本耐高温耐磨橡胶的空白。包头稀土研究院蒙稀磁业分公司,是我国国防军工定点配套提供钐钴永磁材料的企业。

尤其是近10年来,稀土研究院科研人员接续奋斗,愈战愈勇,冲向稀土新技术高峰,不断研发出一个又一个创新成果。他们取得的创新成果有:PVC环保稀土复合热稳定剂、高性能稀土永磁材料及多及辐射磁环、室温磁制冷材料及磁制冷机的开发,新型稀土储氢材料的研发及应用,稀土钢用稀土铁合金、稀土钢用稀土铁合金的开发,柴油车用稀土基SCR催化剂、高纯稀土金属及靶材和稀土镁合金产品的研发。

稀土研究院自主开发了两个系列的稀土储氢材料,已获授权1项国际发明专利及10余项中国发明专利。其中,具有完全自主知识产权的镧钇镍系储氢合金材料,解决了日本同类产品制备工艺复杂的问题,处于国际先进水平,打破了国际垄断。

稀土研究院采用稀土铁合金作为稀土钢生产原料,先后实现了稀土钢工业生产九连浇、十连浇、十四连浇的新突破,验证了稀土铁合金在钢中应用的独特优势。现已建成年产1200吨的中试线,为包钢集团等单位提供稀土铁合金产品,有效提高了稀土钢产品质量。

2020年7月7日，笔者采访了研发室温磁制冷材料及磁制冷机的包钢首席专家、稀土研究院首席专家、正高级工程师、博士黄焦宏。他是稀土研究院科技人员中的一员，也是该院"甘坐冷板凳""十年磨一剑""自由探索、厚积薄发"的专家型人物的代表。

包头上游稀土分离企业生产的大量镧、铈轻稀土过剩积压。2014年12月31日，黄焦宏和他的研发团队充分利用钕铁硼及轻稀土铽、镧、铈，对磁制冷材料、磁场系统、测量仪器到磁冷机进行了全面研究，设计研制出世界上第一台复合式室温磁制冷机。磁制冷技术的应用将是制冷设备一个划时代的成功。10天之后，美国宣布磁制冷酒柜研制成功。

黄焦宏及其研发团队设计研制的复合式室温磁制冷机的温差最大制冷功率达到150瓦，最大制冷温差超过24.5度，具有耗能低、无污染等优点，是替代目前使用的气体制冷技术的理想制冷技术，为实现绿色环保制冷奠定了技术基础。他们设计研制的复合式室温磁制冷机在上海稀土展览会上展出后，受到展会人员的关注和好评。

黄焦宏及其研发团队研发的室温磁制冷材料及磁制冷机，荣获了2016年度内蒙古自治区科学技术进步奖一等奖。他本人被授予内蒙古自治区劳动模范和内蒙古"草原英才"等荣誉称号。2017年，他们建成国内第一条制作室温磁制冷材料的生产示范线。他们还为美国、荷兰、西班牙、巴西、德国、韩国等国的部分企业，以及国内海尔等企业提供了试样机。

黄焦宏热情地迎接笔者，坦率地讲述自己的人生、科研工作以及所取得的科研成果。从他的讲述中可以看到，为打开事业成功的大门，他无怨无悔地奉献着才智和力量。

他中等身材，动作利落，性情耿直。他对科学事业抱持纯净的心，对科学研究有好奇心、探索欲，也愿意做"有创造性、有价值的"科研项目。于是,他夜以继日地开展稀土磁冷的攻关工作,乐此不疲。

黄焦宏成长在书香人家,他的爷爷是个喜欢搞技术研究的人,父亲也是包钢的一名技术专家,这对他的人生产生了潜移默化的影响。在中小学时代,他淘气、好学,心灵手巧。1980年,他以优异的成绩考入内蒙古大学物理系。从此,他对科学研究产生浓厚的兴趣,就有了将来要当一名科学家,为家族争光,报效祖国、服务社会、造福人类的宏愿。

2000年,黄焦宏调入稀土研究院。当年,为了开展室温磁制材料和冷机的研发工作,黄焦宏组建一支研发团队,从头摸索,在解决磁制冷机理论与实践的问题上狠下功夫。研发室温磁制冷机是关乎磁学、磁性材料学、材料学、流体力学、制冷学、工程热物理学、机械与电器学等多种门类学的系统工程。然而,无论是对于黄焦宏,还是他的老师徐来自,研发磁制冷机这个项目,可以说是从零开始的。关于磁制冷技术概论,他们只是从论文和书籍中看过,怎样入手,谁都没有把握,而且他们没有现成的设备和材料,没有现成的数据和理论支撑。就在这种白手起家的状态下,他们自己动手组建实验室,制作检测设备,制作试验所需的材料。他们加班加点,不分昼夜地工作,研究室、实验室、资料室里,灯光时常通宵达旦地亮着。为了论证一个数据的精确性,他们开展多次运算,为了搞清楚磁材料学与工程热物理学有关问题,他们提出很多猜想,反复研究、论证、比较、核对,不断修正和优化。

攻关是艰难的,碰壁是常有的事。黄焦宏鼓励身边的人开展跨学科和交叉学科研究,学会在知识的边界寻求新思路、新理念,化不可能为可能。黄焦宏的同事好几次看到他为了搞清楚一个难题,呆呆地望着屋顶,神情有些迷茫。有时,他累得筋疲力尽,豆大的汗珠顺着脸颊一滴一滴流下来。困了，他在椅子上靠一会儿；饿了，他随便吃点盒饭。由于常年饮食与作息不规律，黄焦宏的身体变得越来越清瘦。

经过七八年的刻苦研发，黄焦宏及其研发团队掌握了旋转式制冷机和往复式制冷机的关键技术，并先后研制出旋转式制冷机和往复式制冷样机。

刚躲过大雨，又遇到冰雹。2008年，他们正想设计制作一种吸纳旋转式制冷机和往复式制冷机各自的优势，避开各自缺点的新型复合式磁制冷机时，缺乏科研经费已成为前行之路上的"拦路虎"。2008年初至2009年底，黄焦宏先后找有关部门要求加大科研投入，但未有结果。后来，他几次找院领导请求协调解决资金问题，但在短期内也没有任何进展。科研工作的进展变得缓慢，甚至停滞不前。研发团队人员有了情绪波动，有的想调到其他部门，有的想另找门路。黄焦宏承受着很大压力，劝说那些年轻的团队成员："后来居上是个规律，可持续发展的保证，也是未来的希望所在。我寄希望于你们，但研发一种新型复合式磁制冷机，很难一蹴而就，需要久久为功。你们要相信，我们一定会战胜眼前的困难，将共同创造磁制冷技术的未来。"2010年5月，在院领导的协调下，从院里其他部门借款解了燃眉之急。

2010年8月，第四届国际温室磁制冷会议在包头召开。来自全世界20多个国家的130多名专家集聚包头，各抒己见，构建休戚与共的命运共同体、合作共赢的利益共同体。世界磁制冷会议的惯例是在磁制冷技术研究上取得突出成绩的国家召开，这项殊荣与黄焦宏有密切关系。

2010年9月，黄焦宏及其研发团队加快了设计研发复合式磁制冷机的步伐。黄焦宏发现，往复式磁制冷机是磁场和磁制冷床做相对往复运动，运行频率较低；旋转式永磁室温磁制冷机是磁制冷床在永磁床内旋转，运行频率较高，制冷效果好，但热交换系统复杂，制作工艺难。根据以上两个系列磁制冷机的优缺点，黄焦宏带领研发团队开展研发吸纳旋转式制冷机和往复式制冷机各自优势的新一轮攻关。

黄焦宏寻找灵感，只要有了灵感，就不分昼夜地反复试验，直到找到新的突破为止。

黄焦宏常说的一句话是："我这个工作，不分白天黑夜、不分在家在岗，我总是在思考科研上的技术突破问题。"是的，黄焦宏的可贵之处在于善思。那几个月，他常常会在无眠之夜蹑手蹑脚地披衣下床，悄无声息地走出卧室，走进书房，写下自己瞬间得到的灵感和破解技术难题的思路和体会，有时写到深更半夜，有时写到晨光曦微。2010年冬季，寒冷的西北风猛烈地敲打着黄焦宏家结着冰的玻璃窗。漆黑的大院里，只有他的窗透着蒙蒙微光。那段时间，黄焦宏忙得就没做过一次饭，没陪妻子逛过一次街。2012年，黄焦宏的研发工作更加忙碌了，为了找到新突破，他夜以继日地工作，常常处于食不知味、坐卧不安的状态里。妻子知道，黄焦宏是个很倔的人，只要是他认准的事，十头牛也拉不回。妻子多次劝他要注意身体，遵循生活规律，有时说着说着，她的泪水就夺眶而出。黄焦宏回忆那段日子时百感交集，真诚地说："那年家里装修房子，历时半年，我只去了3次，一次是领了钥匙看房子，一次是去看设计图，最后一次是装修结束之后去参观。其间，多少繁杂琐碎的活计全部抛给了我年近半百的妻子和20多岁的女儿，我对不住妻子和女儿。"

二、新树枝繁叶茂

在笔者眼中，中国科学院包头稀土研发中心（以下简称中科院包头稀土中心）就像长势茂盛的一棵大树，这棵树透出一片翠绿，叶子连接着枝蔓，丛蔓拥抱着枝条，丛枝簇拥着枝干。当然，这不是年久的大树，我多次迎着明媚的朝阳，凝视着它郁郁葱葱的长势，眼界豁然开朗。

一木为树，二木为林，三木为森，我看到这棵树周围还生长着紧紧相依的一片小树木，正在积蓄芳香馥郁，呈现出即将迎来生机盎然之新天地的态势。

（一）初吻到拥抱

2015年5月12日，中科院包头稀土中心挂牌成立。

在岁月长河中，5年多的光景只是弹指一挥间，但中科院包头稀土中心践行开拓创新理念，发扬一往无前、奋发有为的创新精神，追逐稀土强国之梦，奔向远方。

人们都知道，中科院包头稀土中心开展稀土研发工作起步晚、底子薄。然而，他们的研发工作能够以高起点、高站位谋划未来，劈波斩浪，开拓进取，走出一条跨越式发展之路，让稀土之光照耀四面八方，天涯海角！

笔者在中科院包头稀土中心创新产业园曾先后几次拜访该中心主任池建义先生。他是位有魄力、有胆识的中年人，有责任、毅力和担当，更为重要的是，他的身上始终饱含着一种改革创新的情结，彰显了一名中科院包头稀土中心科研管理者的蓬勃力量和才智。后来，笔者更深地感悟到，他是个内心温润、友善的人，也是为自己的信念而努力工作的人。

有位智者说，选出一个在短期内干劲十足的管理者不难，但要选出长期的、持续发力的管理者却很难。有长期、持续地从事科研管理工作并积累丰富经验的池建义，接受中科院的任命，来到内蒙古西部重镇包头，组建中科院包头稀土中心。使命感促使他做几番轰轰烈烈的大事，为稀土产业创新发展做出新贡献。

人们说，践行创新理念很重要，然而，说起来容易，真正做到却不是那么容易的事。池建义践行创新理念，经历了从初吻到拥抱的过程。

万事开头难。揭牌之前，池建义为了做到心中有数，历时近半年，足迹遍及中科院5家分院近20个研究机构，启动了面向自治区稀土行业的专项调研。池建义先后调研企业100余家，走访科研院所30多家。他看到这些院所的境况，大开眼界，总觉得山外有山，人外有人。每次调研，他都能够严谨扎实，掌握企业稀土产业转型升级的现实状况，也找准了稀土研发如何突破瓶颈的核心问题，为研发出高端创新项目的科学规划打好基础，避免稀土研发项目低水平的重复操作。

建设一个起点高、水平高、永葆澎湃动力的中科院包头稀土中心，需要花费大量的精力和时间，需要持之以恒的奋斗精神。不过谋划一件事情，关键在于有全面、周密的规划。池建义用发展的观点和面向世界的眼光看待事物，立足现实，着眼于未来，发挥中科院的科技优势和人才优势，制定对包头稀土业创新发展起关键或推进作用的工作规划。可以说，这是他初吻创新理念的过程。

2019年9月5日，笔者首次走进中科院包头稀土中心采访池建义，他说："2015年底，我们中科院包头稀土中心以创新理念引领实践，制定出一个机制体制完整严密的创新方案。中科院包头稀土中心实行理事会领导、专家咨询、中心主任负责制，由14位政产研理事会成员把关制定规则，做重大决策，13位稀土行业专家为项目提供专业化咨询服务，中心主任负责日常运营管理，实现了我们的科学化管理。中科院包头稀土中心建立了'三不要三要'的特色运行模式，即不要行政级别、不要事业编制、不要研发大楼，要把论文写在产品上，要把研究做在工程中，要把成果转化在企业里。基础研究是科技创新的源头。目前，我们强调基础研究，但绝不搞脱离实际的纯学术研究，其着眼点是为了发展产业技术，而且是有的放矢，将科研成果、研发中心、中试基地直接落户企业，把科学家与企业家紧紧连在一起。"这就是中科院包头稀土中心的宗旨，亦是他们创新发展的有效途径。他们先后制定了《中科院包头稀土研发中心关于科研成果转化收益分配制度》《科技成果信息采集与奖励办法》《科技成果转移转化实施管理办法（暂行）》，以及以知识和科研价值为导向的收入分配制度和一系列激励政策，全面深化科技体制改革，让改革与创新两个轮子一起转，培育创新沃土，让创新活力持续喷涌。可以说，这是他拥抱创新理念的过程。

（二）为者常成

2016年，是池建义施展才能的一年。

要研发，要建中试生产线，要工业化、规模化生产。人才从哪里来？资金从哪里来？谁去研发？谁去张罗资金？谁去运作？谁去搞工业化规模化生产？池建义勇于打破陈规，走出一条独特的研发之路，他大胆拍板，从社会上公开招聘人才，用人不仅要看档案、看学历，更要看重品行素质和真才实学；欢迎有实力、有技术的公司来这里兴业，与他们合作，走合作共赢之路，研发新技术、新工艺、新产品，携手并肩，为包头稀土事业技术进步转型发展做出贡献。

池建义向中科院领导汇报，中科院包头稀土中心将要研发一批世界首创高端新产品，改写创新技术掌握在国外发达经济体手中的历史。中科院领导听取他的周密科学的研发规划之后，投去赞赏的目光，并对他们创新创业的设想和规划寄予高度关注、关心和支持。这位领导说："创新没有终点,希望你们努力拼搏,去占领世界稀土创新科技的制高点,这也是我们中科院义不容辞的责任。"中科院产业部门领导决定拿出1000万元启动资金,支持中科院包头稀土中心研发事业,并语重心长地说："在经济效益上我们不图什么回报,只是希望你们能够换来丰硕的研发创新成果。"

此后,池建义又登门拜访了时任内蒙古自治区科技厅厅长李秉荣,向他汇报中科院包头稀土中心一批稀土创新项目的规划方案,并呈报项目资金的申请材料。李秉荣对中科院的人才和科技优势很感兴趣,也对池建义的思想情操、人格素质、务实的作风产生信任感。冷静思考问题、谨慎处理科研项目的李秉荣审阅研发项目后,认为规划严谨,思路也新,就坦率而明确地表达将尽快由厅领导班子成员碰头研究并给予答复。

池建义就这样在大雪纷飞的寒冬,在云雾迷漫的初春,穿梭于包头国家稀土高新技术产业开发区、稀土企业和稀土行业之间,汇报情况、交换意见、沟通思路。

池建义来包头工作的几年,并非每一天都阳光明媚,并非每一条道路都畅通无阻,但他对工作倾注了感情,对稀土事业充满热情,对包头这座城市充满了爱恋之情。池建义说:"创建和运作中科院包头稀土中心对我来说,是一次新的学习,也是一场新的考试,更是一场搏击风浪的考验。"池建义尽管经历很多艰辛和挫折,但丝毫没有退却和犹豫,而是知难而进,练就了坚强意志。随着时间的推移,中科院包头稀土中心与地方的合作领域逐渐拓宽,共同利益不断增多,这使他感到庆幸和自豪。他回忆这段历程时,写下一段感言:"这五年有苦、有泪,但更多的还是'甜';有快、有慢,但需要的还是'实';扎实做事,全心全意为事业服务。这就是一名老共产党员的初心。"

中科院是研究门类齐全、科研实力强、人才济济的科学研究机构。包头国家稀土高新技术产业开发区不仅看重中科院具有的人才优势和科研实力优势，而且高度重视中科院包头稀土中心的建设和发展，把他们的创新发展作为促进自治区、包头市、包头国家稀土高新技术产业开发区科技成果产业化、科技与经济结合的重要抓手，对他们给予了大力支持和帮助。截至2017年底，内蒙古自治区科技厅给予5000万元科技专项经费，包头市、包头国家稀土高新技术产业开发区给予5000万元科技专项经费，包头国家稀土高新技术产业开发区向他们免费提供120亩用地（含中试基地厂房27000平方米、研发用房10000平方米、生活辅助用房2000平方米）。看到内蒙古自治区科技厅、包头市以及包头国家稀土高新技术产业开发区对中科院包头稀土中心的发展提供如此大的支持，池建义精神焕发、神情昂扬，心中升起了新的希望。

中科院包头稀土中心研发团队成员已常态化入驻企业，研发出多种世界首创产品，有的产品已上市，有的产品距上市只有一步之遥。中科院包头稀土中心成为区内稀土科技成果转化率较多的科研机构之一，为包头稀土产业开辟出一条金光大道。

5年多来，中科院包头稀土中心冲破风雪，进行了深刻变革，稀土之光在历史长河中熠熠生辉。他们组建的中科院稀土硫化物及稀土光源院士工作站、创新工作室、研发团队，稀土特种钢制备及应用产业创新中心、全色系稀土颜料制备及应用产业创新中心、稀土储氢合金研究及制备产业创新中心、高性能稀土永磁材料创新中心、共生稀土基功能材料创新中心、包头中科创新产业园和已孵化建成的20余家稀土科技公司，将基础研究与应用研究相结合，对接科技与市场，为包头的创新驱动提供源源不断的动能。他们以包头市稀土创新转型发展实际需求为支点，瞄准国内外稀土行业发展战略前沿，依托中科院技术、人才优势和包头市产业基础，抓住创新驱动发展的"牛鼻子"，逐步探索出一条科技与经济紧密结合的新路子，让科技成果在"稀土之都"尽情绽放，将为"稀土之都"建设添砖加瓦，也为用稀土之光照耀中国、照耀世界奉献一分力量。

打通人才流动、创新机制障碍，让研发机构与企业之间互相流动，让人才在创新成果运用中有份额、有股权。本着"不求所有、但求所用"的原则引进人才，组建创新研发团队，为产业发展提供科技支撑。

池建义没有满足于中科院包头稀土中心所取得的成就，而是想着包头市稀土事业未来的发展。

2019年10月，池建义赴山东、广东、江西等省，对稀土科技创新、产业转型升级的情况进行调研。看到那里的稀土企业加快发展的境况和部分省份稀土业迅速崛起的新局面，他感到十分惊讶。比如，江西省在稀土领域布局了一批科技创新平台，培育了一批创新人才团队，支持了一批基础研究和应用研究项目，呈现出蓬勃发展的态势。此外，该省还与中科院积极开展科研合作，加速推进中科院稀土研究院落地项目建设。

回到包头之后，池建义向包头稀土界介绍自己的所见所闻，并掏心窝子地说出要以更高的标准、更严的要求推动稀土科技创新项目落地的愿望。在座的稀土界人士觉得他的心是滚烫的，他的分析是全面、客观、准确的，觉得他提出的改进工作的建议是真诚的、难能可贵的。

（三）制胜高地

5年多来，中科院包头稀土中心带领专家和科研人员始终保持砥砺前行的精神状态，研发科研成果，占领稀土科研的新高地，开创出新局。

1. 建成世界首条稀土硫化物着色剂连续化隧道窑中试生产线

2016年8月，中科院包头稀土中心在包头建成世界首条稀土硫化物着色剂连续化隧道窑中试生产线。从首批产品成功下线以来，该生产线实现了连续化、规模化稳定运行。

这是中科院包头稀土中心的重头戏，也是被池建义看重并引进的生产线。这个稀土科研新成果的横空出世，这条生产线的铿锵落地，在中国乃至全世界的稀土界引起不小的轰动，引来了世人的瞩目。人们不会忘记，为了这条生产线，池建义东奔西跑，做了很多具体、艰辛而有效的工作。

笔者参观这条生产线并采访了研发团队。他们那种不肯停歇、不断超越自我、甘于奉献的精神境界，像金子一样闪耀在我的眼前。

张洪杰院士团队的科技创新之路并非坦途。稀土硫化物着色剂这项技术来自中科院长春应用化学研究所张洪杰院士团队。张洪杰院士团队之所以能够站在时代前列，面向世界前沿科技，占领世界稀土硫化物着色剂科技的前沿阵地，不仅在于他们有敢打敢拼的精神，还在于他们接受新知识的洗礼，敢于掌握稀土硫化物着色剂复杂的科学原理，充分发挥基础研究对科技创新的源头保障和引领作用。

由张洪杰院士、李成宇研究员带领的团队，力戒浮躁和急功近利的心态，经过十余年对稀土氧化物的脱氧硫化机理的底层技术进行刻苦研究，研发出一种新型稀土硫化物的制备方法，并以此为基础开发出隧道窑流水作业的工艺路线来制备稀土硫化物着色剂。此项工艺路线是借鉴成熟的稀土发光材料高温固相法，不使用硫化氢气体、二硫化碳或氢气的新型稀土硫化物制备方法，实现稀土硫化物的流水生产线，不仅能够极大地提高产量，而且节能环保，在处理过程中不产生废水、废渣和废气。后来，张洪杰院士、李成宇研究员带领院士工作站的技术人员将其科研成果在包头进行中试试验，经过两年多的中试研发，攻克了很多技术难题，打通了工艺技术瓶颈，建成了连续化、规模化生产线。在中试研发到建成连续化、规模化生产线期间，张洪杰院士和李成宇研究员，日夜守护在研发现场，对年轻的科技人员手把手传授技术，使他们的操作技能不断精进。连续化生产线自建成以来，也曾出现过几次故障。回忆那段艰苦攻关的历程时，池建义感慨万千地说："突如其来的故障，令人心悸。每次出现故障时，张洪杰院士和李成宇研究员始终弓着身子，全神贯注地查找发生故障的原因，如果一两天内找不出原因，急得汗珠就从他们的脸上滑落。这条生产线是由勇于担当的创新精神建成的，他们的劳作与奋斗成就了今天。"

后来，有记者问张洪杰院士为何如此心无旁骛地投入这条生产线的建设之事。张洪杰院士说："很多科学家为伟大事业贡献毕生精力甚至是宝贵的生命，我在向他们学习，抱持职业心态，在永不停息的进取中体味人生。此外，我热爱稀土事业，更热爱包头稀土事业，为包头稀土业做出贡献来诠释我的责任与担当。"

这条生产线自投入运营以来，为实现包头稀土资源的平衡利用贡献了力量，让库存积压严重的稀土镧、铈元素发出耀眼的光芒。

这项世界首条稀土硫化物着色剂连续化隧道窑中试生产线技术居世界领先水平，已获国际专利认证（PCT），被列入《国家鼓励的有毒有害原料（产品）替代品目录》，标志着我国在稀土硫化物着色剂高附加值下游应用领域实现重大突破。

张洪杰院士说，这个科研成果的转化应用，不仅抢占世界稀土硫化物着色剂科技的前沿，而且这个无污染、节能环保、无毒无害、久不褪色的制备稀土硫化物着色剂还能用来丰富和美化人类生活。让人们享用先进、精美的生产用品与生活用品，他感到欣慰，为此付出才智、血汗和爱，都是值得的。

池建义在改革创新中挖掘潜能，在稀土硫化物着色剂的科技成果转化落地的工作中开拓新局，开发新的增长点。池建义自豪地说："如今，年产2000吨的世界最大规模的绿色环保稀土着色剂产业项目已落户包头。"

2. 稀土特种钢制备技术有效解决我国高端钢进口"卡脖子"问题

85岁的李依依女士，是著名冶金专家、中科院院士、第三届世界科学院院士。李依依院士在金属方面具有基础研究、应用研究和开发利用的综合能力。自大学毕业之后，她担任本溪钢铁公司第一钢铁厂1号高炉工长兼技术员，担任中科院金属研究所所长、中科院院士，其间，获国家和部委科技进步奖10多项，写出280余篇论文，获专利33项。

李依依院士对幸福从来并没有太高的要求，并且有着一种特殊的坚忍。年轻的时候，她对家庭注入亲情，对待同事和朋友都很坦诚，也十分重视人的价值。她说自己在青年时代是个很开朗的人。步入花甲之年后，她仍是沉醉事业。步入七旬之后，她显得沉默和慈祥。

池建义邀请李依依院士来包头，跟她坦诚交流之后，在中科院包头稀土中心与李依依团队合作建设稀土特钢中试生产线，给包头稀土科技创新发展注入新活力。接下来，池建义同她一起奔波于内蒙古自治区科技厅、包头市政府和包钢之间，促使中科院金属研究所与包钢在合作开发稀土特种钢制备技术上达成协议，向解决我国高端钢进口被"卡脖子"的问题方面迈开了坚实的第一步。

在钢水中加入稀土后，容易形成大尺寸、高密度的稀土夹杂物，导致出现钢的性能时好时坏、不稳定两大产业化技术难题。然而多年来，对此项目的研发一直没有很好的进展，这引起李依依的关注，并将它确定为研究项目。为了跳出技术障碍，有效解决我国高端钢（航

天航空、国防军工、高端轴承等）过分依赖进口和在这项技术上被
"卡脖子"的问题，在自治区科技重大专项资金的支持下，李依依院
士和包钢稀土专家一起开展大量的研究和试验，揭示了氧含量对稀土
的决定性作用，提出了稀土中氧含量的控制方法和稀土钢制备技术，
突破了稀土钢的规模化工业应用的技术瓶颈，解决了稀土加入钢水后
堵塞浇注系统和连铸过程被迫中断的问题。

两年多来，池建义与李依依院士多次共事，对她的工作态度、敬
业精神和用感恩之情回报社会的意愿有了刻骨铭心的印象。池建义对
笔者介绍李依依院士时，以敬重的口气说："80开外的李依依院士，
却没有耄耋老人的神态。她身板挺直、端庄优雅、口齿清晰、思维敏
捷。她来到包头之后，风雨无阻，忙里忙外，主持论坛，发表研发感
想。在学术研讨会或在论坛上，她倾听他人的发言或演讲时，有时点
头赞许，有时投去感叹的目光。此外，她还轻身捷步地到稀土特钢生
产线进行指导。李依依院士献身于稀土科研与成果转化事业，她的生
命迸发出耀眼夺目的光芒。"

现在，李依依院士终于看到我国高端钢进口被"卡脖子"的问题
得到初步解决，新科研成果落地生根，包头将成为特种钢母材基地，
这项技术给包头乃至中国提供战略机遇。这时，她的眼里溢满高兴的
泪水，在使自己的心归于宁静的同时，也在谋划创新创造事业的新未
来。有人向她提及经济回报时，她展现出无我的境界，至诚至真地
说："我是个不计较个人得失的人，想的只有为国家争光、为事业奔
波、为单位服务之事。"

（四）超越中闪光

2013年，赵欣决定举家回国创业。为此，他的妻子犹豫不定，总
凝视着他们用双手修建的独门独院以及在院落里长势茂盛的树木和盛

开的鲜花。真正的夫妻感情是扎根于两颗心中看不见的、结实而神秘的纽带。那段时间，赵欣妻子的心情是很矛盾的，但她知道，丈夫放不下祖国，放不下那里的父老乡亲和给予生命的故土。

如今，赵欣回国已有8年，这是艰苦创业的8年，是奋斗拼搏的8年，也是倾情奉献的8年。

这些年来，心灵的光芒一直照耀着他的前行之路。同时，他用坚定的信念让稀土和稀土产品散发出诱人的永恒的光芒。

2019年5月20日，习近平总书记到位于赣州市的江西金力永磁科技股份有限公司考察企业生产经营情况和赣州市稀土产业发展情况，并参观在这里展出的赣州拓又达伺服电机项目等具有高附加值和创新优势的稀土产品和器件，听取中国南方稀土集团有限公司董事长谢志宏的汇报。习近平总书记语重心长地说："稀土是重要的战略资源，也是不可再生资源。要加大科技创新工作力度，不断提高开发利用的技术水平，延伸产业链，提高附加值，加强项目环境保护，实现绿色发展、可持续发展。"[1]

2019年8月15日，笔者在中科院包头稀土中心创新产业园采访赵欣，他兴致勃勃地说："今年5月20日，习近平总书记深入赣州江西金力永磁科技股份有限公司考察，参观企业研发的拓又达伺服电机项目，就稀土产业发展作出重要指示。我倍感荣幸和欢欣鼓舞，我要牢记习近平总书记的殷殷嘱托，把稀土产业作为国之重器和战略产业来抓，加快创新转型的步伐，加大技术研发力度，延伸产业链，制造出高端的创新产品，报效祖国，回报包头人民。"

整整一个上午，赵欣与我围绕稀土产业发展进行交流，漫谈了关于人生、事业和报效祖国的话题……

---

[1] 《习近平：贯彻新发展理念推动高质量发展　奋力开创中部地区崛起新局面》，《人民日报》（2019年05月23日01版）。

　　赵欣面貌端庄，体态匀称，虽不露笑脸，却自然温厚。让我印象深刻的是，80后的他，却十分老成持重，知识渊博。看得出他是一个不屈不挠的人，也是个勤奋认真、孜孜不倦的企业家。

　　2001年，赵欣高中毕业后留学日本，在日本朝日大学学习和研究计算机专业。在攻读硕士阶段，他非常关注国际前沿科技和祖国新能源发展的创新动态，便将风力发电机组的模拟优化作为自己的研究方向。

　　2008年，赵欣以优异的成绩完成学业，并获得了硕士学位，用知识补养、丰富了自己，拓展了视野。走出校门之后，他在日本注册了一家公司，在家乡河北唐山也成立了一家公司。

　　赵欣回国后，在中科院包头稀土中心创新产业园中创建包头中科智能科技有限公司。但在当时，没有对应的设备，还缺乏资金、人才、生产工艺和管理经验，各种困难和挑战向赵欣涌来，这使他一时之间感到力不从心，也让他体会到人生的艰难。由此他认识到，人的命运和人生的辉煌是需要一步步去奋斗争取的。他说："当时，我把创新创业之事想得过于简单，过于理想化，现在回想走过来的历程，心里有点打鼓。"但赵欣胆识过人，有一腔热血，这使他如虎添翼，搏击风浪，破浪远行。

　　赵欣走遍全国各地，寻找创建企业相对应的机器设备，却没有买到现成的。但他坚信事在人为，没有翻不过去的大山。他没有去等待天上掉馅饼，而是动脑筋、想办法，带领团队自己动手制造对应的机器设备，自己设计生产工艺，建成小试、中试生产线，自己搞检测，最后实现了工业化批量生产。在工业化批量生产新产品时，由于资金短缺，企业员工都急得团团转。这时，赵欣却讲了一段很有哲理的话："资金就在咱们的口袋里，就在咱们的头脑和智慧中！"后来，赵欣找到两三家资金雄厚的合作方，与他们携手同行，走出了缺乏资金的困境。

基础研究是整个科学体系的源头活水，是所有技术领域问题的总开关。如同一条河流，基础研究是"上游"，决定着"中游"的技术研发和"下游"终端产品的制造和产业化。因此，由赵欣掌舵的拓又达公司还同中科院、清华大学合资在英国谢菲尔德大学和日本分别建立了两家研发中心，在开展基础研究的同时，也开展应用研究，研发能够与企业对接的稀土高端创新产品。英国谢菲尔德大学校长基思·伯尼特深有感触地说："许多最具创新性的项目都依赖与中国高校和研究机构的合作，从实验室到生产车间，与中国的合作让我们大开眼界。"赵欣带领团队研发的垂直轴风电机组占我国24%的低风速区域、城市区域使用的风力发电技术，50%的风能得以提高20%以上的发电量。他们生产的垂直轴风力发电机应用广泛，为我国南极科考站紫金山天文台制造了第一套风光互补供电设备，为中科院深海研究所提供检测平台风光互补设备，为中石油油田、国家园艺博览会、国家重大火力发电厂等项目提供了风光互补和智能微电网设备。目前，公司产品已出口46个国家，在国内已销往26个省市。公司产品已在城市照明、工农业生产及百姓生活用电中得到广泛应用，建立起国内第一个垂直轴风力发电大型综合实验平台，为国内培养了一大批风电产业技术人才。

该公司成为国家重点产品企业，获得了国家科技部科技型中小型企业创新基金项目，还取得了国际先进水平的科技成果。该公司拥有国家专利120项、发明专利20项、美日欧盟专利3项，而赵欣是这些专利的唯一持有人。赵欣成为国家高层次人才（万人计划）、海外高层次人才（百人计划）、国家人力资源部留学生回国创业优秀人才、中央联系的高级专家、国家科技部创新创业人才、国家奖励评审专家、省管优秀专家，荣获中国侨界创新人才奖。

美国《福布斯》杂志认为，在过去的人工智能科技领域，中国只是旁观者，然而在人工智能等当前最热门的科技创新领域，正发生根本性转变。中国在人工智能领域已不再是简单地追赶，而是在某些方面正发挥引领作用。

针对未来智能制造对伺服电机的迫切需求，赵欣在中科院包头稀土中心的牵线搭桥下，引进中科院电工所顾国彪院士团队技术力量，在包头建设年产5万台套伺服电机中试示范线，主要研究电机的智能仿真解析、定子薄肉型铁心、高密度集中绕组和电机轻量化及相关加工工艺和设备。赵欣在人工智能领域已不再是简单的追赶者，在同清华大学合作合资、加强基础研究的同时，共同研发工业机器人和组装工业机器人的关键零部件——伺服电机，在技术上取得了重大突破，为智能制造领域的创新做出了贡献。

2019年8月，笔者走进赵欣创建的包头中科智能科技有限公司生产线车间参观，看到他们已实现了伺服电机的规模化生产，以及具有自主知识产权的工业机器人在生产线上忙碌的情形。笔者采访了在这里值班的一名员工，问他使用机器人有什么优缺点。这位员工说，机器人没有感情，但它工作效率高，动作精准，守纪律，不诉苦，又不偷懒；人有感情，但效率低，累了会诉苦，有时也不听使唤。他们通过采用MES制造方法和ERP管理模式进行生产制造和管理，生产设备全部采用机器人和智能化生产线。笔者注意到，在8条自动化生产线上，有60多台机器人在忙碌，年生产伺服电机能力达到5万台套。

回国创业8年，赵欣不断攻克技术难题，为我国垂直轴风电机组在低风速风力发电和高效节能的盘式无铁芯发电机上取得了发明专利，填补了国内5项技术空白，制订了国家标准和地方标准，自主开发稀土永磁的高端技术，取得了核心技术并进行了重大成果转化。赵欣说："工业机器人是实现国家智能制造战略的核心，而工业机器人的核心部件主要是伺服电机、减速机、控制器等，我们从研究伺服电机入手，就是为了能够掌握核心科技，打破国外的技术壁垒，代替国外的产品，增强我国在全球智能制造领域的话语权。我们希望在伺服电机和工业机器人领域与国外企业一争长短，做国内智能制造的领军企业。"

通过长期与日本企业交流，赵欣发现，日本企业对产品的专利非常重视，其中包括产品专利、工艺专利、设备专利等，注重建立自己的专利池。这样做的好处是保证公司产品的独有性和领先性，延缓其他公司进行仿制和进入该市场领域的速度，获得更大的市场份额和更高的利润。因此，赵欣回国创建公司后，第一件事就是申请专利，包括产品的、工艺的、设备的专利等，并积极参与国家标准的制定工作。

（五）芳华再绽

池建义步入中年之后，对生命的体悟渐次丰满，变得更加珍惜他人，珍惜当下。池建义更加关注青年一代的幸福和成长进步，热切地希望在这里创新创业的青年科技人员展翅飞翔。他常挂在嘴边的一句话是："青年科技人员是我们中心的希望和未来。"

当池建义看到青年一代信心满满时，十分欣喜。他首先言传身教，不辞辛苦地创造有助于青春的诗意挥洒和梦想放飞的环境，启发他们在思想上对人生、对社会有新的认知，培育他们的创新创业能力，让他们奉献才智，也让他们得到红利，追求美好生活。

在这里，青年一代科技人员的青春活力得到绽放。

青年一代科技人员越来越深刻地认识和感受到中科院包头稀土中心对他们的期待和包容性，也深深地感谢中科院包头稀土中心给他们提供拼搏和奋斗的平台，他们时刻锤炼自己的意志和能力，努力成为最好的自己，挑起建设稀土科技强国的重担。

笔者先后几次采访了在科技创新中你追我赶、绽放青春活力的3个创新团队，在这里讲述他们的奋斗故事。

1. 攻克世界首创稀土釉陶瓷创新科技项目的青年创新团队

包头中科陶瓷科技有限公司的青年创新团队研发出的世界首创稀土釉陶瓷科技创新项目，将试验阶段向产业化阶段推进，向世界照耀出稀土科技的创新之光。

团队研发的稀土陶瓷是一种新型的绿色环保材料，色泽艳丽、柔润、均匀，具有高硬度、耐磨、抗腐蚀、无辐射、抑菌等特质。笔者在中科院包头稀土中心创新产业园基地采访时惊奇地发现，该公司青年团队科研人员研发制作的五颜六色的瓷盏熠熠生辉，通过透明的釉层，能看到漂亮的瓷胎。

行之力则知愈进，知之深则行愈达。几年来，这个由80后、90后组成的青年科研团队，通过多次烧制试验，充分利用稀土独特的电子层结构，采用新工艺、新技术、新方法，将稀土掺杂到釉料中，并且利用稀土抗菌剂掺杂到釉料中烧制出抗菌效果良好的各种日用环保抗菌陶瓷，创造出无愧于伟大时代的新业绩。

对于已研发出的38种稀土釉陶瓷产品背后的上百道工序，他们是如何开展技术攻关，如何做到精益求精的？带着这个问题，笔者采访了包头中科陶瓷科技有限公司董事长周效。周效大约三十三四岁，乍一看，他显得文弱，但讲起话来顿挫有力，两眼发亮，表情坚定，坦率而聪慧。谈及工作和事业，他滔滔不绝，感触颇多。

周效走进生产车间，指着刚刚调好的稀土釉料自豪地说："对稀土釉料进行调整后，就可以决定陶瓷的颜色，稍微调整一下烧制温度，色彩就会千变万化。在瓷釉中加入少量的镧，可起到光泽剂的作用，使釉面晶莹夺目。加入少许铈可制成白度高、遮盖力强的乳浊釉，不仅使釉面光泽莹润，而且能减少龟裂。然而，为使陶瓷达到这个效果，我们经历了艰辛的探索和无数次攻坚克难的过程。科技的核心是创新，我们在很长的时间里，在核心技术上难以实现突破。我们的创新创业之路充满荆棘、坎坷，也充满未知。后来，我们深度学习新技术、新工艺，以创新引领研发工作，制订了以产品质量誉满全球的奋斗目标。"

接下来，周效打开心扉，坦率地讲述他的生命体验和他们团队的奋斗历程、执着追求和精神境界。我在倾听、记录并思索着，也有了感悟和感叹。

那是2017年的一天，周效注意到传统的中国陶瓷，便突发奇想，如果将自己的稀土绘画颜料涂抹在陶瓷素坯表面进行烧制，会发生什么？他们团队的项目组立刻出发前往景德镇，将自己的绘画颜料交给景德镇的工匠，让其帮忙烧制。一个月后，项目组成员收到一个陶瓷样品，周效觉得它作为一个陶瓷产品是不合格的。项目组成员对这个陶瓷产品发表了不同看法，有的人发表了挑剔的看法，有的人是抱怨的态度，有的人则感到完全失望。

梦想犹如阳光，给生命以能量。参与团队项目的多数成员正是通过这个样品，辩证地认识和解读它，确定了努力奋斗的方向，决心沿着这条路一直走下去。就这样，有了梦想，有了奋斗目标，他们的生命就被点亮。

新征程呼唤新作为。胸怀创新理念的周效不仅由这种生存意识和危机意识激发了精神力量，而且从同事们开拓未来的精神斗志中有了一种拼搏向前的冲动。在周效的组织和带领下，稀土釉陶瓷团队项目组顺势成立了。

在路的尽头有他们心灵的牧场，也生长着从未有过的崭新希望。

他们的行动和创新精神得到有关领导的支持和赞许。领导们清醒地感悟到，青年不仅是一个生理概念，更是一种蓬勃向上的青春气息和丰沛的创造力量。他们看到这支年轻的科研团队是个独特的生命群体，面对各种"卡脖子"的技术短板，在研发世界上独一无二的科技创新项目的攻坚克难中，展现出砥砺前行、追逐远大梦想、绽放青春的奋斗模样。他们祝愿这支年轻的科研团队早日研发出世界首创稀土釉陶瓷科技创新项目，用稀土陶瓷之光照亮华夏大地，照耀五湖四海。

周效继续讲述他们跨越艰难的历程。

他说："当大家逐渐从对自己的想法能够很快成功实现的喜悦中冷静下来的时候，才发现这件事并没有想象中的那样简单。"

周效从武汉大学物理系毕业之后，在英国攻读硕士，在燕山大学攻读博士。其间，不仅深入研究物理化学的前沿学科，还关注过陶瓷研究项目，有独特的前瞻眼光和创新精神。团队项目组的其他成员是由两名硕士研究生和4名本科生组成的，他们的专业从工商管理横跨到计算机科学，可以说跟陶瓷专业一点都不沾边。谁也不知道他们可以走多远。还有一个大问题就是釉料的配方，不论是在哪里，哪怕是对一个做陶瓷的工作室来说，釉料的配方都属于核心机密。而大家在网上查阅的配方甚至是专利，都没有办法烧制成功，这让所有人都明白一个道理：无论如何，要研发出一个属于自己的釉料配方。虽然说他们眼下没有找到正确的配方，但至少可以知道，一个成熟的釉中应该有哪些主要组成部分。知道组成部分之后，接下来就是明确每个成分在釉料中起到的作用。团队项目组的所有成员，通过控制变量法，在数百次的实验过后，终于知道了这十几个组分的具体作用。接下来，他们按照这些作用的体现程度，设计一个自己认为可以的釉料配方，再根据烧制出来的结果，一点一点地加减某些物质的量。通过这种近乎最笨最初级的方式，历时将近一年，才终于有了一款真正属于自己的透明釉料。

在大家还没来得及高兴的时候，一个很现实的问题降临在他们面前。他们的釉没有景德镇的釉那样稳定，效果好。

他们的价值在哪里？谁也没有找到答案。当时，周效有一种力不从心的感觉，但他没有彻底失望，更没有沉沦，他知道还要走很长很长的路，才能到达彼岸。他发现，前面有很多未知的难题，但他的心中涌动着一种奋力一搏、以信念挑战极限的激情。这种激情时时影响着团队人员，使大家齐心协力去攻克未知的科技难题。周效带领大家开始分析釉料，寻找有别于景德镇釉料的细节。大家发现，为了使陶瓷釉料保证其亮度和色度，让稀土元素起到特殊的理化效果，就可以完全代替铅镉在釉料中的作用，之后，这一特点被写在了稀土陶瓷釉料特殊性的第一页。大家并没有满足于现状，而且接续前面的工作，脚踏实地干下来，抓住入口检测，坚持技术变革。由于他们坚持科技创新，逐步提升科技含量，特殊的釉面效果终于逐渐被发现。

青年团队项目组研发人员在周效的带领下始终保持着这样的习惯：凌晨五六点钟就起床，看书学习，查阅资料，上午8点投入工作，晚上七八点钟才下班。回来之后，整理当天的试验数据或制作经验。

就在大家努力读书、查阅资料、寻找产品特点的时候，科研人员从文献中发现，稀土元素的添加可以使一些材料具有抗菌性，而当时市面上的陶瓷产品普遍没有抗菌这个概念。这一新发现，使他们欢欣鼓舞。针对人民大众保健意识增强、看重优质保健生活用品的现状，所有人又有了明确的新目标，要做出一款市面上没有的优质抗菌陶瓷产品，适应市场需求。但他们按照文献中所能查到的方法，做出的抗菌材料的抗菌率只能达到50%。科学精神容不得半点瑕疵，团队项目组为了达到大家心里的期望，在坚持走属于自己的创新创造之路的同时，进一步调整科技创新路径，重新查看项目数据，完善工艺流程。

他们通过对工艺和成分的一次次调试，做了大量的实验，终于把抗菌材料的大肠杆菌的抗菌率稳定在了99.9%，金黄色葡萄球菌的抗菌率大于99.99%，并把抗菌材料与陶瓷产品完美融合，稀土釉抗菌陶瓷产品正式研发成功。

这次的研究成果就好像捅了马蜂窝一样，给陶瓷行业带来了一次大地震。大家都在注视陶瓷领域的新生儿，或欢迎，或抵触，引发了局部商业旋涡。但不可避免的是，这个新的研发成果必定会给传统的陶瓷行业带来新的活力，陶瓷相关的厂商也都在研发并检测自家陶瓷的抗菌性。就在所有厂商都跟风的时候，在祖国北疆，美丽的鹿城包头，包头中科陶瓷科技有限公司正式成立。

2. 稀土发光材料在农业种植的应用研究取得突破性进展

2019年、2020年，笔者先后两次采访了在稀土发光材料应用研究领域取得成就的共产党员、博士后张彤。她30岁上下，皮肤白净，身材灵巧，性情质朴。她在西北农林科技大学读农业科学专业，并在这所大学连读硕博研究生，攻读作物栽培学与耕作学，在中科院长春应用化学研究所攻读博士后。

自攻读博士后以来，张彤就对稀土发光材料的研究产生了浓厚的兴趣，与稀土发光材料结下了不解之缘。

2017年，张彤怀着建设家乡、报效家乡的宏愿回到包头，在中科院包头稀土中心从事稀土发光材料农业种植的应用研究工作。其间，她组建青年科研团队，走进沙乡，披沙拣金，在荒原、田间播撒科技的火种。

起初，张彤迎着朝阳，满怀信心地走向工作，对稀土发光材料科研工作充满了热忱和自信。她不缺乏学识和聪颖，但在后来的科研工作中遇到了很多挑战，又遇到了难以跨越的障碍，陷入尴尬境地。面对汹涌而至的时代变革，她有着常人没有的切肤之感。同时，她发现自己真正在实践中"扑腾"时，自己的知识和能力有限，内心充满了忧虑和不安。从此，她有了新的感悟，也有了新的认知：学习是一辈子的事。她继续向书本学习，向他人学习，向实践学习。就在这个有意无意忽略生活，为科研工作奔忙的时候，她还得照料没满两周岁的双胞胎，为油盐酱醋的生活而奔波。一到下班时间，她的步子大而迅疾，恨不得三步并作两步跑到家里，拥抱孩子。她还得蒸馒头、烙饼、擀面条、烹炸煎炒，料理家务。她的热望差点被眼前的一切淹没。此刻，她才懂得了一个道理：女人要比男人付出更多的努力才能取得同样大的成就。

在这个节点上，张彤的丈夫秦新苗从深圳来到包头，加入他们青年科研团队之中。张彤的丈夫是她西北农林科技大学的同学，获作物遗传育种学硕士学位，也是包头人。张彤曾抱怨因孩子的拖累而事业不顺，她的丈夫到来后，不仅有了家庭的欢乐与关爱，而且在他们日复一日的生活中，以及在稀土发光材料农业种植的应用研究中，张彤感觉似乎有了左膀右臂。她的丈夫很顾家，下班了都会直接回家，帮忙带孩子、做家务，吃完饭会带着孩子一起学习、做游戏，周末一般在家做家务时，还要带孩子去见见老人，或者带孩子去户外活动。放长假了，他们就带孩子回老家感受农村田园生活，让孩子体会农业的重要性。性格内向的张彤，心里得以舒展，变得开朗起来。

在中科院包头稀土中心创新产业园，笔者参观了张彤团队创建的人工气候实验室，一排排拉着遮光帘的植物培养架整齐地摆放着。将植物培养架四周的遮光帘拉开时，高矮不一的果蔬幼苗就呈现在我的眼前。在幼苗上方，一盏盏不同色彩的稀土补光灯正照亮着这些幼苗。

张彤说："这个人工气候实验室的所有光源都是人工光源，排除自然光之后，我们团队科研人员要在纯人工光源下进行试验，从而观察不同时期植物在各种光源下的生长状况。含有稀土元素的人工光照,不仅光谱是非常准确的,而且想要哪个波段的光谱,就能定位到哪个波段。我们团队为了使人工气候实验室取得的科研成果转化为生产力,在固阳县示范基地大棚内安装了基于LED农用光源的稀土元素补光系统,对番茄、黄瓜等时令果蔬实施人工补光。实践证明,它的光电转化率很高,能把近90%的电能转化成光能,植物又能吸收大部分光能。"

张彤带领团队在这里创建人工气候实验室的同时,去包头市固阳县示范基地,鄂尔多斯市准格尔旗、杭锦旗实验基地,巴彦淖尔市黑柳子乡示范基地,以LED灯光为光源建立了一整套补光系统,将稀土元素加入光源中,还根据不同农作物的光合需求,提供不同光质的光源补光。笔者在包头市固阳县示范基地看到,在张彤团队研发的稀土补光系统光源的照明下,番茄、黄瓜长势喜人。他们使用张彤团队研发的稀土光源,一天能够保证14个小时的照明,番茄在40天到50天就可开花。人工补光的番茄与未补光的番茄相比,花期提前,果期也提前。补光的番茄120天就可以上市销售,而没有补光的番茄则需要150天以上才能上市销售。巴彦淖尔市黑柳子乡农业合作组农户在温棚里种植香瓜,广泛使用稀土光源人工补光,使香瓜缩短开花、结果时间。同时,还保证产量稳定、提前上市,得到用户的青睐。笔者看到,这里的农户在2017年冬天种植的香瓜,到2018年初春就能上市。在新春佳节,他们上市的香瓜每斤市场价能到35元,比平时收益增加好几倍。准格尔旗农户在草莓温棚使用稀土发光源补光后喜获草莓丰收,每亩地的收益达1万至2万元。

多年的发光材料研究丰润了张彤的生活,使她在工作中体会到发光材料在农业种植方面的应用研究价值。为了开拓稀土发光材料在农业种植方面的应用研究,张彤废寝忘食,打磨技能,让科研实力实现从量的积累到质的飞跃，从点的突破向系统能力提升。但她总觉得自己尚未垒起高楼，只是为建造这栋高楼打下了地基。

为了更好地为农民服务，张彤团队成立包头中科瑞丰科技有限公司，由秦新苗担任总经理，工作重点从内蒙古西部向内蒙古东部延伸，在商业化规则中施展拳脚。就在这个阶段，他们看到有不少农民疑惑、观望，迟迟不采用补光系统作为照明光源。这使他们的事业又陷入低谷。张彤及其团队进行深深的自我反思。为此，他们以专业的思路融入商业化规则中，同时坚持自己的"人文本色"，跟农民同劳动、同锤炼，他们对农民耐心解释，传授技能，与农民之间的感情日益加深。

张彤对笔者说，2018年3月，秦新苗总经理带着技术到包头广恒合作社实地考察，发现合作社温室大棚保温性较好，农户种植水平很高，但北半球冬季光照较弱，阴冷天气较多，而且棚膜使用年限过长，透光率很差。她告诉合作社理事长李旺荣，这是大棚内严重缺光，冬季甜瓜挂果率低和产量减少的重要原因。

2019年1月，张彤团队选择两栋大棚进行补光试点。根据大棚实际，张彤为大棚甜瓜种植量身定做一套"冬季甜瓜补光系统光源照明"技术规程，并现场指导安装稀土光源人工补光灯，设定好自动控制数，补光灯根据大棚内太阳光照变化做到自动补光，真正做到了科学补光、足够补光。

张彤团队的大棚补光试点取得成功。张彤说，与未补光效果相比，补光的甜瓜长势茂盛，开花提前15天左右，挂果率提高60%，甜瓜产量实现翻番。在春节期间，甜瓜每斤卖到35元，而且销路很好。当年10月，该合作社增加5个大棚进行甜瓜补光。2020年春节，虽然受疫情影响，但合作社的甜瓜仍获丰收。合作社补光甜瓜这一项增收十几万元。

很多实验基地的农民说，张彤团队来这里很勤，不管是大热天还是下雨天，或是落叶飘零的深秋，在示范基地都能见到他们的身影。笔者在包头广恒合作社甜瓜实验基地看到，张彤累极了，抬着灌铅似的腿，弯腰弓背在示范基地劳作。有一位农民，满脸的纹络雕刻着艰苦跋涉的生命历程，豪爽地说："张彤有一双明亮的眼睛，有一颗善良的心，还有一股子干劲和钻研劲。我从张彤身上学到了降耗、挖潜、增收节支的知识，增强了科技意识、质量意识。我感谢她和她带领的团队，给我送来了开启才智和致富的'金钥匙'。"张彤听到他们的夸奖，回了一个微笑的表情，但她的眼角有些湿润。

3. 稀土特钢项目将实现批量生产

张耀带领的青年创新团队，创建包头中科稀土特钢创新中心，对具有战略价值的稀土特钢项目进行深入研究，奋力解决一系列钢铁母材不足的问题，为抢占稀土特钢科技创新与产业转型升级新高地，持续发力，扬帆起航。

笔者走进包头中科稀土特钢创新中心，采访了带领这支青年创新团队奔向远方的才俊张耀。他朴实、善良、聪慧，有担当。张耀，2013年毕业于内蒙古科技大学，考入哈尔滨工业大学控制工程专业继续深造，并获得硕士学位。2017年8月，他就职于中科院包头稀土中心，现任项目管理部部长，负责项目实施及管理。

张耀带领的团队也很优秀，他们的平均年龄只有26岁，充满着青春活力。

张耀说："这里的风气良好，有温暖的人际关系，也有认真严谨、团结奋斗的氛围。在池建义主任的领导下，这里的人们都在扎扎实实地做事。我在这里从事的工作比较符合我的兴趣，而且有很大的发展空间，可以去做一些科技创新项目，在工业化进程中，使我有了用武之地，也给我提供了能够应用自动化专业知识的平台。"

他们团队的未来也许不是单纯依靠人的体力和强悍，而是人的才智、坚忍和担当。他们团队项目组引进了中科院李依依院士、栾义坤研究员的技术专利。一批学习机电、机械、冶金、材料等专业的青年科研人员聚集在一起，开设中试生产线，深化成果转化，努力甩掉稀土特钢"卡脖子"的短板。

设备考察调研，技术参数设计，工艺流程制定，团队成员有条不紊地展开了各自的工作。

对如何解决设备问题，池建义主任说："大型设备国产化，是当今稀土科技事业的发展趋势。如果国产设备的有些技术指标达不到要求，我们可以自己设计、改进，以实际行动支持稀土设备的国产化。"

栾义坤研究员凭借其独有的工艺，改善炉形设计，完善三联工艺流程，并将目标锁定于稀土轴承钢、风电螺栓钢、稀土模具钢和稀土焊丝钢等几个主要产品的研发上，尤其是探索稀土在钢中的应用，改善包头普通钢产业结构，带动相关产业转型升级。这些关键技术，不是静止呆板的字母，而是一种有生命的思想。因此，年轻的研发人员不仅要对它感兴趣，而且要注重用理论指导实践，自己动手去做实验，再用自己的头脑去重新发现它，掌握它。

"行车钩短而下地距离不够，我们就挖。土质为回填物，我们就换土来填。地下5米出水，我们就抽水。作为'基建狂魔'团队，没有克服不了的工程问题。两个多月披星戴月的施工，基建工程终于在设备到厂前完成了。"张耀说起他们在创业过程中克服困难的故事时，眼里放射出奇异的光芒。

"这厂房不适合你们设备的安装，怎么办？"这是设备厂在考察现场之后提出的问题。这对团队工作带来了一个新的挑战。同时，中科院包头稀土中心要求必须克服困难，想尽一切办法，限期完成安全安装设备的任务。时间紧，任务重，团队项目组人员决心克服困难，想尽一切办法，完成设备的安装任务。

由于设备大部分是自主设计，设备厂的安装工人很多也是第一次见到这个改进后的设备。当真空炉体运达现场后，炉体过大连门都进不去。怎么办？于是，找来专业的吊装团队，准备从厂房顶部吊装入位。一个7吨的炉体，由于受作业半径影响，要使用500吨的吊车，团队项目组成员也是第一次见识国产重工的威力。

从设备安装、冷调、热调，到后来的打炉烘炉炼钢，团队项目组成员各司其职，有序地进行着工作。两年多的时间里，"累"这个字似乎从大家的词典里消失了。所有事项必须在规定时间内完成，但他们相信，纵使有千难万险，也一定会迎来成功。

设备调试结束，实验就要马不停蹄地开始。接下来，一炉接一炉的实验在紧张地进行。对此，他们既有对成果落地的企盼，也有面对失败的懊悔。

稀土是钢中"维生素"和"黄金"，可用于净化钢液，提高成钢质量。随着一次次实验，一个明显的问题出现在实验检测报告中：氧含量出现问题，达不到预期目标。怎么办？开会分析出现问题的原因：首先，对使用的金属原材料进行分析，但金属原材料都符合"五个九"的国家标准，从理论上说，它不会带来这样的影响；其次，对使用的稀土和稀土的使用情况进行分析。他们走访过多家企业，稀土钢的实验，在很早之前就展开了，但是实验效果量级分化严重，有时候效果明显，有时候效果却不是那么大。由于这样的不稳定性，稀土的应用一直都没有得到太大的推广。大部分钢厂使用的都是稀土镧铈作为添加物，那么会不会是稀土成分出现了问题？有疑点就要去验证，几个不同批次的稀土样品，进入检测序列，氧含量300、600、1400，好像确实是稀土氧含量出现了问题。但是市面上的普通稀土，厂家质量保证书里均没有对氧含量的界定。所以要想革新，必须是一个体系的改变。这支青年团队再次面临重重困惑和重大挑战。

当发现稀土质量影响稀土在钢中起到的作用时，大家一致认为：需要寻找更高纯度的稀土金属。然而，市面上可以买的镧铈金属的氧含量却均在200～1000ppm之间，完全不符合预期样品的要求。如何解决这个问题已成为项目组面临的又一考验。

买不到，就自己造。秉承池建义主任倡导的敬畏创新、埋头苦干的精神，团队项目组成员有了大胆的想法。不会就去学，不懂就去问，在没有一个人掌握火法冶金专业技能的情况下，团队开始了新的征程。从机械设计画图、电场分析、冶金传输理论，到最后的零件加工、炉体安装，边问边学边干，一台崭新的电解炉出现在"一带一路"中欧联合实验室的厂房内。

设备有了，谁会炼？怎么控制氧含量？当项目组成员面对新炉子一筹莫展的时候，张耀说："先别考虑氧含量的事情，我们先学会生产稀土金属技术。"他们深入传统工艺稀土厂，学习技术，了解现有设备基础和工艺流程。改善大环境下的生产工艺，才能改善产品质量。一个月日夜兼程的学习后，"一带一路"中欧联合实验室的厂房内的电解炉正式开炉。当第一批产品出炉的时候，大家都满怀期待地等待检测结果，氧含量为"1049"的数值出现在检测仪器上，让大家觉得改造势在必行。

"37"是一个值得纪念的数字，当新的真空虹吸出料机产出的金属检测氧含量值降至"37"的时候，所有努力都有了应得的回报，他们得到项目所需的过硬的稀土金属。

青春的力量，要靠奋斗积蓄。这支青年团队的科研攻关更具挑战性。他们提出"要把论文写在中试基地、写在产品上，要把研究做在工程中，要把成果转化在企业中"等不同于以往的思路，并按照自己的生命体验，实现科研梦想。经过一千多个日日夜夜的艰苦奋战，他们提升了自身能力和技术水平，终于将"论文"写在了产品上。他们通过控制镧、铈轻稀土金属原料的纯净度，以及在稀土加入前解决钢水的纯净度，基本突破了稀土钢生产工艺不能顺行和性能不稳定两大难题。工业上已实现连铸1000吨钢，并且成功细化了夹杂物，约30%数量的夹杂物尺寸达到亚微米级。

通过加入稀土，抗菌不锈钢对大肠杆菌和金葡萄球菌的抗菌率均达到99.9%。在Gcr15轴承钢中加入适量稀土后，夹杂物总数量减少54%，实物轴承台架疲劳寿命较世界占有率最高的瑞典SKF轴承台提升30%。M50轴承钢作为传统航空发动机主轴承的材料，样品技术指标已满足洛氏硬度大于58、工作温度大于315摄氏度的要求，将要实现中试生产线的批量生产。

各种产品的展示，展现了稀土钢一步步发展的履历，续写了中科院包头稀土中心的探索、引领和创新精神，见证了新一代年轻稀土人的爱国情怀和奋斗不止、开拓进取的精神。

此外，张耀带领的青年团队还承担了其他应用科技领域的重要项目。笔者了解他们承担的项目情况，采访了"一带一路"中欧联合实验室。他们不仅建成了超纯稀土示范线，而且已具备相应的超纯稀土制备试验和小批量生产条件，并且根据项目的发展需要，开展了炮膛清洗机器人项目、四代机器人样机项目实验，已申报2项专利及1项PCT专利。当笔者采访创建已有4年的稀土铜中心时，他们已组织包头震雄铜业有限公司合作对接，完成稀土研究方案，完成与震雄合作开展"1+1"行动的计划。他们有一种"给我一个支点，就能撬动地球"的豪情壮志和蓄势的张力，并把压力变为动力，有序地、创造性地开展工作，取得了骄人的成就。

2018年5月10日，时任中科院院长在百忙之中赶来包头，拜访包头市的党政领导。进行广泛交流之后，他听取池建义主任的汇报，参观了中科院包头稀土中心创新产业园。当他看到凝聚着池建义主任和员工心血的诸多研发成果时，高兴地说："你们为包头稀土业的创新发展付出了艰辛的努力，做得很出色，获得了很多研发成果，这里的领导和干部群众对池主任和研发中心的工作评价都很高，这是个干事的地方，希望你们再接再厉，取得更大的成就。"

2019年4月27日，时任内蒙古自治区党委书记风尘仆仆地来到中科院包头稀土中心，听取池建义主任的汇报，并参观创新产业园，之后，对他们在稀土研发工作上所取得的成就给予充分肯定，并说："希望你们做强做大，更上一层楼。"

池建义面对稀土中心起步时期遭遇的逆境和艰辛没有退却，而是率领稀土中心员工闯过惊涛骇浪，走进辉煌，用稀土之光，照亮世人，造福人类。2021年新春，池建义的心中又燃起了一团新的希望之火，去迎接新的挑战，昂首阔步地走向更加壮丽的未来。

三、天高任鸟飞

创建上海交通大学包头材料研究院（以下简称上海交大包头研究院），是包头市与上海交通大学创新驱动发展的重大合作举措。

（一）与包头有个约定

初来包头之前，上海交大包头研究院院长董樊丽、副院长杨剑英都曾估摸那里也许是个只有苍灰的老街旧巷，烟雾弥漫、交通拥堵，没有清新和绿色的地方。然而，来到包头一看，这里却是另一番景象：虽然包头工业发展依然强劲，高楼大厦如雨后春笋，以势不可挡的态势向前发展，但绿色发展似乎更胜一等。包头掩映在绿色森林之中，可被称为"花园城市"，这让他们备感欣慰，尤其是包头人的热情坦诚、开放包容和开拓创新的精神，给他们留下了深刻的印象。

他们来到市中心凝望良久，默思良久，想到将要跟包头稀土人一起并肩作战，共同奋斗，开辟未来，深感任重道远。

董樊丽、杨剑英经过马不停蹄的、广泛的调查研究，立足资源禀赋和基础条件，围绕"稀土之都"建设和地域经济发展情况，秉承"创新、开放、融合、发展"的方针，构建多元、开放、动态的组织运行模式，制订大力推进科技成果向现实生产力转化，带动产业转型升级和新兴产业发展，为区域经济高质量发展做贡献的方略。

2015年7月21日，上海交大包头研究院举行揭牌仪式；2015年10月，以自收自支事业单位法人性质在包头国家稀土高新技术产业开发区注册成立。该院由上海交大主管运营，是"政府引导、产学研用融合、金融资本助力"的新型研发与转化功能型平台。

上海交大包头研究院，完全是从无到有、从小到大发展起来的。在低谷中艰难地爬行之后，终于峰回路转，奔向前方，追赶超越。

2020年6月28日，笔者造访上海交大包头研究院，走进材料园区，这里洋溢着精诚团结、奋发向上的气氛。

杨剑英副院长接受笔者采访时，颔首，微笑。他谈及上海交大包头研究院的成长和发展情况以及他的所思所想时，眉宇间流露出淡定之态。他三十五六岁，中等身材，果断干练，聪明能干。他是上海交大包头研究院的重量级人物。他在北京科技大学材料专业攻读硕博，毕业之后在上海交大材料科学与工程学院任教。

他在生活中是位合格的爸爸，但工作原因，没办法给家人太多的陪伴。有一次，自治区领导到上海交大包头研究院调研指导工作，不巧他两岁半的孩子在上海患了急性肠胃炎急需住院治疗，但他没有犹豫，把儿子托付给家人，就踏上了赴包头的航班。不是他心无挂碍，而是因为心中有更大的愿望——为了包头稀土技术创新和产业转型升级，有一分热，便出一分热。这片土地，更需要他。他说："在大学读书时，我是一名文艺青年，业余爱好广泛，喜欢摇滚乐、演唱。来包头工作之后，我变得坚韧和开朗，在包头交了很多朋友，这里有理工科背景的人很多，从他们身上学到了很多新知识，看到了稀土业创新发展的前景。"

董樊丽院长跟杨剑英同心合力，坚定地朝着宏远的目标奋进时，有一种如虎添翼之感。董樊丽、杨剑英数年如一日，往返于黄浦江畔和稀土之都间，在风雨中磨砺，经受了考验。

董樊丽与上海交大包头研究院领导班子成员团结奋进，对每一项技术的对接、每一个项目的落地，都认真研究、谋划和推进。面对政府对经济指标的考量、企业对投资效益的追求、市场对技术成熟度和性价比的要求，他们努力寻求最佳方案，夜以继日地扑在这项艰巨而豪迈的事业上。

他们用自己不肯安于现状的心和富有创造力的手，拓展出一块又一块属于自己的天地。他们依托高校的成熟技术，聚焦"中段"，启动科技成果转化"加速器"，用肩膀扛起如山的责任，展现了激昂的风采。

笔者想起一些领导干部常挂在嘴边的一句话：仅有热爱事业是不够的，光靠运气更是不行。那么，董樊丽的成功靠的是什么呢？

笔者带着这个话题采访了董樊丽的同事。之前，听说董樊丽是个不怕困难、不怕坎坷，很有管理天赋的女性，不然仅仅几年里，上海交大包头研究院不会有这样长足的发展。副院长杨剑英评价董樊丽时，说："她是位善于管理、执行力很强的女领导，做事有一股韧劲。"是的，管理这样一所研究院，跟自己闷在实验室里搞研究是不同的，需要动脑、动手，得有两下子。

董樊丽的同事们列举了很多事例来展示她奋斗不止、开拓进取的精神状态。其中,有两件感人至深的事例。第一件事是,2017年初,董樊丽接任上海交大包头研究院院长职务时,尚在哺乳期。为了不耽误工作,她当起了"空中飞人"和"背奶妈妈"。2017年初至2018年底,她每周往返于上海与包头,照顾孩子,走访相关部门,对接合作企业,直到多家企业中试产业化项目落地;第二件事是,2018年5月的一天,从包头去呼和浩特办事途中,董樊丽不小心崴了脚,忙于工作的她并没有当回事。等回到上海一检查,原来她的脚早已骨折。上海交大包头研究院材料产业园建设进展如何,项目入驻顺利与否,是她最牵挂的事。同年6月,获悉时任包头市委书记张院忠要来材料产业园调研,她不顾家人的劝阻,坐着轮椅上了飞机,然后挂着双拐为张书记做了一场20分钟的工作汇报。可她的脚,也因恢复不彻底而加剧了疼痛。当月,她到内蒙古自治区科技厅进行答辩时,也是挂着拐杖去的。

(二)心灵之光

2020年8月24日,笔者走进在呼和浩特市刚刚建成的上海交通大学内蒙古研究院进行访问,见到了董樊丽院长和研究院科技合作主管李艳辉。

董樊丽身材小巧,匀称、秀气、清瘦,朝气蓬勃、思维敏捷,在她明亮的眼光里有一种快活的神情。接受笔者采访时,她坦诚从容地微笑着,生动地讲述他们艰苦创业的历程。

自2017年初,董樊丽接任上海交大包头研究院院长职务以来,还一直担任上海交大材料科学与工程学院院长助理兼科技发展中心主任。在主管上海交大材料科学与工程学院管理岗位的同时,兼顾上海交大包头研究院院长,责任更大,有更多未知的挑战。

组建上海交大包头研究院之初，他们听到些"外来的和尚会念经"之类的风凉话，尤其是2015年、2016年，遇到吸引人才难、落地难、融资难、资金到位难、项目落地难、科技成果转化难的瓶颈，又有些人说他们是光会说、不会做的"牛皮大王"，遭到了大量质疑。就在上海交大包头研究院正处于舆论的风口浪尖的关键时刻，董樊丽接受上海交大包头研究院的领导职务。当时，对能否很好地完成这项工作，她没有什么把握，不禁心生忧虑。她感觉，从几千公里之外的上海到包头，把上海交大的科研成果转化为现实的生产力，似乎是天方夜谭。此外，那时她的第一个孩子在读初中，第二个孩子出生不到半年，作为一位两个孩子的母亲，这样的工作需要克服极大的困难。

董樊丽黎明即起，做早饭，照料孩子，又要收拾屋子，再紧张地投入工作，处理一摊子事，就像一部机器似的快速运转。摆在面前的学校事务和家务千头万绪，尽管她打理得比较妥当，但她夜间倒在床上休息时，常常是累得腰酸腿疼。就在家事和工作面临"两难"之时，董樊丽虽然有过彷徨和疑虑，但她那刚毅的性格占据了上风，让她鼓起勇气迎接挑战。

2017年新年伊始，董樊丽顶着寒风和暴雪，风尘仆仆地来到包头。在她的印象中，包头的风很硬，雪很疾。

董樊丽走进上海交大包头研究院之后，就跟杨剑英等班子成员紧急碰头，研究下一步工作和长远规划。她神情凝重、语气坚定地说："自上海交大包头研究院注册成立以来，当地政府和群众对我们的期望值很高。然而在2015年、2016年，我们研究院科技创新步伐缓慢，科技成果转化率低下，没有达到当地政府和上海交大的希望和期待，也遭遇了当地人的质疑。我们要正视问题，秉持科学精神，采取措施及时精准击破各个堵点，大力推动科技创新，加强新材料核心技术攻关，加快科技成果转化为现实生产力的步伐，提升我们的竞争力，以实际成果告诉世人,上海交大人不是随风飘散的蒲公英,也不是攀缘的凌霄花,而是在山之巅、水之湄都可以扎根的一面旗帜。我们是强者,有能力激活技术价值,向新材料和稀土业高端进军!"

在董樊丽的引领下,班子成员统一了认识,对事业发展有了清晰的愿景,并制订了一整套创新体制机制以及科技成果转化为现实生产力的工作计划和长远规划。

新的机遇向他们招手,希望也似乎在不远处等待他们。然而,实践证明,将制订的计划和方略转化为"0到1"的突破,无疑是一条充满荆棘之路。

在实现"0到1"的进程中,尽管董樊丽带领班子成员把握当下,大胆地试,大胆地闯,但一个又一个难点、堵点,横亘在他们的面前。比如,2017年初,他们经过紧锣密鼓地运作,引进上海交大最成熟的技术成果,落地5个中试项目。但是他们没有创造以企业为主体的科技创新体系,忽略职业经理人的引入和社会资本的引入,导致科技成果的转化进展一直达不到预期的效果。因此,他们下定决心构筑企业化、市场化经营模式,将创新链和产业链有机结合,在引入社会资本的同时,让职业经理人、工程技术人员、专家教授入股,打造未来发展新优势。

尽管上海交大人才济济、群星闪耀,都有各自的智慧和科研才能,但新一轮科技革命加速演进、不断深化,各学科领域之间深度交叉融合、广泛扩散渗透,在需要协同发展的大环境下,很难独善其身。因此,为了让上海交大包头研究院像金子一样发光,有恒久的生命力,自2017年4月以来,上海交大包头研究院邀复旦大学、同济大学、华东理工大学等10所上海知名高校结成材料学院联盟,并建立包头成果转化中心,大大丰富了项目储备库。在包头,董樊丽带领10所高校的专家教授通过长期走访,有了很多收获。那些专家教授在刚开始走访时，心里有一种无着落之感，但他们听到董樊丽爽朗的笑声，了解其率真坦然的性格，感受到她的力量之后，似乎觉得距离梦想越来越近了。他们就这样将近200家企业的需求一一登记在册，并做好精准匹配与对接科技资源的准备工作。在技术壁垒极高、更新极快的领域中，他们汇聚高水平人才，发挥各自优势，顺势而为，培育项目，为包头地区的发展建功立业。此外，他们还成立了上海交大包头研究院大数据中心。

董樊丽和杨剑英马不停蹄地布局，苦苦寻找新的突破口，尤其是董樊丽，就像一匹骏马，长奔不息，忙得脚不沾地。在2017年8月，他们凭借优良的工作作风和出色的管理才能，又让3个中试项目落地运行。

接着，董樊丽和杨剑英重点考虑搭平台（物理空间、材料园区、政策、环境）、汇资源（技术、人才、资本），进一步推动包头经济社会的发展。

越接近梦想之路，新情况、新问题就越多，发展之后的问题一点儿也不比发展之初少，解决难度更大。2018年底，上海交大包头研究院在开展技术服务与创新引导、中试研究及产业化、正常运转等方面所需的经费一度遇到困难，眼看就要影响正常运转，甚至面临人员解散的困难境地。当时，在董樊丽和杨剑英的内心里掀起了狂澜。董樊丽对那段日子有着常人所没有的切肤之感。

"对我们研究院来说，那是最困难、最严峻的一个时段。当时，我几乎陷入前所未有的迷茫和困境之中，关着门痛哭了一场。人无精神则不立，唯有精神上站得住，站得稳，才能战胜困难。后来，我痛定思痛，在风雨中昂起头，攻克时艰，蓄力向上，跨越坎坷，在绝境中找到出路，迎来了新的机遇。"她接着说，"自2019年开始，研究院以立足包头、辐射内蒙古的思路，注重技术创新与产业发展紧密对接，助推包头以及内蒙古西部地区资源性企业创新转型发展，尤其助推煤电铝材向高端合金方向转变，支撑他们高质量发展，使地方经济新增产值100亿元，逐步形成多赢协同发展的新格局。在中试生产方面，研究院引入社会资本，在产业园建设了8条稀土、新材料中试线，其中，5个项目中试成功并投产。在产业孵化方面，研究院作为自治区级众创空间和自治区级科技企业孵化器，已孵化科技型企业18家。在人才培养方面，将工业自动化、大数据、智能热处理等项目纳入培训范围，着重开展应用型、技术型人才培养，已累计培训人数超过2000人次。疫情期间，我们策划的线上技术对接会结束后，微信群里的咨询依然不断。"

上海交大包头研究院坚持以信念和宏愿立身，蓄势壮大，并有了独一无二的闪光的名字。董樊丽一次又一次看到包头乃至内蒙古科技与企业界人渴望科技的眼神，更加懂得自己肩上的责任。

2019年11月17日下午，内蒙古自治区党委书记石泰峰来到上海交大包头研究院，向职工嘘寒问暖。董樊丽心里感到欣喜，她的眼神明亮起来。之后，石泰峰书记认真听取了董樊丽关于上海交大包头研究院的组建历程、运营机制、平台建设等方面的介绍，详细了解上海交大包头研究院在科技成果转化方面的工作进展，并就成果转化项目的机制、合作模式、人才技术、产品生产应用等情况的汇报，与她进行深入交流。石泰峰对上海交大通过技术创新，助力内蒙古产业链发展所取得的成绩给予高度肯定。同时指出，上海交大在应用技术研究方面有着突出的优势，积累了大量的科技成果，要做好科技成果转化，最重要的是技术与资本的结合，政府部门要制定完善的吸引各类资本参与的政策措施，促进创新链、资金链、产业链的有效对接。他还强调，创新是引领发展的第一动力，上海交大包头研究院要强化科技成果在产业中的应用，依靠科技创新延伸产业链发展，助推区域经济高质量发展。

2020年7月30日，由内蒙古自治区人民政府、上海交大共同举办，推进"科技兴蒙"行动科技成果转移转化对接会暨上海交通大学内蒙古研究院揭牌仪式在内蒙古呼和浩特举行。时任自治区主席布小林和上海交大党委书记杨振斌出席对接会，共同为上海交通大学内蒙古研究院揭牌。

之前，内蒙古自治区党委书记石泰峰会见上海交通大学党委书记杨振斌，对上海交通大学给予内蒙古的支持表示感谢。双方高度评价了近年来区校合作所取得的丰硕成果，特别是上海交大包头研究院"立足包头、辐射内蒙古"，产生了良好的社会影响力，为内蒙古自治区和上海交通大学的深入合作奠定了良好的基础。两位领导谈得十分融洽。

在董樊丽、杨剑英的正面影响下，上海交大包头研究院员工备受鼓舞，团结一心，共同组织"科技互动驿站"、"材料聚交"暑期论坛等活动，广受企业好评。上海交大包头研究院被授予"鹿城英才""包头市科技创新先进集体"等称号，被确定为"包头市人才工作示范点""自治区众创空间""自治区科技企业孵化器"。

人生拼搏，才会在汗水中结出硕果，才会展翅凌空。董樊丽、杨剑英自走进稀土的创新与研发之路以来，在奋斗中磨砺生命，用才智和心血书写壮美的人生。

科技成果的转移转化工作，在全国范围内都是一个转化率有待提升、成功率不甚理想，但又值得重视、值得做的事业。尤其对这样一个没有任何经验可借鉴的新型材料研发机构来说，走的每一步都无异于摸着石头过河。这就像伸手摘星，即使一无所获，亦不至于一手污泥。幸运的是，在经过几年历练之后，他们的产业化工作不仅在包头市产生了影响，还间接带动了其他盟市的相关产业发展。在前期工作铺垫下，"科技兴蒙"得到了自治区领导的高度重视，科技创新之路也迈上新台阶。

正所谓，守得云开见月明。上海交大包头研究院走上稀土研发之路，为日后走向巅峰积蓄了充沛的力量。

11月18日，第十二届中国包头·稀土产业国际论坛上，上海交大包头研究院分论坛在包头开讲。本届论坛旨在围绕"打造稀土高质量发展新引擎，拓展对外多元化合作新领域"这一主题，切实深入地探讨面向新兴产业和国家重大需求的前沿稀土新材料产业的发展趋势，深度解析稀土新材料技术的发展及应用，探讨稀土产业绿色、创新发展新路线，为稀土产业实现高质量发展集聚优势资源。在论坛上，国家科技部高新司副司长雷鹏、材料处处长孟微出席论坛，相关专家学者分别就纳米TM／C复合材料对Mg基储氢材料的催化研究、高能耗企业智能制造中传统设备优化升级的思考等题目展开专题学术报告，为稀土产业升级发展提供了技术和智力支撑。

（三）积淀亮色

上海交大包头研究院以"问题导向、全面开放、深度融合、创新驱动"为原则，聚焦新材料及先进制造领域，以科技成果向现实生产力转化为目标，定位于科技与产业的连接器、成果产业化的助推器、创新创业的孵化器、应用型科技人才的哺育器四大功能。

上海交大包头研究院坐落于包头国家稀土高新技术产业开发区新材料园区内。园区占地面积50亩，是一所绿色环保的花园式材料研究院，环境清洁整齐。再往前看，建筑格调清新典雅的中试厂房和科研大楼进入眼帘，呈现一派良好的工作和生活环境。

截至2020年底，上海交大包头研究院在新材料园区内建设了8条稀土、新材料中试生产线，并中试成功。每个中试项目按照企业化方式、市场化机制运行，并且努力克服科技和经济脱节的"两张皮"状况。其中，对5个中试项目以股权投资、债权投资、设备融资、租赁等方式投入2000万元资金。

笔者参观了5个稀土中试产业化项目。

首先是他们研发的"高纯氧化铝新材料"引起我的关注。他们依托上海交大凝固科学与技术研究所自主研发的国内唯一超高纯铝（5N5、6N）提纯工艺及装备，实现了超高纯铝锭的规模化生产，用于电子靶材等领域。同时，通过水解法将高纯铝制备出高纯氧化铝，主要应用于蓝宝石、锂电池隔膜材料、高端荧光粉、高端透明陶瓷、高端氧化铝靶材、高端催化剂等领域。

该项目由上交赛孚尔（包头）新材料有限公司实施中试产业化。2020年底，他们已建成1000吨高纯氧化铝生产线，达产后产值规模预超6000万元，还拟建成全国最大高纯氧化铝生产基地和全球主要高纯铝生产基地。

杨剑英引人入胜地讲述上交赛孚尔（包头）新材料有限公司在建设的超高纯铝及高纯氧化铝项目过程中，充满了波折和磨难，以及战胜困难、迎来曙光的历程。杨剑英看我听得很专心，他的眼睛里亮出光彩，头偏向一边，微笑着说："上交赛孚尔（包头）新材料有限公司在超高纯铝及高纯氧化铝项目的建设过程中，充满了艰辛和挑战，但他们用心劲儿和充满激情的创造力，把艰难险阻甩在脑后，走出困境，最终迎来了一个新天地。从项目的建设而言，在理论和技术上都可以讲得通，但产品的稳定性一直很差，杂质超标，公司又几度告急，尤其是公司一度用尽了投入的钱，陷入停顿状态。企业法人是上海交大的一名教授，面对困境，他个人想尽办法为企业投入现金200万元，渡过了难关，并寻找科技创新的突破口。员工从他的身上看到一团火焰，便忘我地劳动，为企业恢复元气做出了贡献。后来，为了增加超高铝的性能和韧性，他们启动科学应用稀土的攻关，引起了铝业界和有关专家的关注。本项目最大的创新亮点是具有自主知识产权的高纯铝提纯技术以及针对高纯铝水解工艺路线的一系列物理破碎、固态分离等工业化技术。"

接着，笔者参观了"稀土改性钛基复合材料"，这是依托上海交大金属基复合材料国家重点实验室国际首创且唯一的自主研发技术（六硼化镧原位自生钛基复合材料），制备出直径达580毫米、重量1.5吨的国内大尺寸钛基复合材料铸锭，主要用军事领域的耐热、高强、高模量结构件。同时，他们通过自主研制设备，制造出国内唯一的直径0.05毫米钛合金超细丝材，并达到镜面光洁度，主要应用于医疗器械、核废料处理等领域。钛合金丝材生产线已于2018年10月建成，2019年，钛合金丝材销售额达450万元。

项目由包头嘉泰金属科技有限公司实施产业化，该公司是内蒙古自治区唯一的钛合金精密成型高科技企业。时光一年年过去，杨剑英强烈地感受到公司老板到员工的慨然之气和奋斗不止的精神，悟透了他们的心声，并牢牢记住了技术工艺路线和生产流程。他自豪地说："本项目最大的创新亮点是采用了稀土硼化物与原材料海绵钛材料中的氧原位反应生产纳米稀土氧化物和钛硼金属件化合物，从而形成了纳米稀土氧化物强化的钛基复合材料，相比传统钛合金而言，其强度、韧性以及模量大幅提升，应用于军工、航天、航空、核电等领域。这是全国唯一的钛合金超细丝生产技术。这个项目的产品也进入了高附加值的生物医学应用领域。"

笔者观看"高精度稀土抛光粉项目"时，杨剑英从容不迫地与这里的员工打着招呼。在看了中试生产线之后，他面带微笑地凝视着笔者。"稀土更加广泛地应用于各行各业，高纯产品的研究不断深入，对高纯产品的规格质量的要求也更加严苛。同时，用户的环境意识不断增强，要求所用产品不能对环境造成污染。因此，这个项目依托华东理工大学超细粉末国家工程研究中心自主知识产权的独特工艺，实现抛光粉颗粒可控化制备，并通过精密分级使抛光粉具有颗粒均匀、颗粒分布窄、纯度高、杂质少、抛光性能好、附加值高以及符合环保理念等品质和优点。"杨剑英接着说，"产品为国防军工、电子信息产业等提供辅助材料，同时用于集成电路、平面显示、光学玻璃等电子信息产业，也用于玻璃的精密抛光，属于国家重点支撑的技术领域。"

项目由包头华明高纳稀土新材料有限公司实施产业化，利用包头丰富的轻稀土资源以及低成本的能源优势，推进镧和铈的高附加值综合利用，建设年产3000吨高精度稀土抛光粉产业生产线。项目于2019年8月试生产，达产后实现年产值9000万元，市场占有率超过15%。

笔者参观"先进稀土锆结构功能材料项目"时，杨剑英说："氧化锆在市场上最常见的是白色和黑色，而我们的技术可以通过添加一些稀土元素和过渡金属元素，使稀土氧化锆材料颜色丰富、连续可调，得到了智能穿戴、手机手表及其他电子产品行业下有游客户的高度认可。"

项目由内蒙古晶陶锆业有限公司实施产业化，该公司经过在上海交大产业园3年的孵化，已经成为全国范围内颜色最丰富的稀土氧化锆纷体企业，其高附加值的产业也已经推向市场。

笔者参观这里的"稀土特钢项目"时，项目负责人说："我们依托上海交大先进钢铁材料研究所技术团队，利用徐祖耀院士发明的Q（淬火）-p（碳分配）-T（回火）先进热处理技术，结合包头稀土合金优势，采用自动化、智能化生产方式，开发高强度轻量化稀土QpT装甲钢、稀土QpT耐磨钢等特种钢。部分产品已经与包头一机集团、北重集团合作中试成功，并已定型应用。目前，正在寻找投资合作，拟建设一条年产10000吨稀土耐磨钢生产线，用于矿山装备领域；一条年产2000吨稀土防弹钢板生产线，用于装甲车、武装押运车等军民防弹防爆车辆。同时，在此基础上开发低温稀土轨道钢。"

第四章

凤凰涅槃

一、书写春秋

2019年、2020年盛夏，当笔者先后两次走进被绿色环抱的包头钢铁（集团）有限责任公司（以下简称包钢）时，太阳正照当空，处处呈现全新的兴盛繁荣的面貌。

（一）壮阔图景

包钢是个拥有十万名职工的重工业大企业。笔者曾怀着一种要书写包钢的向往和渴望，走进包钢的博物馆。在包钢史馆里清楚地展示着，1954年来自祖国各地的8万多名创业者汇聚北疆戈壁，齐心协力建设包钢的资料。在这里，我观看在包钢建设者们的辛勤努力下，于1959年9月包钢一号高炉提前建成的图片。我久久凝望一张照片，那是1959年10月15日，周恩来总理从北京专程来到包钢，为一号高炉正式投产剪彩，刹那间，铁水奔腾而出。这张照片记录了历史的瞬间，却让我感到这是留给千秋万代的永恒。从此，一个"手无寸铁"的内蒙古开始走上了工业化、现代化的道路。

1959年底，包钢试炼出第一炉稀土硅铁合金，这是包钢稀土产业发展的新起点，也是我国稀土工业发展的新开端。从此，包钢人延伸了想象，也有了向前飞奔的欲望：把稀土业做大做强，用稀土之光照耀中国乃至全世界！

白云鄂博是包钢的铁和稀土矿基地。多年来，包钢作为中国稀土的发源地、母基地，担负着驾驶中国稀土工业航船的重要使命，要以万马奔腾的气势、快马加鞭的劲头、一马当先的勇气，马不停蹄地乘胜前进。

笔者观看一张张珍贵的历史照片和一件件珍贵的实物之后，不仅看到包钢发展壮大、开拓进取、砥砺前行的壮美征程，还感悟到包钢稀土业创新转型发展的历史性成就和历史性变革。

包钢史馆丰富的展物和闪光的数据，包钢艰苦创业的历程和奋勇拼搏所迸发的强劲伟力，不仅向世人讲述着内蒙古创造"齐心协力建包钢"的历史佳话，更充分展现着中国共产党的英明伟大和党的方针政策的无比正确。这里还展示着另一番令人震撼的景象。那就是近年来，在党的领导下，包钢人发扬爱国主义精神、奉献精神和改革创新精神，实现凤凰涅槃，散发了稀土业转型发展的光芒。这就是包钢稀土业逐步走向高端化、智能化、绿色化，依靠创新驱动，创造出更多富有高科技含量的世界领先的稀土产品，发展战略性稀土新型产业和稀土先进制造业的独一无二的壮阔图景。当下，包钢人以发展的眼光瞄准世界前沿技术，进行改革创新，实施"稀土+"战略，以稀土为重心转型升级，锻造出国家需要的稀土钢材。这里还有以坚强决心、坚定意志进行的大刀阔斧的改革，包钢人战胜各种风险挑战，创造令人惊叹的辉煌成就。

在这里，笔者看到了中华人民共和国诞生以来，包钢人创造的机制创新、技术创新的辉煌成就：在几代包钢人的不懈努力下，如今的包钢集团已发展成为拥有"内蒙古包钢钢联股份有限公司""中国北方稀土（集团）高科技股份有限公司"两个上市公司，形成跨行业、跨地区、跨所有制的现代企业集团，为经济社会发展做出巨大贡献，并跨进中国500强企业行列。

时间之河川流不息。

在几十年的光阴里，留下了一代代包钢人的稀土业科技创新和转型发展的足迹。在《北方稀土志》里清晰地记载着他们在科技创新中取得的研发成果，这也是包钢稀土科研人员"十年磨一剑"攻坚探索、厚积薄发的重要成果。1960年，包钢开始试用稀土代替镍、铬，以满足国防军工材料所需。1974年，包钢稀土三厂配合中科院院士、北京大学徐光宪教授开展稀土串级萃取理论研究，进行工业规模试验并取得成功，奠定了稀土工业化生产的基础。1978年，包头冶金所主导的"提高包头稀土精矿品位的研究""稀土元素的提取、分离、分析和应用研究，包括'从白云鄂博提取分离钍和稀土的工艺流程''伯胺萃取法从包头矿中分离钍和混合稀土'"等多项研究成果荣获全国科学大会的表彰。1990年，包头稀土研究院承担的国家"七五"重点攻关项目"高性能钕铁硼磁体的研究"通过鉴定，跃居世界领先水平。这是个难以忘怀的年份，2008年，由包钢牵头联合国内32家稀土骨干企业和科研院所，共同发起成立"内蒙古稀土产业技术创新战略联盟"，聚集了国内优质的稀土产业资源和科技资源，搭建了产学研合作的创新平台。同年，包钢充分利用技术资源和配置，针对现行工艺技术和装备水平的提升、节能减排、资源综合利用以及稀土新材料、稀土应用技术产业化等关键技术问题，开展了一系列的科技攻关。

（二）追赶太阳

习近平总书记指出："装备制造业是国之重器，是实体经济的重要组成部分。国家要提高竞争力，要靠实体经济。"[1]

习近平总书记强调："优秀企业家必须对国家、对民族怀有崇高使命感和强烈责任感，把企业发展同国家繁荣、民族兴旺、人民幸福紧密结合在一起，主动为国担当、为国分忧，正所谓'利于国者爱之，害于国者恶之'。"[2]

包钢被称为工业"长子"，它的发展与兴盛或落伍与衰退，都会引起国家有关部门和内蒙古自治区党委、政府的关注和重视。2014年至2016年，包钢陷入困境，积重难返，经济发展没有从根本上得到改变。为了彻底改变这种情况，内蒙古自治区党委对包钢领导班子进行了调整。

2016年4月16日，新一届领导班子主政包钢。

新形势需要新担当、呼唤新作为。包钢新一届领导班子肩负神圣使命，大刀阔斧实施创造性改革举措，迈向创新发展、转型升级之路，走出低谷，追赶太阳。他们一路走来，每一步都不是轻而易举的，每一步都付出了艰辛努力。在推进改革转型进程中，他们遇到的问题的复杂程度、敏感程度、艰巨程度前所未有，但他们深感没有激流就称不上勇进，没有山峰就谈不上攀登。他们披荆斩棘、劈波斩

---

[1]　《习近平：解放思想锐意进取深化改革破解矛盾　以新气象新担当新作为推进东北振兴》，《人民日报》（2018 年 09 月 29 日 01 版）。

[2]　《习近平在企业家座谈会上的讲话》，《人民日报》（2020 年 07 月 22 日 02 版）。

浪，深化重要领域和关键环节的改革，推进守正创新，转型发展，迈向高质量发展之路。

企业的本质就像人生，人们应该相信企业也是有生命的，就像人一样会经历生老病死。2016年，已有60年历史的包钢也经历了由弱到强、盛极而衰的过程。时间推移到2016年，包钢巨额亏损，陷入低谷。在生死存亡之际，包钢展开生死之战，提振敢为人先的锐气，敢于涉险滩，厚积成势，奋力前行，实现了新的跨越。

由于种种主客观原因，从2014年起，包钢连续3年亏损，企业陷入极端困境。2016年4月，就任包钢董事长、党委书记的魏栓师深感包钢的重生之难和改革之艰。他感到在改革转型中，要自曝家丑、自揭伤疤、自戳痛点是个艰难的抉择，需要极大的勇气。他也估摸到将要推行的去机关化、行政化，"瘦身健体"改革，向效率低下的顽疾开刀，清理无效岗位、无效工作，使全体员工竞争上岗，调整分流，充实到生产第一线，让企业的每个细胞都活起来的举措会引发企业内外的骚动和企业上上下下的各种矛盾，自己也会卷入各种情绪的旋涡之中。但他坚信，包钢只有直面问题，改革创新，战略转型，脱胎换骨，才能从衰弱走向强盛。在世界各地，有很多管理者接手陷入低谷或濒临破产的公司，对其进行改革并成功的实例。这些管理者充满自信、热情与魄力，依靠的就是能够带来变化的远见和坚定的信心。在有效衔接历史与当下的过程中，魏栓师不忘初心，肩负使命，进一步加深做大做强稀土产业的危机感、紧迫感，不断地与时俱思、与时俱兴、与时俱进。"革命战争年代，共产党员要冲锋陷阵，现在我们依然要踊跃革命，革自己的命。"他在包钢领导班子会议上说，"要想挺过去，自己先得站起来。"

随后，包钢实施去机关化、行政化，"瘦身健体"改革转型方案，在全公司上上下下掀起了消肿健体、刀刃向内的改革创新浪潮。

时间和数字是有情的，也是有生命的。包钢领导掏出心来追求它，付出了热诚和爱，锐意推进改革发展。在推行破釜沉舟式的改革转型方案之后，包钢总部职能部门从18个减到9个，机关队伍从1100人减到645人。旗下的厂处职工精减比例达28%，同时清退劳务承揽、区域维修方面的劳务人员5000人。改革层层推进、步步深入，留下的兵是精兵，将是强将，改变了出工不出力、出力不出汗的松松垮垮的劲儿，呈现出竞争上岗、紧张有序、奋发向前、元气大振的局面。包钢自2017年开始，效益递增的闪光数字打破沉寂的世界，带来了希望之光。几年来，包钢降本增效，战略转型，在一次次的转型升级中华丽转身，使企业生产效益提高了一大截，对地区乃至国家的贡献越来越大。包钢2016年亏损83亿元，2017年实现盈利8亿元，上缴税金21亿元；2018年，实现盈利14.6亿元，上缴税金30亿元；2019年，实现盈利18亿元，上缴税金53亿元，实现人均收入10万元。企业走出了困境，职工看到了希望，稀土业充满了生机和活力。

（三）踏浪而行

北方稀土肩负着贯彻落实习近平总书记改变"挖土卖土"重要指示、打造"绿色转型""稀土强国"的历史使命。然而，在新形势新任务与发展中，新矛盾、新问题相伴而生。体制机制不灵活，上下游产业发展不平衡，同一板块不同企业发展不充分，特别是部分主体单位及功能材料企业盈利能力脆弱等问题日益凸显。中国北方稀土（集团）高科技股份有限公司冶炼分公司、内蒙古包钢稀土磁性材料有限责任公司、内蒙古稀奥科贮氢合金有限公司、包头市稀宝博为医疗系统有限公司，仅2017年，累计亏损4.1亿元左右；2018年，累计亏损3.1亿元左右。如果不敢自我革命，不敢向顽瘴痼疾开刀，不敢突破固有利益链条，就会制约北方稀土"绿色转型"和创新发展进程。

1. 飞跃，来自拓荒精神

改革创新之路荆棘丛生，充满着未知和各种挑战。对于远行的跋涉者，可怕的不是眼下的荆棘与峭壁，而是心中没有改革发展的创新思路，没有战胜困难的坚强信念和掌控大局的深谋远虑。在与内蒙古包钢稀土磁性材料有限责任公司（以下简称磁材公司）常务副经理、工会主席贺云芳的谈话中，笔者了解到，自2018年底，面对各种困难如洪水般袭来的严峻形势，新一届经营管理团队团结带领全体干部职工拼搏进取，将这家严重亏损的企业引入改革创新之路，向市场化经营机制建设迈出坚实的步伐，实现扭转1.2亿元亏损的局面，盈利300万元，交出了亮眼的成绩单。

磁材公司成立于2009年。由于始终没有建立健全适应国有企业生存发展的市场化经营机制，自2014年开始，公司背上了沉重的包袱，一直拖着艰难的步伐强撑到2018年。这些年，公司累计亏损3.1亿元，尤其2018年度，亏损额高达1.2亿元。就在这时，北方稀土做出重要部署，任命对市场经营敏锐、改革创新意识强的励宇川为公司经理。他与贺云芳等班子成员一起制定一整套改革方案，并安排贺云芳扮演重要角色，希望她付出更多的心血与光阴照亮公司的天空。上任以来，贺云芳不停奔波，忙得焦头烂额，恨不能长出三头六臂、六手八眼。她对自己说，这个职位不好干啊。但身为一名党员领导干部，贺云芳不断提醒自己，要经受住考验，不改初衷，敢于担当，勇往直前。

一个企业要兴旺发达必须有一个团结进取的领导班子，必须有一个好的带头人。基于这个认识，贺云芳于关键时刻挺身而出，处处奔波，冲锋在前，促进班子成员团结精进，提升了领导班子的工作效率。从走上领导岗位的那天起，她既是领导又是普通一兵，还走进生产车间、仓库，与员工一起参加劳动，哪里艰苦就去哪里。她刚从一个车间赶回，又马不停蹄地走进研发中心，了解生产、研发、环保等多方面的情况，常常将休息时间安排在回家途中。她体验员工的苦乐，分担员工的忧愁，增强员工的凝聚力，发挥员工的聪明才智，赢得员工的信赖，凝聚企业精神。

2021年1月7日，笔者采访贺云芳，不仅看到她温和的眼神和凝重的神态，还领会到她强大而独立的心灵，更感知到她果敢坚决的性格。自青葱年代，贺云芳就入职于包钢冶炼厂，至今几十年如一日地奋斗在稀土战线上，历任稀土企业科长、副部长、部长、副处级干部，先后被包钢授予"优秀共产党员""先进工作者""三八红旗手"等荣誉称号。如今，她继续勇立潮头、开拓进取，在荆棘中无畏前行，推动企业的改革发展，书写着新的荣光，她是马脖子上的铜铃——响当当！

企业本身就是一盘棋，棋子之间既互相制约又互相服务和点亮，并由此构成或失败或成功的整体。改革将贺云芳推到浪尖上去，又打破了很多传统思维和工作思路，使她无所适从。但在这股大浪中，她有稳健的工作作风，主张摸着石头过河，"借楼上楼"。贺云芳认为，公司要贯彻落实包钢"瘦身健体""四降两提"精神，要走改革创新之路，让企业、员工充满活力。起初她召开了几次员工会议，对如何"瘦身健体"进行讨论，但有些老职工对"瘦身健体"改革方案提出异议。他们说，这些老职工或文化低的职工为企业建设付出了血汗，没有功劳还有苦劳，改革不能改到他们身上。贺云芳解释说，改革会按照公司法保护每个人的合法权益，但改革是个复杂的系统工程，要革除国有企业根深蒂固的"低效""大锅饭""铁饭碗"和"旱涝保收"的病根，激发企业和员工的活力，救活企业，为企业、为人民、为国家创造财富。改革会有阵痛，会有激烈的竞争和尖锐的碰撞。贺云芳好几次都开了半截子会就草草收场了。后来，她觉得自己不能走路只看脚印，谨小慎微，而要下定决心向励宇川经理主管的宁波包钢展昊新材料有限公司对标学习，并对企业内部进行全面摸底调研，找到阻碍生产关系高效运转的症结。她将目光锁定在生产线物料流转不畅、设备能力不足、设备陈旧无法满足产品需求，以及人员素质低，没有革除国有企业根深蒂固的"低效"等病根上，并一一对症下药。

2018年底，公司本着扁平化管理的原则，撤销了生产技术部，将原有业务分配至生产车间；撤销了基建设备部，将原有业务合并至采购部。努力消除内设机构编制臃肿、职责交叉、与市场对接不紧密、管理效能不高等弊端。此外，公司实行公开招标、竞争上岗，实行全员计件效益工资，动态分配法，突出"多劳多得"的分配导向，进一步向一线生产单元、关键岗位、骨干人员倾斜。公司实行全员劳动合同制，干部聘任制，实行"能者上，庸者下"的机制，将企业发展和职工利益捆绑起来，注重企业效益和职工收益同步增长。在第一批"瘦身健体"中，全公司精减87人，人员精减60%，把精减人员安排在其他合适的岗位或按照公司法进行处置。机构精简20%。改制后，企业活力和效率得到明显增强。

路的尽头仍然是路。在新形势下，公司又出现了新情况。在"瘦身健体"中精减了无效劳动和无效人员之后，留下的个别工友说他们的今天将是自己的明天，不知道何时还会被精减或"处理"，心存顾虑。这时，贺云芳表达真诚携手的意愿，对留下的工友们说："我不是有眼不识金镶玉的人，我和你们最近、最亲。说实话，没有实际本领的人，就像蘑菇一样，外貌很亮堂，但根茎不牢固。然而，在我的眼中，你们都是精兵强将，我相信你们会学真本领，掌握全把式，用心干活儿。你们要相信，企业会跟你们同甘共苦，上苍也会保佑你们。"贺云芳用自己的朴实和真诚打动了员工，消除了他们的顾虑。在改革与转型过程中，市场竞争的压力于四面八方挤压过来，有些员工遇到了难以想象的艰难，觉得"工作已达极限""生产组织已达极限""降本增效已达极限"，如果再继续苦苦挣扎，迎来的只有难以承受的艰难境地。如何夺取发展过程中的一个个"娄山关""腊子口""上甘岭"？贺云芳觉得，要打造具有国际竞争力的世界一流稀土企业，并没有铺满鲜花的理想坦途，未来发展任重道远，虽然新考验、新挑战接踵而至，但这条路必须坚定地走下去。因为她深知，创新是改革的灵魂，唯创新者进，唯创新者强，唯创新者胜！因而，贺云芳团结带领班子成员进一步坚定创新的信心和决心。哪儿有事情推不动，哪儿就需要创新；哪儿有问题难解决，哪儿就需要创新。全公司开展"四降两提——提高工作效率"解放思想大讨论，发动广大职工，深入分析导致工作效率不够理想的原因，梳理一些具体问题，逐一分析原因并制定解决措施。

如何突破"工作已达极限""生产组织已达极限""降本增效已达极限"等固有思维？对此，共产党员王怀和弓斌用他们的实践和体会给予了正确回答。

首先，看看王怀是如何践行的。王怀，三十四五岁，复员军人，性情刚毅、自信、爽朗。2010年，他入职磁材公司，先后在合金车间、磁体车间工作，历任班长、段长、副主任，在生产第一线吃苦耐劳、历练青春，提升了综合素质。他看到过去企业管理不严，干好干坏一样，流汗不流汗一样，有些员工有熬年头、混日子的现象，以及全公司跑、冒、滴、漏随处可见的实际情况。后来，他目睹和体味到改革的艰巨性和复杂性，也体味到改革给他自己和团队带来的益处。他很佩服贺云芳以改革创新精神点亮他们青春初心的智慧。2011年，王怀荣获内蒙古自治区合金熔炼技能大赛实际操作第一名。他体会到有满身创新技能就会终身受益的道理。2017年，王怀担任合金车间主任。就在这一年，他带领车间工友，艰苦奋斗，实现月产量1140

吨，年产量10052吨的历史最高水平。2019年，公司实施改革，优化人员结构，竞争上岗。王怀干劲倍增，对7000多平方米的磁体生产现场及设备进行技术改造和全面升级改造，用一年时间实现N系列钕铁硼产品稳定生产，并研发出一款EH风电类产品，已稳定量产，较同行配方成本降低9%。通过20多项技术改善，产品质量全面提升，全年产量创历史新高，降低成本1000多万元，使磁体产品扭亏为盈。磁体车间改制前有90人，改制后为50人，人员结构得到优化，车间生产效率明显提升。改制前每月每人生产0.2吨产品，改制后每月每人生产2吨产品，生产效率是以往的近17倍。王怀申请国家专利两项，一项自主技术改善项目，被评为"包钢一等奖"。他先后被授予北方稀土"优秀共产党员"，北方稀土首届"稀土工匠"以及"包钢操作能手""包钢劳动模范""包钢工匠"等荣誉称号。

王怀接受笔者采访时，坦诚地诉说自己的工作情况和内心世界。笔者从言谈中感觉到，他变得更加自信，也懂得了珍惜和报答。"改革让我们有了使不完的劲，我和工友们一起干重活儿累活儿，相守久了，就像左手和右手。一天忙下来，不免有些腰酸腿疼，虽然吃过苦头但也尝出了甜味。"王怀说，"改革是无止境的，技术创新也是无止境的。我们通过一次又一次的技术创新，不断降低劳动强度和劳动成本，百炼成钢，踏过了一个又一个艰难境地。企业就是工人之家，大家作为工人要用自己的智慧和创新技能将这个家建设得更加殷实和富有生命力，这样我们才能有牛气傲展，过上精神与物质富足的人生。"

其次，看看弓斌是如何践行的。共产党员、合金车间主任弓斌，在公司改革创新的风雨中锻炼成长，充满活力，于2018年被包钢授予"技能大师""劳动模范"等荣誉称号。他时刻牢记4个字：共产党员。他以共产党员的高标准严格要求自己。在混改中，他对标行业先进企业追赶差距，并带领合金车间工友，拥抱挑战，勇往直前。对标后，他发现在产品质量、产品成本指标方面与先进企业存在巨大差距。之后，他发挥中流砥柱的作用，奋力追赶，每日完成过去三五倍的工作量，创造了奇迹。合金车间职工于鑫说："苦练出精兵，我们合金车间在弓斌的带领下，苦干实干巧干，掌握全把式，为企业的改革发展做出贡献，同时，工友们也增加了收入。以前我们每月的平均工资在3300元左右，现在生产旺季每月平均收入基本在8000元以上。收入水平的提高，也让我们的工作热情越来越高。"

人间万事出艰辛。笔者走进合金车间，看到高效、紧张的工作氛围。这里的技术工人不安于现状，有个性化、差异化的追求。他们说，人练功，功练人。一天不练，手生脚笨；两三天不练，成为门外汉；四天不练，只能瞪眼看。技术工人的性格和脾气大不相同，但他们都有爱一行、专一行、通一行和勇于进取的精神状态。合金车间是个宽大的厂房，有14台高大的熔炼炉，只有4个人在操作。操作人员利用新安装的桥架快速往返于各个熔炼炉作业平台，除装料这一工序，几乎不用走下作业平台，因为核心操作工序都在平台上完成。从前，设备陈旧，操作人员从一台炉子到另一台炉子，爬上爬下，既耽误时间又消耗体力，一个人只能看一台炉子；安装桥架后，配合一系列技术改造，省去很多额外动作，现在一个人能操作3到4台熔炼炉子，大大提高了劳动生产效率。2019年，合金车间产能饱和时，从业人员120人，人均产量每月为6.94吨；现在从业人员38人，产能饱和时人均产量达到每个月18.4吨，劳动生产率是以往的8.4倍。生产方式更加高效，产品质量加速提升。

改革不仅要"消肿"，更要"消阻"。有一天，在合肥出差的市场部职工赵然，在手机上操作着一套业务流程。随着手指几下快速敲击，一张业务申请单已发送至远在包头的部门负责人。只需1分钟，赵然已拿着审批通过的意见，踏上了开拓新客户的路程。赵然对业务流程的申请、审批等变化感触颇深，对笔者说："过去要跑一两天才能得以审批，现在通过一部手机在线上就能完成。当领导在手机上点击'同意'两个字的时候，我已经站在客户旁边了。"公司提档加速的不仅仅是各项业务办理流程，而且加大了市场开拓力度，也让他在自己的生命里迎来了一道金色的年轮。磁材公司出台了《市场部目标责任考核办法》。市场部部长贾海军对实施市场化管理带来的变化颇有感触，说："新的考核办法给了销售人员更大的自主权，更灵活，激励力度也更大，使我们能够高效拉回订单，促使大家积极性高涨。"从一件件小事中，销售人员感受到改革风潮带来的新变化，由内而外激发了紧盯未知市场、向未知市场进军的热情。赵然说："公司创新的机制体制模式，调动了我们的积极性，增强了开创新事业的信心。我们作为员工还需要注重美化心灵，注意谈吐，提升自己分析问题的能力和整体素质，点亮生命的光辉。"

2. 腾飞，来自改革

如果要走出低谷，再图大业，就要锐意改革创新。多年来，由于内蒙古稀奥科贮氢合金有限公司（以下简称贮氢公司）常年产品供大于求，且因体制机制和管理模式较为保守、忧患意识淡薄，导致产品研发速度缓慢、产品品种单一、一致性不高，无法适应瞬息万变的市场环境，在较长时间内陷入困境，常年处于亏损状态。2018年，北方稀土将该公司列入减亏治亏、提质增效改革的第一批试点单位名单，推动其走上风风火火的改革创新之路。

俗话说：时间是一条金河，莫让它在你指尖流过。创新变革让时间变得有意义、有效率、有价值。笔者走进贮氢公司，看到他们按照包钢的统一部署，聚焦"四高两低"突出问题，进行"瘦身健体"，打出了气势，战出了成效，处处春潮涌动，出现涓涓细流汇成滚滚洪流的新景象。

在过去的一段时间里，李冰的职务一直在变，中山天骄董事长，四会市达博文实业有限公司（以下简称博文公司）董事长，贮氢公司总经理、党总支书记，北方稀土贮氢事业部经理等。在多个职务集于一身的变化背后，折射出北方稀土贮氢合金事业"混改"和改革创新带来的新变局。

李冰始终秉承对贮氢公司的拳拳之心，即便常常遇到不尽如人意之事，令她感到困惑和不安，但她目光有神，有着桀骜不驯的性格和永不言弃的坚强意志。她按照自己的本心而活，沿着党指引的方向前进。

在大学里学机械专业的李冰，于2000年入职贮氢公司，一直闯荡于中国改革开放前沿的浙江、广东等地，在风雨中磨砺，练就销售本领，拓展商业智慧，成为一名见多识广、通达人情世故的职员。后来，她历任贮氢公司销售部部长、总经理助理、副经理等职，丰富阅历，积累管理本事，为以后独当一面、治理公司打下坚实的基础。2017年，李冰临危受命，被推上贮氢公司"帅位"。公司以往的深层次矛盾一直没有得到有效解决，出现巨额亏损，积重难返，阵痛加剧，企业陷入困难重重的境地。李冰的走马上任，在贮氢公司职工中引起极大反响，有人怀疑，有人观望。而了解李冰的人说，"李老板"是个很皮实且愿意"折腾"的人，是个实干家，她将要动真格的，要来实招的。

是真金还是沙土，在烈火中淬炼才能分晓。李冰横下一条心，把自己逼到风口浪尖，坚定地说："我是一名共产党员，党把我培养成为一个企业家，又把管理这家公司的重任赋予我。眼下，尽管千难万难像山一样横在我的面前，但我怀着必胜的信念，带着拼搏的精神，开拓进取，将贮氢公司改革发展推向新的高度，不达目的决不罢休！"

几年来，李冰马不下鞍，兵不卸甲，挥戈征战，投入火与剑碰撞的变革创新的伟业中，留下饱浸心血与汗水的足迹。

2021年2月8日，笔者采访了李冰。如今，她已跨越"知天命"之年，依旧神采飞扬、干劲十足。她说，船到中流浪更急，人到半山路更陡。随着改革进入攻坚期和深水区，出现很多矛盾和问题。这一切无疑加大了经营者的决策风险。特别是涉及人的改革，成为一道难以逾越的难题。怎么办？是四平八稳、墨守成规，还是甘冒风险、开拓前进？李冰看到，过去那一套管理模式、经营办法已难以奏效，把企业拖入了死胡同。一切问题和弊端需要在改革创新中进一步解决，但改革又遇到新的障碍和瓶颈。怎么办？李冰明确地说，再难也要向前推进，要奔着问题去，盯着问题改。

随着北方稀土对国内贮氢合金领域佼佼者——广东民营企业博文公司的成功收购，并对其进行混改，不仅为北方稀土贮氢合金事业发展注入一股新动能，而且他们灵活的机制、敏锐的市场意识、先进的技术，更是为贮氢公司减亏治亏、提质增效、做强新产业提供了"一流样本"，并且告诉他们一个道理：人勤手巧，地出黄金。混改之前，博文公司42个人每年生产1500吨贮氢合金，他们有超越自我的勇气和吃苦耐劳、奋斗不止的精神境界，还具备攻克难关的技能。而贮氢公司混改之前，147人才生产1000吨贮氢合金，员工在整体素质和技能水平方面跟博文公司员工之间有不小的差距。混改之后，李冰带领班子成员，以超乎寻常的胆识与气魄，以博文公司为样本，先后开展了3轮"瘦身健体"改革，总人数从最初的147人降到70人，并且提升了人员素质、产品质量和经济效益。

万事开头难。在改革中，公司实施"瘦身健体"，在分配上大幅度向生产一线倾斜，实行量化管理，但相继出现了新难题、新挑战。

那就是人员减少、工作量增大，一人身兼多职，有的员工因为对业务不熟练、思想没有转变而影响了整体改革的实绩实效。

李冰带领班子成员甩开脚板，踏破风尘，艰苦奋斗，开展"勤劳革命"，培厚滋养实干作风的土壤，不仅使员工有了使命担当，还激励他们更新自己，培养创新思维，掌握新技能，超越自我，散发生命的光芒。公司上下形成能干、会干、善干的氛围，共同投身改革创新、转型发展的伟业之中，战胜前进道路上的一切艰难险阻，勇做新时代改革创新的排头兵。比如，贮氢公司先后多次委派不同层级、不同岗位的职工到地处广东的博文公司深度对标学习技术创新和工艺创新的经验，还带回他们全新的思维模式、工作方法和超越自我的精神风貌。博文公司具有成熟的工艺流程，产品具有核心竞争力，附加值较高，而这恰恰是贮氢公司的短板。接下来，贮氢公司派员工到厦门同行那里学习"节能降耗、革新挖潜"以及"生产工艺流程，技术创新"方面的经验，为贮氢公司的创新发展注入新的生机和活力。贮氢事业部工程师王永光感叹："以前贮氢公司内部缺乏沟通，也跟外面缺乏交流，员工就像井底之蛙，更多时候是闭门造车。如今，我们通过同行业企业之间的学习交流，不仅开阔视野，而且提振开拓进取的志气，为贮氢事业的发展带来许多生机和活力。"

包钢"优秀共产党员"、"包钢好工人"、公司退火制粉工段工段长刘海龙，2010年大学毕业后来到这里，扎根于生产一线，接受锻炼，施展才能，为企业的进步和发展贡献力量。笔者感知到他内心似火、激情满怀的青春模样，也了解到公司机制改革更加激活他的工作热情和创造精神。2018年，刘海龙申报自主改善项目19项，获奖12项。2019年，他开发的11项自主改善项目全部实施，取得良好效果。他每年为公司节约人工成本费用达162000元。2019年，累计为公司节约采购资金148271元。尤其是开展"瘦身健体"以来，他作为一名共产党员，积极迎接新的挑战，创建一支技术精湛、作风过硬、适应市场经济发展的青年团队，用劳动的双手把石头变成金子。如今，这支团队已跨入一流团队行列，成为公司一支生机勃勃的中坚力量，取得辉煌的成就。刘海龙作为一个从一线爬起来的"包钢好工人"，仍像蒙古马一样吃苦耐劳，接续奔跑，经常加班加点，已为公司加班664个小时，释放着生命的能量。他说："如果不进行改革，那么公司将被淘汰，跌入深渊。以往我所在车间干好干不好、流汗不流汗都一样，难以激活人的聪明才智，工作效率在低端徘徊。若长期这样下去，就会坐吃山空。那时，36个人每月生产的合金粉产量才70吨。自2019年6月以来，公司实施改革，不断优化人员结构，为生产一线注入活力。如今，我带领的团队仅有14个人，都是80、90后，但在生产现场量身定制一套符合生产实际的安全生产方案，改进操作方法，节约工序，降低人工成本，大大提升了工作质量和效率。过去，每天两三个人负责一道工序，现在每天两个人负责5个工序，工作节奏快，注意力高度集中，有了用不完的力气。他们在疫情期间也曾有过煎熬、焦虑，但大家心气儿顺，汇聚力量，14个人每月生产的合金粉产量在85吨以上，产品一次合格率达100%，人均收入也有了很大提升。我在风华正茂的年纪来这里当工人，岁月在我的身上留下了痕迹，也让我留恋自己风华少年的时代，但新的向往和新的拼搏精神总是在我的心间萌动。一想到将来会有更多的收入和更美好的生活，我就豪情绽放，意气风发。"

管理的核心在于人。面对管理转型上存在的问题，李冰说："我是贮氢公司总经理、党总支书记，犹如一家的掌门人，我的责任是将这个家建设得更强大。但是光有好的愿望是远远不够的，还要有好的管理模式和执行力。"在李冰的团结带领下，贮氢公司领导班子用铁肩扛起铁担当，探索出严谨高效的管理模式，在执行力建设方面建立了一套科学的计划管理体系，将宏伟目标分解为对周、月、季计划的控制管理。在目标计划机制下，贮氢公司内部各岗位职责任务明确，人人有目标，人人有压力，形成了雷厉风行、只争朝夕、勤奋工作、奋发向上的良好氛围。伴随着一揽子改革的稳步推进、一系列对标升级举措的落地，贮氢公司从过去管理上只重视物质转向重视人、重视职工的思想生活、要求、意识和观念。公司充分调动员工的积极性和聪明才智，员工的精神状态正悄然发生变化。

现代化企业需要掌握现代化技能的技术工人和能工巧匠。改革开放以来，我国沿海发达地区狠抓职业教育、职工技术教育和技术创新，提高技能人才的社会地位，促使技能人才和工匠辈出，把"大有可为"的殷切期盼转化为"大有作为"的生动实践，这就是他们经济腾飞的"秘密武器"。李冰从沿海发达地区邀请专家讲课，以传授技能等方式培训职工，还邀请专家带动一批研发人员，开展研发工作，保证公司产品质量稳步提升。

公司通过全方位对标升级、全流程降本增效，根除"跑、冒、滴、漏"的问题，有力推动了减亏治亏。自2018年以来，公司逐年减亏，到2020年，已实现盈利220万元，一举摘掉了常年亏损的帽子。

二、风风火火的追逐

包钢股份走向产业链高端，塑造新格局，不断增强核心竞争力，风风火火地追逐创新转型发展之梦。

（一）鹏程万里

近年来，美国逐年加大对中国高科技领域和高科技企业的打压，遏制中国产业的创新转型升级，还有部分发达国家也千方百计地加紧巩固稀土核心技术的垄断地位。内蒙古包钢金属制造有限责任公司（以下简称金属制造公司）[1]作为内蒙古自治区较大的稀土高科技企业，已下定决心，顶住压力，为打破这种打压和核心技术的封锁而不懈努力，为中华民族的伟大复兴做贡献。

1. 新引擎

2019年、2020年，笔者先后两次采访金属制造公司。金属制造公司是包钢股份的一块"金字招牌"，是包钢股份旗下的企业。

金属制造公司以国际、国内钢铁制造的先进生产工艺、技术装备以及节能、环保、绿色理念为依托，以组织架构扁平化、中钢"ERP"信息化为管理模式，着力打造"技术一流、工艺一流、管理一流、指标一流、队伍一流"的现代化稀土钢板材生产体系。金属制造公司是包钢发挥稀土优势，进行结构调整、转型升级，奋力打造收入超千亿元的核心生产企业。

金属制造公司产品覆盖面广，主要定位为高档次、高强度、高附加值产品，可生产汽车钢、家电用钢、双相钢、多相钢、相变诱导塑性钢及高强度管线钢等，产品尺寸精度高、表面质量好、强度高、韧性好。

2019年9月3日，笔者走进金属制造公司（当时称稀土钢板材厂，2020年，该厂并入金属制造公司），采访了该公司高级工程师张华和胡强。他们热情地介绍企业生产线建设和技术创新的新进展、新情况。

在胡强的带领下，笔者参观年产353万吨稀土汽车钢板材冷轧生产线和年产80万吨的镀锌生产线，领略这座现代化企业设备的先进和生产线的壮观。在这两个生产线车间，有年轻的技术人员用电脑操作整个智能生产线，除车间机组自动运转之外，看不到从事重体力活的

---

[1] 现为内蒙古包钢稀土钢板材有限责任公司。

工人。

2016年12月8日，金属制造公司历史上最典型、最现代化的产业转型升级项目——产量353万吨的稀土钢板材冷轧生产线全面投产，向世人宣告，金属制造公司最大的结构调整，培育新动能，技术创新项目建设历经4年全面收官。由此，金属制造公司不仅使"老产业"换档升级，而且开拓新兴领域，做强新材料、新产业，真正具备了工业化生产高档汽车板、家电板等新产业的能力，从而终结了包钢乃至内蒙古自治区祖祖辈辈不能生产高端汽车稀土钢板材和家电板材的历史。

包钢稀土板冷轧第一条镀锌生产线的技术员刘鑫介绍机械设备情况时，认真、耐心地说："我们的生产线新、工艺新、设备新，这些机组机械、电气、退火炉和焊机等现代化装备是从法国、德国、美国、日本进口的，设备配置机组，达到国际先进水平，1#热镀锌机组主要以6Hl镀层产品为主，2#热镀锌机组主要生产Gl/GA镀层产品为主。"在这里，我看到一卷卷成品钢卷接连不断地呈现在场地，显示出他们不断调整稀土钢产品结构和加大新产品开发力度的显著成就。

刘鑫还说，2017年6月，包钢稀土板冷轧第二条镀锌生产线投产，全面完成稀土钢板材项目建设，产出高端汽车用板和家电板，填补了我国西部汽车板市场的空白。

4年来，公司研发新技术，提升科技支撑能力，开发了很多创新产品。在汽车结构钢方面，开发的合金强化车轮用钢，已经完成细化大梁钢分级工作，形成了BT510L~BT700L等高强度大梁钢产品系列，进一步提升了高强大梁用钢的质量；在热轧管线钢方面，已经实现了从低级别Gr.A到高级别X80M不同规格产品的系列化生产，耐酸管线X42MS~X56MS和石油套管类产品J55和H40的批量化生产。

创新是产品的灵魂，质量是产品的生命。

金属制造公司建立健全质量管理规章制度和质量管理体系建设，做到人人有岗、有责，岗责对应，职责分明，使每个职工的切身利益与自身工作质量、产品质量挂钩，调动了每个班组和职工的工作积极性。这里的员工为了稀土钢板材制造业的转型升级在思考，在奔跑，在运筹，强化质量管理体系建设并通过了ISO9001：2015、IATF16949：2016认证，以及英国劳氏认证公司CE认证、中国船级社CCS认证、欧盟标准RoHS环保认证和瑞士通标认证公司REACH认证。公司稀土汽车钢的影响力不断扩大，信誉度显著提升，产品相继入围一汽、二汽、陕汽、奇瑞、比亚迪等国内知名厂家主机厂。2018年，汽车钢的全年利润达36亿元。同年，公司生产的管线钢X65M/L450M和汽车大梁钢BT610L获得冶金行业"金杯奖"和"品质卓越产品"荣誉称号。近几年，该企业荣获科技成果6项，申报的专利数量逐年增加，已被受理专利48项，授权专利8项。

在金属制造公司的职工以及研发人员身上散发着一种"光"，这种"光"是支撑企业转型发展的内在精神动力。在共产党员、镀锌作业区作业长张宝卫身上，闪耀着为企业发展壮大奋斗不止、一往无前、奉献才智的精神光芒。

张宝卫是勤于探索、勇于创新的青年。他自豪地说："企业是科技创新的主力军。我作为年轻科技人员，为企业科技创新奉献自己的才智感到荣幸。"

生活如永恒的动词，张宝卫对未来的渴望是从到北京上大学那一刻开始的。2002年，张宝卫从北京科技大学金属压力加工专业毕业；2005年，他怀着为稀土钢业掘金奉宝的美好夙愿，来到包钢工作。2016年，张宝卫带领作业部全体职工，按照时间节点，完成了2条年产各40万吨的镀锌线和2条重卷线的安装及调试工作。热负荷试车一次通过，标志着4年多的新体系建设全面收官，建成了包钢历史上最大的结构调整项目，工艺技术、环保水平达到世界一流水平，填补了我国西部地区汽车钢制造的空白。生长在赤峰市巴林右旗牧区一个牧人之家的青年张宝卫，有坚忍的意志和吃苦耐劳的精神。站在36岁门槛的张宝卫，接受笔者采访时，回想起那段不可思议的时光，以爽朗的声音表达他的感怀。他说："那段时间，我的运气真好，我和我的团队能够用才智和技能，推动稀土钢板材产业新体系建设，心里明亮了许多，这也使我感到无比荣幸和自豪。"

张宝卫凭一股闯劲儿，带领团队不断摸索学习新工艺、新技术，并且对照国内其他同类企业找差距，从设计开始，将工艺选择、环境治理、节能降耗作为工作重点，积极摸索最佳、最优的工艺方案，理顺生产过程的各个工序和环节。为了攻克镀锌机组生产中的技术难关，他不分昼夜仔细阅读相关的英文技术资料，常常工作到半夜两三点钟，辛勤操劳，费尽心血。当他冲出诸多问题的重围时，他的目光里闪出异样的欣喜。

技术创新永远没有尽头，紧接着，张宝卫带领团队修订了原料检查标准，重点由卷形、浪形、镰刀弯等板形问题，逐步向板面辊印、色差、原料表面残油残铁过渡。合理利用对上游的打分制度，加强对原料监控力度。与此同时，他们制定清洗段槽体和罐体清理制度，减少因板面污染造成的停线处理事故，并制定炉鼻子锌灰定期清理制度，减少锌灰和新疤痕缺陷造成的停线事故。

有道是"好汉出在嘴，好马出在腿"。张宝卫迈开脚步，亲自到机组机械旁，调查各种漏洞、闪失和问题，与技术人员探讨对策和方案，制定涂覆辊修复标准，降低因辊面粗糙度不均造成的转矩波动大的问题，并制定了清洗参数和质量检查清单。在清单中，详细划定了操作人员在生产时需要检查的范围，包括生产工艺参数、设备状况以及清洗质量等。通过检查清单，进一步规范操作，保证清洗质量，改善板面色差。同时，组织工程师对影响机组稳定运行的问题进行处理，机组非计划停机次数逐渐减少。

一个问题得到解决，又出现另一个问题，这就苦了张宝卫的嘴和腿，他恨不得多长出几张嘴和几条腿来应对复杂的技术问题。他对机组的典型划伤、硌痕、辊印、钝化不均等缺陷产生的原因进行梳理，组织技术人员分析问题，寻找解决方案，并制定有效的预防和处理措施，有效提升了产品合格率。主要工作包括控制碱液游离碱浓度，对碱液浓度进行监测，一方面可以保证板面的清洗质量，另一方面也可有效降低碱液的浪费。

张宝卫的日程表上没有节假日，心里装的全都是生产线和车间的事情。他带领工友对炉子内部进行了清炉作业，避免炉内杂质造成的板面压痕缺陷。对炉辊、换热器、高温计、摄像头等冷却水系统进行检查处理，降低炉内露点。

张宝卫用心血、汗水、才智创下了令人刮目相看的业绩，被包钢授予"模范党员""劳动模范"等荣誉称号。如今，他一如既往地奋发图强，开拓着新天地。

2018年以来，金属制造公司通过采取调整设备精度、优化控制程序、修订标准化作业等措施，机组稳定运行能力和产品质量不断提升，机组合格率由年初的95%提升至年底的98.45%以上。

2019年，该公司实现管线用钢销售量80万吨，占市场份额38%，排名行业第一。从产品类别上，已经形成石油套管系列、普通石油天然气输送管线系列、耐酸管线用钢系列、海底管线用钢等产品。重点项目方面，2019年，先后参加中石化直采管线钢框架项目、唐山LNG项目等招标工作，总计中标量达18.1万吨。入围中海油蒙西煤制天然气项目，供货1.7万吨。重点用户方面，正式入围中国石油技术开发有限公司合格供应商名录，实现国内重点管厂全覆盖，打造了包钢管线钢品牌形象。金属制造公司汽车钢涵盖品种有汽车大梁钢、结构用钢、高强度车厢厢体用钢、高强度车轮用钢、热轧双相钢、防爆车用BT700E稀土高强度钢、冷轧汽车钢等。2020年初，包钢已签订供奇瑞700台整车试验稀土钢板合同，整车试验已全面铺开。通过与汽车主机厂的合作，推动了包钢汽车钢服务体系及品种结构的提升，镀锌汽车钢也实现开发与销售，加磷强化钢、双相钢、低合金高强钢等高端品种销量均实现大幅增长。2019年，汽车用钢销售133万吨；2020年1至4月，销售49万吨，同比增幅6%。金属制造公司家电用钢目前已与行业前十大家电企业建立合作关系，打开了高端市场。2019年，新开发奥克斯、海尔、海信、青岛云路、星星冷链等知名家电直供产品，并与格力、韩国三星等龙头企业达成合作意向。依托外埠分公司、合资公司深度开发家电市场，实现对美的、TCL、美菱、富士康等知名家电企业直供产品。

金属制造公司产品先后出口到巴基斯坦、伊朗、埃及、印度以及东南亚国家，获得了更加广阔的发展空间。

2. 追风踏浪

2020年7月5日，笔者第二次采访金属制造公司，这里改革的浪花翻涌，新一轮创新转型发展劲头正浓，一个又一个转型升级新亮点令人目不暇接。

头马不行百马愁。以往金属制造公司的一些领导干部没有敢于担当的勇气和劲头，未能破除体制机制弊端，也未能在调整深层次利益格局上啃下一些硬骨头，导致改革创新如老牛追赶汽车，落在了后边。

领导班子强，屋脊一根梁。笔者看到，包钢股份常务副总经理兼金属制造公司董事长邹彦春带领班子成员，以迎难而上的勇气、革故鼎新的锐气、蓬勃向上的朝气，从职工关心的事情做起，从职工不满意的地方改起，加大改革力度，充分释放了企业活力和竞争力。同时，从以往金属制造公司暴露的管理层多、链条长、人浮于事、缺乏内部激励等问题入手，敢于较真碰硬，敢于破难题，闯难关，管理重心现场化，推行"开门办公"，使公司呈现出奋发向上、乘风破浪的新局面。

一正压百邪，笔者欣喜地看到，在邹彦春的领导下，这里呈现出一幅全新的画面：综合办公楼原有办公人员176人，其中104人迁出办公大楼，深入基层一线，在生产现场大显身手。设备（作业）部、研发中心所有人员全部搬到现场或离现场较近的冷轧办公楼办公，制造安全环保（作业）部所有人与现场有关人员及作业部所有管理技术人员全部深入现场与作业区合署办公，现场办公率达50%。"下沉一线后，干部职工紧紧围绕公司市场化改革决策部署的重点工作，主动靠前指挥、靠前指导，不仅掌握第一手材料，减少中间管理环节，保证反馈信息不失真，而且切实肩负起指导、帮助、协调、督促的责任，突出了服务和执行职能。"在这里工作，敷衍马虎的少了，研究、解决问题的多了，真正做到在一线掌握情况，在一线解决问题，在一线验证决策，在一线考核绩效。管理重心向一线转变，体现了管理理念的转变，从注重管理职能转化为注重管理效能的提升和释放。

金属制造公司现有职工3122人，管理、技术人员441人。按照市场化原则，对组织机构进行重新梳理，本着精简、高效的原则设置了11个部门，下设56个二级机构。

邹彦春品性正派，宽宏大度，工作作风雷厉风行。他对职工讲形势、讲任务、讲改革，向职工传导收入与企业利润紧密相关的理念，并斩钉截铁地说："公司自过去的生产型企业向经营型企业转变，高度关注市场、成本和效益，向市场要效益、向结构要效益、向区域要效益、向服务要效益，将效益优先理念贯穿公司工作全过程。与此同时，实现职工收入与经营效益同频共振。员工全年收入按照产量、质量、成本、效益和专项管理考核5个维度的完成情况进行考评兑现。"

公司本着"谁用人、谁选聘"的原则，打破职级、年龄、学历、职称等限制，从经营团队成员开始，进行逐级自主选用，已自主选聘经营班子副职6人，经营团队成员15人，环节人员145人。同时，对那些完不成经营任务的28名环节及以上人员给予降职、免职等动态调整，充分体现选人用人的动态灵活性，解决了环节人员的问题，把以企业为家、事业为重，想干事、能干事、干成事的人员调整到关键岗位。

在改革的浪潮中，金属制造公司汽车钢产品的创新转型又有了新发展。为了优化用户结构，加强与下游高端用户的合作，推动产品打入汽车高端市场。2020年2月底，共产党员、公司研发中心（镀锌）产品研发室区域技术主办、工程师宋冉臣赴长城汽车公司开展了技术交流，双方确定了合作意向，长城汽车公司决定全面试用金属制造公司材料2400吨的采购订单，包括酸洗、冷轧、镀锌等产品，共计19个牌号、108个供货规格、219个零件。

这批试用订单涉及的品种类别多、要求交货期短。宋冉臣紧急开展产品技术识别、生产试制、零件试模、批量试用及工艺优化等一系列重要技术工作。长城试模是在未进行产品认证的情况下直接实现材料切换，存在的困难及风险都是前所未有的。这项任务就像大山一样横在他的前面。然而，山一样大的困难，在宋冉臣面前就是块石头。他"敢"字当先，艰苦练就本领，战胜困难，迎来了幸运之神。

车厂试制往往没有固定时间，经常需要加班进行跟踪，劳动强度很大，在试制过程中，还需查找产品开裂原因，减少冲压结果的误判，对于在汽车钢产品使用尚处于起步阶段的金属制造公司来说，难度很大。宋冉臣带着公司重托，在每次试模时都进行实地跟踪，拿到了第一手用户资料，每日及时反馈、更新跟踪信息，并以图文并茂的形式分享给相关人员。同时，对取回的缺陷对比试样进行分析，给公司产品研发人员优化工艺提供了可靠的依据，大大提高了公司零件的冲压合格率。经过两个月驻长城汽车公司实地进行产品试制跟踪，为该公司全面切换金属制造公司汽车钢产品奠定了基础。

在汽车外板试制方面，金属制造公司一直在积极筹备生产高级别汽车外板的基础条件。近两年，金属制造公司全面启动了与法孚汽车外板项目技术创新产业转型工作。生产汽车外板需要全流程各工序都按照规定的标准生产，难度极大，且涉及众多专业。为了生产上乘品质的汽车外板产品，共产党员、公司研发中心研发规划室区域主管、中级工程师敬鑫，面向汽车终端市场，奔波于各个汽车品牌的配套厂和主机厂之间，向技术人员了解和识别产品技术标准与要求，确定外板产品合格标准，完成标准识别工作。同时，参与外板产品生产工序的每一个环节以及所有与外板表面有接触的设备和相关辅助设备，都有可能影响汽车外板产品表面质量。如何保证这成千上万的工序环节和各种设备正常运作，快速建立符合生产汽车外板的标准，成为敬鑫的一项重要工作。

经过了近两年的积累，2020年，金属制造公司制定了一套细致的管理体系。同时，借助鄂尔多斯奇瑞主机厂新车型试模的契机，全面推进汽车外板产品在基础管理建设、标准化建设和技术创新产业转型升级方面的发展。汽车外板产品生产环节多、生产工序长、协作关系复杂、生产连续性强、需要协调的生产要素多、生产情况变化快，对出现的意外情况要有对应处置预案，实施从订单开始到订单如期交付全流程的生产、管理一贯制。

金属制造公司充分利用稀土的钢液净质化、夹杂球状化、组织细晶化等优点，结合各类产品的性能特点，开展稀土钢的技术创新转型发展工作，为客户提供稀土特色产品的增值应用。在稀土钢产品研发和推广工作的基础上，确定一部分具有创新思维并具备一定研发能力的优质用户，共同开展产品应用技术方面的深度合作，定期对所反馈的稀土钢产品的应用统计的大数据进行分析，通过不断优化产品的各项性能，共同打造高附加值的稀土钢特色产品，持续进行稀土钢品牌建设。根据稀土特色产品在市场领域的排他性，助力加快车厂认证的准入进度，逐步提高包钢的稀土汽车板、镀锌板在行业内的影响力，不断扩大市场占有率。在与用户进行企业战略合作的同时，使稀土钢产品尽快转化为品牌价值，与用户共享稀土钢品牌效益。

共产党员、金属制造公司研发中心研发规划室主任、高级工程师王皓，在大学里学的是冶金工程专业，对稀土钢产品的研发有着特殊的感情。他带领研发团队刚开始组织研发和生产稀土钢时，稀土元素形成夹杂物严重影响钢水的可浇性，这种物质很容易堵塞中间包水口，造成连铸生产中断。如何提高稀土钢的可浇性，保证铸机的顺行是稀土钢生产中急需解决的一个重大难题。俗话说，"骏马面前没有跳不过的壕沟，利矛面前没有戳不穿的盔甲。"为了提高稀土钢连浇性，王皓每天跟踪稀土钢产品生产试制，不断与现场的其他工程师和操作人员一起对各工序控制过程中存在的问题进行分析。首先，转炉终点控制钢水过氧化。只要生产稀土钢，就能在转炉区域里看到王皓的身影。他总是聚精会神地观察着转炉炼钢的每一个环节，与转炉操作人员讨论终点温度、终点碳含量以及转炉出钢下渣量控制等问题。铁杵磨成绣花针，功到自然成。由于王皓下力苦练十八般武艺，终于将转炉终点碳控制在0.03%～0.05%内，炉渣氧化性控制在较低范围内，炉渣碱度在2.5以上，解决了转炉的问题。然而，如何确定精炼工序加稀土合金的方案，困扰着王皓。王皓每天利用休息时间查阅大量资料，同时，在生产现场针对不同的稀土加入方法进行精炼工序和铸机工序跟踪取样，与其他技术人员就加稀土的位置和时机进行讨论，优化加稀土的具体方案。加入稀土后，王皓就到铸机旁观察浇注的絮钢情况，并与助手张嘉华分析每一次的生产参数和实际控制情况。稀土钢生产完毕，需要对大量的试样进行制样和数据分析，王皓跟张嘉华一起利用空余时间委托试样进行制样和检验，并且跟踪每一次制样，指导制样的位置、方向以及大小。最后一道工序是试样的检验，只要有时间，王皓和张嘉华就去技术中心的检验室进行试样检验。通过大量数据分析，他们终于找到了絮钢的原因，于是，优化改进稀土的加入方案，提高了钢水的可浇性，使稀土钢的连浇炉数从5炉提高到20炉。

立足于包钢的资源和装备优势，包钢集团与北京科技大学包燕平教授团队就深冲汽车家电板关键冶金技术的研发与产业化应用开展深入合作，并签订相应协议，如期开发满足深冲汽车家电板性能要求的洁净度均质化、表面质量控制工艺技术。依据项目合同要求，需要对BT210P1、DC04、BTDP590高端汽车用钢进行冶炼—连铸—轧制全流程系统梯级取样，以揭示钢中夹杂物冶炼过程遗传变化规律，找出限制汽车板钢质量提升的环节。

王皓带领包燕平教授团队的博士生进行现场取样和产品研发推进工作，稀土钢研发产品涵盖BT210P1、DC04、BTDP590等高端汽车板用钢。在稀土钢汽车板生产期间，王皓昼夜奋战在生产一线，指导着现场各工序的生产取样工作。取样包括转炉、RH、连铸、热轧、酸轧和连退工序。全流程系统取样有利于发现产品质量的限制性环节，便可通过调整合理的技术方案，提高产品质量。记得当时正值深秋，天气寒凉，而计划钢种的生产时间在凌晨，王皓不辞辛苦地在深夜前往炼钢车间对稀土钢的冶炼进行跟踪。取样工作一直进行到清晨，负责协调现场的其他工人一直密切配合取样工作。

在后续实践中，王皓对所取样品进行了冶—铸—轧全流程检测，明确了夹杂物从凝固到轧制变形全过程的遗传规律，并结合数学模型，为冷轧板表面缺陷及性能的控制提供依据。此外，在洁净度研究的基础上，确定夹杂物尤其是大颗粒夹杂物的来源和遗传演变规律，结合脱氧合金化铝耗与夹杂物的关系优化脱氧工艺，又结合浇注工艺参数控制优化降低结晶器卷渣、水口脱落物、连铸二次氧化问题，降低因大颗粒夹杂物导致的带钢表面缺陷率。王皓不仅是热爱稀土钢产品研发事业的技术人员，而且是技术精湛的高级工程师，要说研发转型发展，他可以说是"铁把子挠痒痒———一把硬手"。最终，他通过高强双相钢凝固组织的分析研究，结合现场工艺的整体优化，有效降低了因偏析导致的带钢表面缺陷率。

自实施改革以来，金属制造公司提升智能制造能力，推动行车无人化操作、智慧泵站、捞渣机器人等项目建设，减轻员工劳动负荷，降低人工成本。2020年，冷轧双相钢系列产品开发取得新突破，成功完成了BT340/590DP的试制和小批量供货。双相钢已应用到重庆华穗、长城汽车、奇瑞汽车等汽车厂商，月均销量达到2000吨。

在产品研发方面，金属制造公司通过与行业先进和竞争对手对标，成立18个SBU攻关组，分别从研发推进、市场推广、储备研发方面制订了研、产、销联合攻关激励方案，加强科研人员、市场推广人员及产线技术人员的联动，加快推进科技攻关和新产品、新技术、新工艺研究。

截至2020年底，金属制造公司已有18个牌号通过了奇瑞认证，具备了全系列供货能力；2020年11月，9个牌号获得长安汽车的技术认证证书。

金属制造公司上下保持着旺盛的战斗姿态，扭亏增盈，战果得到持续扩大，家底更殷实，含金量更足。2020年，金属制造公司实现净利润15.19亿元，较上年增幅47.05%。

（二）如日方升

历经半个世纪风雨的包钢钢联股份有限公司轨梁轧钢厂（简称包钢轨梁厂）的几代人，薪火相传、勇于开拓，不断突破创新、升级换代，正创造着一个如日方升的世界。从几代人的奋斗足迹中，可以看到包钢轨梁厂产业不断转型升级的铿锵步履。而今，他们应对新挑战，提档升级，提升和优化传统动能，书写新的史诗，唱响新时代的奋斗之歌。

1. 志在事成

几代人是以什么样的奋斗精神创造了如此耀眼的创新转型奇迹？2019年、2020年，笔者带着这个话题，先后两次采访包钢轨梁厂。

包钢轨梁厂成立于中华人民共和国成立20周年前夕。从此，包钢发挥"钢中天然含稀土"的资源禀赋，生产铁路用钢轨，已有50多年历史。但是在建厂初期，该厂只能生产老式50型钢轨，年产量从未超过30万吨。

改革开放初期的中国，百业待兴。当时，外国专家说，如果想了解中国的现代化发展程度，最直观的方法就是看中国的铁路总里程。建铁路，首先要有质量过硬的钢轨。在20世纪80年代初期召开的一次全国铁路发展战略会议上，国家作出在"七五"期间改造铁路旧线33条，此后15年还要建设新线3万公里的总体规划。作为当时我国三大钢轨生产企业之一的包钢轨梁厂开始认识到，自己的责任与国家使命联系得如此紧密。当时，国内铁路大部分使用每米50公斤的钢轨，只有少数路段铺设了每米60公斤的钢轨，这与国家经济建设发展的宏伟愿景很不相适应。形势逼人，挑战逼人，使命逼人。面对新形势、新任务、新挑战，包钢轨梁厂勇挑国家铁路建设发展之重任，在困境中爬坡，在实践中攻坚，顽强拼搏，率先轧制出每米60公斤、75公斤重轨和AT60道岔轨。这3个产品的精彩亮相，不仅改写了中国铁路的历史，填补了我国钢轨的两项空白，也确定了包钢轨梁厂在全国铁路系统的显赫地位。与此同时，大型工字钢、槽钢、钢板桩等产品也挺起了塞北的一道钢铁脊梁。翻开20世纪中国铁路和国家重点建设史，京包铁路、京广铁路、大秦铁路、北京地铁、南京长江大桥、广东秦山核电站、三峡水电站等国家主要铁路干线和重点工程建设中，都曾有包钢轨梁厂提供的钢铁产品。包钢轨梁厂为国民经济的发展做出了突出贡献。然而，那段创新创业、升级换代、功成事立的历程是那么艰难，又那么激荡人心！

2. 不弯的脊梁

人们回首那个年代时，不免向那些承载使命、敢为人先、砥砺前行的老一代轨梁人和英模人物表示敬仰和怀念之情。在奋发图强、呕心沥血研制出每米60公斤重轨国家金牌的岁月里，先后担任包钢轨梁厂车间主任、副厂长、厂长的张慧生，组织技术人员和工人奋力拼搏、建功立业，成为那个年代艰苦创业、转型发展方面的代表性人物。

笔者从包钢轨梁厂干部职工的回忆中，领悟到张慧生敢于压倒一切困难而不被任何困难所压倒的顽强意志，以及献身于轨梁事业的光辉人生。当时，包钢轨梁厂要率先轧制出每米60公斤的重轨，需要举全厂之力，倾情付出，还需要顽强奋斗、一往无前的气魄和科学精神。张慧生率领全厂技术人员和工人，紧跟世界稀土钢工业的最新形势，制定攻克每米60公斤的重轨难题，实现转型发展的工艺方案，并大胆进行了技术革新，改进了技术装备，开拓了新局面。

包钢轨梁厂原党委书记李守润在《悼张慧生同志》一文中写道：

惊悉张慧生同志病逝，深感痛惜！他的音容笑貌映衬着山上的红叶，落日的余晖，壮丽凄美。上个月，他克服病痛，去鞍钢考察重轨生产情况，他为包钢的重轨生产奋斗了几十年，呕心沥血，直到生命的最后时刻！50年代，风华正茂的张慧生遇到巨大挫折。1959年，他来到包钢轨梁厂筹备处。他相信党、相信组织和群众总会理解他，并决心用爱党、爱国、爱社会主义的实际行动证明赤诚之心……他对轨梁精整区的设备，小到盖板接头、大挡板，大到钻床、铣床、淬火机和矫直机，进行了数十项改造，为重轨的加工生产做出了巨大贡献。在他的主持下，完成了包钢第一条重探伤线，引进了德国瓦格纳重轨组合加工机床，彻底改造了重轨加工线设备，使之达到国内当时的先进水平。张慧生同志为包钢的轨梁生产，特别是重轨生产贡献了自己全部的光和热。

李守润认为，张慧生在开发轧制轨的日子里，以身作则，率先垂范，夜以继日地勤奋工作，得到全厂职工的爱戴和尊重。他一生为党、为社会主义建设、为轨梁重轨事业建设鞠躬尽瘁、死而后已，他的这种风范和品德使我们难以忘怀。包钢轨梁厂综合部原副部长闫春熙讲述当年采访老厂长张慧生的先进事迹时，常常被他的感人故事感动得热泪盈眶。在闫春熙的印象中，张慧生是位兄长式的领导，他走向秋日万道霞光时，闫春熙想起一个催人泪下的难忘场景：张慧生得知自己身患癌症要到上海治病的前一天，还强忍病痛整理资料，以便在治疗期间学习，为厂里的技术改造、产业转型再做点事情。包钢轨梁厂综合部副部长苏宏在《最美不过钢轨魂》一文中写道，正是张慧生善于到重轨开发轧制现场去解决问题，遇到困难不服输，以及认真严谨的工作作风，带出一批作风顽强、脚踏实地的干部职工队伍，工作扎实、管理严格的厂风及"团结、坚韧、求实、奋进"的钢轨精神就此形成。

很多老技术人员和员工都满怀深情地回忆说，张慧生厂长身体力行，每天早来晚走，穿着满身油污的工作服与技术人员和工人一起奋战在重轨轧制现场，或制定工艺方案，或抢修矫直机，或调整钢件。他在攻关现场忙来忙去，连续几天不回家是常有的事。有多少次，过了吃饭时间，他才想起自己还有没有吃饭，跑到蒸锅旁一看只有自己的饭盒冰冷地躺在那里。

在每年冬天最冷的时候，淬火机常被冻住，他每天早上迎着硬风6点钟就到厂，与工友们一起用火烤，烤通水路后，冰冷刺骨的水喷到他的身上，浸透了棉袄，对此他全然不顾，继续埋头苦干。历经磨砺摔打，容纳了太多的艰辛和沉重的压力，令工友与职工十分感动。张慧生在大学里学机械专业，多年来，他在实践中不断刻苦钻研，精益求精，大到整个精整区域设备，小到一个螺丝钉都了如指掌，机械、电气的活儿，都样样精通。但他没有故步自封，仍然不断地更新知识，注重技术创新和产业转型升级，促进了包钢轨梁厂的长足发展。患病期间，同志们牵挂张慧生厂长的健康，到他家看望时，映入眼帘的是一摞摞书籍和技术资料。他明显地消瘦了，腮骨和颧骨鼓起来，端正的面孔显得干枯，嘴角上布满了细碎的皱纹，有一种忧郁的神情。见到工友们到来，他微微地笑，谈论的还是那些稀土钢和钢轨方面的话题，不过说话的声音很低。工友们告辞时，他深情地目送。工友们回望时，他的睫毛底下流出几滴眼泪，停留在他的面颊上。

3. 疾风知劲草

包钢轨梁厂的发展史，就是一部技术创新和产业变革加速演进史。

时代的脚步跨入新世纪，尤其是自2006年以来，包钢轨梁厂装备更新换代，产业转型升级，企业面貌发生脱胎换骨的变化。代表"世界级"装备水平的1号中型万能轧钢生产线和2号万能轧钢线相继拔地而起，为包钢轨梁厂的腾飞插上翅膀。如果说1号中型万能轧钢生产线的投产为包钢轨梁厂博弈市场增添了利器，那么2号万能轧钢生产线的建设则为手握下一轮竞争的胜券再添法宝。2012年2月10日，是所有轨梁人难以忘怀的日子，从苏联引进的800横列式轧机生产线完成了43年的历史使命，设备被拆除改造。

时间把日子一天一天送过去，就像奔跑的骏马一样快捷。2013年1月30日，天朗风和，一轮火红的太阳散射出金色的光芒，大地充满清新和生机，吉祥之云萦绕在包钢轨梁厂上空。就在这一天上午，包钢轨梁厂2号大型万能轧钢生产线全线贯通，一只钢铁凤凰实现了涅槃重生，标志着包钢钢轨、型钢生产形成了210万吨产能的全新格局，成为世界上最大的钢轨生产基地，为包钢钢轨、型钢走专业化之道，参与国际市场竞争迈出了坚实的一步，承载了包钢轨梁厂未来发展的希望。从此，工人的生产方式从"纯手工"提级到"全自动"，钢轨也实现了由短尺到100米长尺的更新换代，生产效率和产品质量提升到新水平，形成了钢轨和H型钢共生互补的品种结构格局。钢轨形成以高速铁路、重载铁路、高寒铁路、城市轨道等为主的特色铁路用钢系列，实现世界主要钢轨标准品种全系列覆盖。

为了1号中型万能轧钢生产线和2号万能轧钢生产线的投入运营和钢轨品质的提升，轨梁人把个人冷暖、集体荣辱、企业生存与发展融为一体，迸发出同甘共苦、团结奋进的伟力。在那个年代，在岗位上牢记使命、勇挑重担、奋发向前的众多轨梁人之中，涌现出一批做出重要贡献的典型人物。比如，国家冶金工业部"劳动模范""全国技术能手"赵军，"全国劳模""自治区轧钢工创新技能大师"菅瑞军，以及包钢孔型专家翁绳厚、吴章忠、孙秉云等。

轧钢高级工程师孙秉云就是他们中的一位佼佼者，她凭着对企业的热爱和对事业的执着，脚踏实地、兢兢业业、奋发向前，取得了累累硕果，成长为一名轧辊孔型设计专家。包钢轨梁厂党工部原副部长闫春熙与孙秉云的办公室门对门。闫春熙常见孙秉云拖着疲惫的身躯，手提沉重的轧件小样，从现场回来。在闫春熙的眼中，孙秉云时感劳累，但兴致勃勃，乐此不疲，总是展现出一种蓬勃的生命状态。汗水是滋润灵魂的甘露。闫春熙不时打量着孙秉云，从她的身上捕捉到很多闪光点，领略到这位女孔型设计专家拥有的永远不服输的倔劲和纯美的心灵。她多次承担重要的研发和设计任务，忙得不可开交，常常错过午饭时间，不能按点回家、节假日不休息是常事，但她却说她只是做了点力所能及的点滴之事，但公司给予了她浪花般的荣誉。在轧制新产品时，为了掌握第一手资料，完善孔型设计，她不管是白班还是中夜班，都主动到班里跟班，有时候在现场一待就是十几个小时。身为女人，她不怕脏、不怕苦，穿着满身油污的衣服，去现场开展攻关工作。她不顾脸上沾上黑铁灰的模样，冒着高温测量轧件，记录轧制参数。

国家冶金工业部"劳动模范""全国技术能手"赵军，为1号中型万能轧钢生产线和2号万能轧钢生产线的投产达产以及钢轨、型钢品质的提升做了重要贡献。2019年、2020年，笔者先后两次采访赵军。2019年9月2日下午4点，我走进一间办公室，有位大约五十二三岁的中年人正在吃方便面。他用沾满油泥的手擦着流汗的面颊，说是中午加班，刚从轧制基地回来，吃点泡面，要不然肚子总是咕噜咕噜响个不停。他的工作服油乎乎的，袖子上也满是油渍。他那健壮的身体，开朗的微笑和很有神采的眼睛给人带来一种亲近感。看上去，他就像阴山一样质朴。带领我前去的包钢轨梁厂党工部李阳向我介绍说，这就是共产党员、包钢轨梁厂轧钢部副部长、高级工程师赵军同志。通过采访感知到，赵军为人憨厚，也很有悟性，很有钻劲儿。从包头技工学校毕业后，进入包钢轨梁厂工作不到1年，他就熟练掌握了各类设备和关键岗位的操作技能。在生产上，工人们都在日夜3班不停息地工作着。为了生产顺行，赵军的手机24个小时都处于开机状态，他时时刻刻准备着，只要听调度电话，就立即赶赴现场。30多年来，不知有多少次，听到厂里生产质量有问题导致生产延误时，不论是休息日，还是在睡梦中，他都立即前往轧线，站在轧机旁，看出钢的状态，听出钢的动静，指导调整，最终手到病除。多年来，他行走在技术创新的路上，摸爬滚打，苦干实干，蓄力向上，精进百炼，荣获"自治区经济技术创新奖"，被评为"全国技术能手"，成为大家称许的技术专家，并多次被授予省部级、包头市和包钢的"劳动模范"荣誉称号。

俗话说，名誉是一个人的外貌，品行是一个人的内涵。业由心造，形随心转。请读者在这里领略一下赵军用美德和正能量照耀轨梁事业的故事。随着铁路列车的不断提速，对钢轨的质量要求越来越高，产品的生产难度也随之增加。在轧制重轨系列产品时，CCS轧机共有16块卫板，每块卫板根据轧件和孔型都有各自不同的装配要求。卫板装配的精度直接影响产品质量，赵军经过不断摸索总结，更新传统卫板修复观念，即在卫板第一次使用下线后就对卫板前尖进行补焊，每次只补焊前尖3毫米以下与辊面接触的部位，且补焊量不能过大。赵军采用卫板前尖补焊技术，不但解决了卫板调整难题，而且大大降低了卫板消耗，减少了备件的库存量。在旧生产上就有以他的名字命名的"赵军卫板"，使当时800轧线生产速度和产品质量均得到提高，小时产量提高了15%，节约备件费大约数百万元。该技术已经在新生产线重轨系列卫板中全面应用，收效显著。新线重轨生产工艺与旧线生产工艺大不相同。他不断总结，把调整方法写出来告诉其他同志，让大家一起进步。赵军还通过改进不合理备件，降低劳动强度，修旧利废节约成本。他将万能轧线BD2导卫梁装配方式由挂砸式改为弹簧式装配，BD1导卫梁装配方式由弹簧式改为固定插片装配，解决了卫板吊不住的难题。2009年以来，以赵军为首的钢轨缺陷技术攻关团队再次把目标锁定在百米高速钢轨合格率上，至2011年4月，使这一重要技术指标提升了4个百分点，达到了95%。

2006年4月11日，1号中型万能轧钢生产线轧制出包钢第一支100米钢轨时，全厂沸腾了。人们欢跳、相拥，庆贺这支钢轨的轧制成功。这支钢轨的问世就出自赵军的调整。赵军说："从2004年1号万能轧钢线改造建设的筹备工作开始，我就被抽调到工艺组，负责热轧工艺调试工作。在工艺调试刚开始时，我面对全新的自动控制技术、一摞摞技术文件和满是英文字母的操作面板，有一种充满未知和力不从心的感觉。然而，我作为一名党员劳模，必须一辈子坚守初心，关键时刻不能后退，也不能服输，而是必须豁出命来，攻克技术难关，为装备的更新换代和企业的转型发展做出自己的贡献。此刻，这种坚定信念顿时涌上我的心头，战胜了心中的愁绪和忐忑。"是的，轨梁人记得，赵军白天通过跟外方人员沟通交流熟悉设备，掌握每一个功能的实际状态，晚上把翻译资料抱回家一点一点"吃透"。他的英文水平不高却硬是把操作面板上每一个工艺图标单词背了下来，就这样把万能轧制技术掌握得与横列式往复轧制一样炉火纯青。赵军的工友苏宏感叹：在1号线达产全过程中，赵军不知在现场度过了多少个日日夜夜，重轨、H型钢等十个新产品在这条崭新的生产线先后轧制成功并不断得到完善。在提高H型钢的时产上，他大胆提出去掉BD2工艺，使小时产量提高了10支以上。

2013年，包钢轨梁厂2号大型万能轧钢生产线改造工程全面铺开。苏宏目睹工友赵军被厂里调到新建项目上，听从厂里的安排再次义无反顾地挑起重担。苏宏把赵军敢于"啃硬骨头"，敢于迎接新挑战的精神风貌看在眼里，记在心上，心中充满敬畏。苏宏见证赵军凭借着1号线成熟的调试经验，使2号线的调试期大大缩短，达到一投产就能生产出合格产品的效果。他说，这条线投产使包钢轨梁厂产品得到极大地扩展，钢轨、型钢产品规格实现了全覆盖。一些生产难度极高的型材产品相继落地，每个产品都包含着赵军辛勤的汗水。人们记得，2018年，包钢轨梁厂在生产槽型轨时遇到了瓶颈，单套轧辊产量低且废品多，形势喜忧参半，企业领导和职工都处于焦虑之中。那个时候，还是这位技术专家——赵军，经过几次的摸索与实践设计了立辊冷却水管，强化了冷却效果，使单套辊轧制质量提高了4倍，成材率提高了6个百分点。在热轧线上，赵军带领着轧钢工加班加点，边培训边试轧。他不分白天与黑夜，一干就是好几天，累了就靠在椅子上休息一会儿，缓一缓就起来继续干，他的这种精神激励着每一名奋斗在2号线上的职工。2号线BD2导卫梁调整装置在冬季结冰期遇到了调整的困难，为防止导卫梁结冰，避免事故重复发生，赵军设计了防水装置。他每天扎在一线，和工友们一起对上线备件严格检查，进行技术改进，仅修复的稀油润滑泵，就为企业节约了十几万元的备件费用。

包钢轨梁厂一刻也没有停止转型发展的步伐。2013年2月，2号大型万能轧钢生产线的配套工程，钢轨余热淬火生产线土建施工拉开序幕；2014年，顺利投入生产。余热淬火线由输送辊道、翻钢机、在线温度补偿装置、淬火机组、横移台架、返回辊道和布置在冷床中的可升降辊道等组成。感应加热装置、自动化控制、检测元件、喷嘴等淬火设备从国外成套引进。利用100米钢轨轧后余热对钢轨轧件进行热处理，采用了风、雾混合冷却方式，冷却能力强、冷却速度调控自如，小时生产能力为150吨，年设计生产规模为40万吨。余热淬火线的建成投产，使包钢钢轨达到高强度、高韧性、高硬度的要求，进一步增强了包钢钢轨的市场占有率和竞争实力，成为包钢新的效益增长点。

余热淬火线的主要设备都是从西门子意大利分公司成套引进，采用雾+风的淬火工艺，但理论和技术都掌握在外方手中，对包钢轨梁厂而言，对余热淬火线的了解简直就是一张白纸，但包钢轨梁厂却在这张白纸上闪耀出令世人惊叹的光芒。在调试生产阶段，外方出于技术保密的考虑，根本不允许厂内人员参与淬火生产线问题的讨论和参数设定工作。但由王永明、李德虹、达木仁扎布、李亮军等几名共产党员组成的研发团队拧成一股绳，善于积势、蓄势、谋势，感知态势、洞悉趋势，边看边学，研究并掌握核心技术。

面对外方的技术保密，共产党员、工程师达木仁扎布朝着黎明、青春和生命的方面看，希望自己能够达到眼观六路、耳听八方的程度，以掌握核心技术为目标，开展新一轮技术研究与技术创新工作。成功需要奋斗，需要克服一个又一个困难。他相信，坚持可以创造奇迹。外方人员下班后，他们留下来分析当天的实验结果，做到心中有数，有什么问题当场解决，绝不拖延时日。通过日复一日的探索，他们积累了大量的经验和有价值的数据。

2004年，当厂里接到一份出口印尼UIC54淬火轨合同后，他们几位技术人员开始进入独立调试生产阶段，将积累的大量经验和技术数据全部派上用场，在困境中迎来新机遇。UIC54淬火轨的淬火性能达到出口标准要求，并在短短的两个月时间里交付了2.7万吨UIC54淬火轨，为企业增加销售收入1.06亿元。

近两年来，国家对高铁钢轨质量的要求越来越高。2020年，中国铁路物总钢轨质监部要求钢轨生产企业做好高低点质量控制，从轧制工艺上改善高低点差值，按照高低点差值不大于0.3毫米控制。总是跟高铁钢轨高难度技术较劲的赵军，又跟钢轨高低点质量控制技术较上了劲。高铁钢轨从炼钢至轧制及后期加工需要130多道工序，讲究精炼、精轧、精矫，钢材纯净度、轧制和后期加工尺寸、表面质量、平直度等指标明显高于普通钢轨。钢轨踏面上一个细微凸起或凹陷，就会使运行的高速列车产生抖动，这一质量缺陷被称为"高低点"，也是传统轧制方法难以克服的技术屏障。为尽快打通这个技术屏障，从2020年以来，在包钢轨梁厂总工程师段永强的指挥下，赵军带领热轧技术人员对钢轨孔型系统、导卫系统、轧制力分配关系进行反复修正和完善。经过几个月数次小批量试轧技术的积累，终于在6月成功实现万能轧制百米钢轨批量生产，端头平直度、几何尺寸、表面质量和组织性能等关键指标全部达标，困扰多年的100米钢轨高低点质量顽症得到根治。

2020年7月13日，笔者再次走近赵军，在他的带领下，参观了包钢轨梁厂轧制车间。这一年，赵军被评为包钢轧钢首席技能大师。他的高技能水准再次得到包钢的认可。他指着在万能轧钢线滚道里向前奔腾的100米长的火红的重轨说："在钢试轧过程中，我们合理控制开轧温度，准确及时地调整轧机参数，严格控制各道次坯料尺寸，坚持勤观察、勤取样、勤测量、勤联系、勤调整的"五勤"原则，有效保证了钢轨表面质量和尺寸均匀性，合格率在92%以上，每支钢轨高低点都控制在0.2毫米以下。"

此外，解决钢轨冷伤也成为包钢轨梁厂总工程师段永强的关注重点。这些年，他熟悉并掌握了高铁钢轨各种工序和关键技术，同时，带领青年技工承担难度系数高、复杂系数高、质量要求高的项目，攻克了一个又一个技术难关，践行"传帮带"，为企业培养出一批优秀技术人员。包钢轨梁厂热区生产钢轨需要十几道工序，当热区精心轧制的钢轨交付冷区工序时，稍不留神，辊道、链条、托运小车等能与钢轨接触的设备就会出现磨损、精度差等问题，很容易产生钢轨冷伤，造成不可逆的质量缺陷，使从钢坯入库到热区生产的多道工序前功尽弃。为了彻底解决钢轨冷伤问题，他组织技术人员从冷区设备到操作程序都开展了"防刮伤"攻关工作，对所有升降小车安装了硬质胶皮，对运输辊道进行了打磨抛光，设置了辊道、链条、托运小车等能与钢轨接触的设备的精度，使轨底刮伤质量缺陷得到有效控制，两条线百米钢轨的合格率实现了稳定提高。

从2013年2月开始，包钢轨梁厂在2号大型万能轧钢生产线陆续研发各种规格的稀土H型钢。2015年以来，针对轧制中存在的问题，对孔型系统、轧制工艺进行调整，加大技术创新力度，不断优化和提升稀土H型钢新品种的品质。后来，研发耐候、耐腐蚀稀土H型钢的重任落在轨梁人的肩上。赵军说，他们团队细致分析孔型设计数据，不断完善孔型设计，通过几十次的试轧，逐步克服轧制技术难题，实现了该产品攻关上的重大突破。如今，H型钢产品逐步实现了150毫米至1000毫米规格全覆盖，该产品生产线成为西北地区唯一一家大中型稀土H型钢生产线。稀土H型钢、铁路车辆大梁用钢等系列稀土特色品牌产品，被中国中车集团等高端客户所认可。截至2019年9月底，包钢轨梁厂共向国家建设和其他用户奉献优质钢材5057万吨，创造利润115亿元。

4. 拥抱辉煌

包钢轨梁厂已研发出60型钢轨（高等级耐磨钢轨）、75型钢轨（高速重载钢轨），还新开发出技术含量高的第三代稀土钢轨。第三代稀土钢轨耐高温、抗严寒、耐腐蚀，硬度和强度比第二代高铁钢轨有较大提升。包钢轨梁厂联合清华大学、北京特冶公司，经过多年攻关，已研发出兼具高强韧性、高耐磨性、高等级贝氏体钢轨，具备了全系列轨型的批量生产能力。如今，包钢轨梁厂已成为较大较强的高铁钢轨研发和生产基地，也成为中国稀土钢轨行业的标杆企业。

高铁钢轨是包钢的"名片"，更是包钢轨梁厂的"名片"。从高铁钢轨的换档升级到走向全国、走向世界的进程中，可以看到它光芒四射的永续之光，这也是包钢轨梁厂洒向人间的大爱。

世界银行在《中国的高速铁路发展》报告中指出，凭借惊人的发展速度以及过硬的实力，中国高铁已赢得国际社会高度认可，发展经验值得别国借鉴。据中国铁路总公司宣布的数据，截至2020年9月底，我国已建成高铁总里程3.5万多公里。我国高铁的发展，离不开包钢轨梁厂的参与和支持。包钢轨梁厂自豪地向世人宣布：自2007年至2019年9月底，共生产100米高铁钢轨（钢稀土结构）312吨，支撑了国内近1/3的高铁钢轨需求，其中京沪高铁钢的62%，京广高铁钢的50%，兰新高铁钢轨的100%，都由包钢轨梁厂提供；在承担中国标准动车组试验任务的郑徐高铁上，占总里程40%的钢轨也由包钢轨梁厂提供。随着最后一根钢轨准确落在清华园隧道的枕木上，京张高铁实现全线贯通。据包钢轨梁厂相关专家介绍，我国将实现自动驾驶以及运营、调度维护等全流程智能化。让包钢轨梁人自豪的是，京张高铁99%的钢轨需求都由包钢轨梁厂支撑。2020年8月17日，在京雄高铁雄安站咽喉区，最后一组500米钢轨平稳地落在无砟道床上，标志着京雄城际铁路轨道全线贯通，铺设京雄高铁所需钢轨全部由包钢轨梁厂支撑。

让轨梁人记忆犹新的是，2017年5月，非洲肯尼亚人民载歌载舞，庆祝蒙内铁路正式开通。为这条"肯尼亚百年铁路之梦"的实现，包钢轨梁厂奉献了真情和爱心，向他们供应的高端钢轨超过2万吨。

包钢轨梁厂自建厂至2019年10月底，共出口钢轨80多万吨，出口至美国、加拿大、韩国、印度尼西亚、泰国、墨西哥、巴西、阿根廷等26个国家和地区。

目前，全国只有5家企业具备高铁钢轨生产能力。为保证质量，国家铁路总公司在供货企业设立驻厂监督站，现场监督生产、查验产品质量，每个月都要出具检验报告。包钢轨梁厂的工程速度和钢轨质量，得到国家铁路总公司的认可，也令世人赞许。

如今，包钢轨梁厂践行创新、协调、绿色、开放、共享的发展理念，推动实现以稀土为重心的转型升级，向打造"国内最强、世界一流"稀土龙头企业的宏伟目标迈进，成为我国稀土钢工业的龙头企业和世界最大的高铁钢轨生产基地。包钢轨梁厂除保持"钢中天然含稀土"的优秀性能之外，通过科技创新，已开发出21个稀土钢品种，实现了批量生产。

三、金灿灿的嬗变

2010年5月，中国北方稀土（集团）高科技股份有限公司（简称北方稀土）被内蒙古自治区人民政府评定为内蒙古自治区创新型企业；同年，内蒙古自治区人民政府授予其"国家高新技术企业内蒙古自治区十强"荣誉称号；2011年度，获"金牛上市公司百强"称号；2013年4月，获得内蒙古自治区主席质量奖；2014年4月，获全国五一劳动奖章。

作为规模较大的稀土企业——北方稀土肩负着贯彻落实习近平总书记改变"挖土卖土"重要指示精神，承载着做强做大包头稀土产业的希冀，坚持创新驱动，转型发展，实现金灿灿的嬗变，发生了历史性变革。

（一）绿之伟力

北方稀土冶炼分公司（华美公司）（以下称冶炼华美公司）是北方稀土旗下的一家超大型稀土冶炼分离企业。

当笔者走进这家公司，了解他们绿色转型的发展史，领略他们吃苦耐劳、一往无前的精神时，似乎听到了那遥远的绝响：走过一山再登峰，跨过一沟再越一壑，他们追逐绿之梦的征程，是那么艰辛而壮美。

在冶炼华美公司涌现出一大批爱岗敬业、锐意创新、勇于担当、无私奉献的先进模范人物、劳动者和产业工人。他们的劳动和每一次创新创造，都给企业注入了生命和活力。2020年，笔者采访了其中3位典型人物，他们都是共产党员、劳动模范，也是知识型、技能型、创新型劳动者。他们不忘初心，弘扬劳动精神，克服艰难险阻，用自己的辛勤劳动和才智推进了企业的创新发展。他们是企业创新转型发展的见证者，也是创造骄人业绩的奋斗者，他们的精神代表着企业的灵魂和良知。

1. 背水一战

2020年7月8日，笔者采访冶炼华美公司副经理连贵生。初见连贵生，不免有一种陌生感。他已步入"知天命之年"，中等个头，显得实诚、干练。他是位有十几年党龄的共产党员，也是自治区劳动模范、包头市环保能源安全先进个人。该公司安全环保部部长张晓东说，连贵生副经理不久前因犯心脏病住院几天，但刚出院就来上班了。他整天为公司的事忙得脚跟打后脑勺，还分管公司安全生产、环保、消防工作，肩负着巨大的责任，承受着巨大的压力。工作的特殊性和风险性，让他如履薄冰，又让他不停地奔波。

连贵生在大学里是学数学的，因此他的讲述既严谨又有逻辑。通过连贵生的介绍，笔者首先了解到这家企业的发展历程，以及他在企业转型发展中经受住考验，创造出巨大业绩的故事。他说，这是一家主要以白云鄂博稀土矿产资源为基础，集稀土精矿处理、萃取分离、稀土氧化物制备为一体的冶炼企业。公司始终把"节能减排、绿色发展、科学治理"和"自主创新和产业转型升级"作为企业的生命线来抓。在北方稀土旗下诸多稀土冶炼分离企业中，冶炼华美公司成功跃升为"节能减排、产业生态化、绿色发展""绿色转型"的典型企业。

笔者觉得冶炼华美公司的发展壮大是科技创新赋能冶炼产业的一个生动缩影。

连贵生继续介绍，多年来，公司探索"以污染治理、绿色转型"为导向的高质量发展新路子，以"促进经济发展和环境保护协调发展"为使命，积极贯彻国家环境保护基本国策和可持续发展战略，狠抓高污染治理工作，解决历史遗留问题，使公司整体环境质量不断提高。

冶炼公司始建于1961年。2016年8月19日，冶炼分公司和华美公司合并，简称为冶炼华美公司。

1961年，北方稀土冶炼分公司的前身，即8861稀土实验厂开工建设。据《北方稀土志》记载，当时该公司的建设项目包括：稀土精矿选矿车间，混合稀土氧化物、混合稀土金属、单一稀土氧化物、单一稀土金属提取分离车间以及相应的辅助工程。这些项目的竣工，在苍茫大地上独写风流，筑牢了包钢稀土产业发展的根基。岁月的脚步来到1970年早春，他们续写的篇章更引人瞩目：公司已具备选矿、前处理、提取、分离4个基本工艺流程，为包钢稀土产业发展奠定了基础。

1961年至1980年，冶炼分公司实施代号为"88-61""88-73""88-79"的稀土工程。其中，代号为"88-79"的稀土工程竣工后，拥有年产稀土氧化物60%高品位精矿5000吨，30%品位的稀土次精矿3000吨的生产规模，生产规模和生产技术水平有了大幅度提升。这些工程对后来的稀土冶炼企业绿色转型发展产生极大的影响，并且历久弥新，为稀土业发展铸就了功与名。

近年来，在环保工作的管理上，连贵生按照上级下达的文件精神要求，强化企业环保主体责任，完善内部监督检查机制，做到定人、定岗、定责，形成了"职责清晰、分工明确、衔接有效"的环保管理体系。尽管他从环境风险源识别管理、区域环境安全规划、环境风险应急管理、环境污染事后修复等环节搭建企业环境风险管理长效机制，但是"三废"（即废水、废气、废渣）零排放仍没有达标。他深感这不仅是公司安全环保和产业转型中的一个隐患，也是公司领导要着手解决的头号问题。

针对现有突出存在的"三废"环保问题，自2015年以来，该公司投资7.8亿元，加大了"三废"治理力度，在"三废"资源化利用上狠下功夫，逐步从末端治理向源头控制过渡。连贵生按照环境风险管理要点，开展生命周期分析，从源头消减污染，降低能耗、物耗，实现生产系统和环保治理系统绿色、协调发展。

近年来，连贵生作为分管环保工作的副经理，以"保持加强生态文明建设"为战略定位，以"减量化、资源化、无害化"为动力，重点推进硫酸镁废水处理系统调试及组织粉尘收集及治理工作，新建燃气锅炉9台、天然气隧道窑2条，环保设施与主体设施同步运行，年回收二氧化硫2.2万吨。公司制定了"清污分流、分类收集、分质处理、分质回收"的工业废水四分原则，整合废水产生工序；新建硫酸铵废水处理系统、碳沉、皂化废水澄清过滤系统、氯化铵废水预处理系统、配酸及碳酸氢铵配置系统，实现年废水综合利用92.21万立方米，年减少地下取水67.69万立方米，合规处理一般固废9.4万吨、放射性水浸废渣5.05吨。

连贵生讲述该公司于2015年开展的一次治理"三废"大会战的生动场面。

2015年9月18日至12月30日，冶炼公司开展了一场"三废"综合治理项目工程大会战，公司动员七八百名职工参加了这次大会战。当时，连贵生担任这场大会战的副总指挥。他连续3个多月指挥挖土疏通管道、废水池制作以及各种设备、燃气锅炉的安装调试等施工大会战，经历了一次又一次惊天动地的场景。从9月中旬至10月中旬，职工们都紧张地投入大会战中，有的挖土，有的搭脚手架，有的安装管道，有的制作废水池……劳动着的人既卖力又疲惫，但为了保质保量限期完成施工任务，他们日夜三班不停息地干，节假日都不休息，一直奋战在工地上。这些日子，连贵生出现心悸、胸闷、浑身乏力等症状，但仍是没日没夜地守护着工地，指挥着大会战。当包头进入晚秋时节，早晚严寒、白天微寒，树叶也开始变黄。时间已过半，但他们连施工任务的一半都没有完成，连贵生的内心感到焦虑。他觉得没有什么退路，只能咬紧牙关，加把劲往前冲。他的心中陡然充满了紧迫感，于是，他重整旗鼓，率领大家，抓紧施工。严寒季节，厉风尖锐地号叫起来，摇动着干瘦的树枝，有时一阵寒风会把杨树吹弯，打在人们的脸蛋上。入冬以后，天气变冷，还下了一场大雪，朔雪漫空飞舞，落在工地上，连日来的暴风加大了施工难度。人们嘴里的呼气，一遇到寒气就像冒着烟似的，但施工人员不顾狂风暴雪的吹打，投入到紧张的施工之中。这一阶段，连贵生对施工安全、进度、质量的要求很高，他的目光变得锐利，表情也变得严肃。施工时，他不仅自己动手干活，而且在不断地关注工地上的每个人，观察他们的劳动态度，还查看他们的做工效率和质量。历经3个多月的奋战，2015年12月30日之前，他们完成4台燃气锅炉的安装调试任务，真叫人精神焕发、心情畅快。

2. 锲而不舍

笔者第二次走进冶炼华美公司，采访了高级技术主管桑晓云。她是一名共产党员，也是包钢劳动模范。她朴实、聪慧、语言流畅，在公司技术创新与产业转型征程中付出才智，交出了令人满意的答卷。

1993年，桑晓云从内蒙古工业学校毕业，之后来到该公司一车间当技术工人。桑晓云初到这里工作时，车间环境恶劣，萃取槽子没有盖，各种挥发性物质在空中弥漫，异味扑鼻。

当时，公司领导不大相信桑晓云能够长期留在这里工作。他们看到过有些女士来这里工作后，经不起艰苦环境的锤打，一遇到不尽如人意之事就仿佛有了天大的痛苦，动不动就要落泪，或调整工作，或张罗往外调出的事。可是桑晓云从入职的那天起就爱上稀土事业，在这里一干就是27年。她在这里一步一个脚印，踏踏实实，专业技能稳步提升，在技术创新产业转型中锤炼自己，走向坚定和成熟。

桑晓云的生命是由奋发向上的无数个细小事件构成的，就像雨滴一样冲刷着她的思想意识。刚被分配到这里工作时，她看到艰辛的环境也曾有过淡淡的忧虑，但她总觉得这里是适合自己的。她说："我的父亲是共产党员，也是包钢的一名工人，母亲是包钢一名小学教师。父母爱党爱国，热忱地帮助他人，慷慨无比。我从父母那里经常听到的教诲就是要听党的话，爱岗敬业，踏实做人做事。生活和工作中经常听到看到的是普通人相濡以沫的互助友爱的情感故事，这都成为我的成长和做人的正能量，使我的一生心有所属、心有所定。"

笔者在这里记录的是，桑晓云在参与公司布局的技术创新产业转型项目过程中，实现人生价值的重要片断，以及奋力为企业、为国家多做贡献的精神。

2007年，在参与萃取生产线换档升级的会战中，为实现物料转接、液料流量、液体转接的自动化控制，桑晓云苦练内功，锻炼成长，取得了突破性的进展，成为科技创新一线的"排头兵"。

桑晓云说："自2007年8月开始，利用4个月的时间，公司开展了物料转接、液料流量、液体转接的自动化控制项目的研发工作。在这个过程中，我在总工程师赵治华的带领和技术人李冬、陈建利的帮助下，负责工艺设计。为了成功研发，我没日没夜地搞工艺设计，完成工艺设计之后，盯住施工现场，上下联络，使这条生产线于2007年12月投产。"

在那些岁月里，桑晓云心无旁骛地倾注自己的耐心和毅力，投注一片苦心造就的匠心精神，令人印象深刻。那些科研人员都因为事业奔波而顾不上家，桑晓云也常常顾不上家，更顾不上孩子的学习和生活。开展攻关期间，她常常深更半夜才回到家。好几次看到孩子没有吃上饭就抱着作业簿睡在椅子上的情景，她感到难过，也掉过眼泪。

实现料液沉淀的自动化、连续化是公司多年的奋斗目标。自2003年开始，从春天到冬天，桑晓云年复一年地参与料液沉淀的自动化、连续化的项目研发工作。研发团队先后开展小试实验600多次，中试实验100多次。他们摊开一沓一沓的资料，进行数百次分析，还画了一个又一个工艺图，为下一个工业化实验打好基础，同时，在火热的实践中摔打锤炼，积累经验，提升了自己的技能。

2013年，桑晓云在时任冶炼分公司总工程师赵治华的带领下，进行工艺化设备的改进工作，降低了劳动强度，降低了废水排放量，使公司成为全国第一家实现废水零排放的稀土冶炼企业。

研发出一个好的工艺，就会对提升产品质量、产业转型升级起到关键作用。2015年，他们已确定料液沉淀的自动化、连续化项目的工艺设计方案。2016年至2017年，为了碳酸稀土沉淀的自动化、连续化、工业化生产线的设计和项目建设，桑云晓组织10名技术人员对工序的每个细节和过程进行分析，反复论证。最终，他们选择了高浓度、连续化沉淀的工业生产线的设计方案。后来，这条生产线投入运营，不仅大大减少用水量，而且降低了废水排放量，一吨稀土氧化物排放废水量从2013年的40立方米降到2017年的20立方米，使我国碳酸稀土沉淀生产首次实现自动化。

桑云晓说："自2003年以来，我们通过多年的研发、设计和建设，使得沉淀工序能够实现自动化、连续化。我为此付出了辛苦和心血。这是我热爱的事业，苦也甘甜。"

3. 无形的坚堤

2020年11月，笔者采访了优秀共产党员、自治区劳动模范、冶炼华美分公司一车间主任云强，他也是在冶炼华美公司绿色转型、高质量发展路上倾注心血的模范人物。中年的他，脸庞方正，目光淡定，身材高挑，动作沉稳，男子气概十足，是铁铮铮的汉子。

云强的故事简单、生动，背后却是稀土业及冶炼华美公司创新转型发展变化带来的新气象。

1994年，毕业于包钢技校的云强成了一名稀土冶炼产业工人。他从这里开始新生活，每天都跟稀土浆、粉尘、烟雾打交道，常常是一身汗水一身稀土浆，还整天被难闻的气味围绕，不时出现流泪、胸闷的不适状态。生产环境很苦，工作很累，为了赶工期，他每天早出晚归，风里来雨里去。

父母是云强的天和地。他的母亲来公司参观后便知道儿子这个工种劳动强度大，生存环境艰难，心疼得泪花闪闪，并劝儿子换个工种或者调到其他岗位。云强懂得理想的丰满难敌现实的骨感，作为一名产业工人，不能抛开现实生活，去盲目追求实际上还不能得到的东西，而要找到支撑自己生活的灵魂，承担起自己应尽的责任，在风浪中锤炼，迎接属于自己的未来。就这样，他奋力拼搏，战胜困苦，实干巧干，逐步成长为工段长、综合管理部副部长、车间主任。每一次岗位的改变对他来说都是一次新的挑战，但他从不退缩，总是能出色地完成各项任务，带领工友在岗位上营造轰轰烈烈的事业，让他人刮目相看。

云强在碱法岗位担任工段长期间，带领本段职工认真摸索每一个操作步骤，找出关键控制点，硬是将当时无法突破的稀土收率由66%提高到90%。云强为人直率、勤奋，勇于挑重担。公司领导把他的这种品性和奉献的精神看在眼里，记在心上，在各种场合给予表扬的同时，还鼓励他再接再厉，为公司再立新功。

2007年，转岗到萃取生产线当段长之后，为了尽快掌握萃取生产线的各项技能和关键控制点，云强每天总是第一个来到岗位，夕阳垂暮才离开，半年的时间就掌握了有些人干了一辈子都没弄明白的技能，很快便将生产过程中影响产品质量的因素逐一消除。他所管辖的工段的产品合格率和产量完成率均保持在100%。他回忆这段经历时深有感触地说："那些年夏天，厂房车间的温度达40度，槽旁边的温度达68度，热气处处烫手和脸颊，处处使人憋闷，使人喘不过气来，还使人产生一种奄奄一息的感觉。但是我作为工段长，不能退却，而是振作起来，处处干在实处，处处履职尽责，去调动工友们的劳动积极性，激发工友们的劳动热情。"

2019年，清理2000立方米废水池子的工作迫在眉睫。这里的废水既深又脏，与此同时，池子里氨水超标、气味难闻。在通风条件下进入污泥齐腰的池子时，若一不留神就会滑倒发生安全风险问题。此时，云强组织两组人员对池子进行清理。他回忆着那段经历，很有体会地说："当时，我感觉到这不是个简单轻松的任务。但我相信，我和工友们都不会向困难低头。我向大家讲述了清池子的必要性与注意事项，就自己带头进入池子清理。若我都不愿意干，怎么让兄弟们去干。在那些日子里，我与工友们一起连轴转，团结得像个铁人团队，干得既坚定、自信、紧张，又很累。我们浑身好似泡在脏乱的冰盆里一样，既凉又臭，但大家都干得满头大汗，汗水挡住了视线，却没有挡住我们坚强的意志力和如泉水般迸发的聪明才智。我们终于战胜困难，把两个池子清理得很干净。"公司领导看到云强和工友们这种惊人的成绩时感到颇为诧异，藏不住嘴角高兴的笑容，情不自禁地说："两个池子的清理是一项艰险的活儿，但是关键时刻云强带领工友们挺身而出，吃大苦、冒大险，用十来天时间就初战告捷，在这里彰显的是奉献精神，是耐力的较量，也是初心的绽放。"

2016年，云强被任命为一车间主任。

笔者在云强的带领下参观一车间，看到萃取生产线已实现自动化运转，不仅大幅度提升生产效率，而且更好地保证产品质量。云强告诉我："2019年，我所在的一车间生产遇到了难题。槽体已连续运转12年，出现了变形、渗漏和部分串级的现象，导致物料分离效果甚差，严重影响产品质量及公司形象。除必要的检修停车外，我带领工友通过技改与精细化操作，降低了分离生产线酸碱单耗，保证了资源得到合理利用。与此同时，实现产量的突破。2019年，完成稀土分离产量达26775吨，创历史新高，圆满地完成了公司下达的生产任务，为公司创造了经济效益。"

云强不断带领车间工友优化工艺设备、实施革新改造，取得一个又一个成果。他积极推进优化钕钐分组改造方案，仅花费不足1000元制作的特殊结构调节管不仅使生产产能扩大，与原方案相比，还为公司节约成本20万元。通过环烷酸除铝改造项目，替代草酸，年降低生产成本约300万元。此外，将料液输送到原三车间除铝槽，利用旧设备，减少投资费用约300万元。针对现场复杂工况，他制定了"酸洗法"清槽方案，仅用10天就将槽体清洗干净，降低了劳动强度。在N235回用浓水改造项目中，他制定新的工艺参数，降低洗水单耗，全年减排工业废水14000立方米。

在云强的推动下，萃取生产线实现了自动化，向智能化方向迈进，引领萃取生产工艺向绿色低碳转型升级。云强说："在萃取生产线电缆更换及电气系统升级改造项目中，我带领工友用智能化理念武装生产线，将原有老旧设备升级改造，使得稀土萃取生产线自动化水平和竞争力进一步提升，也为稀土工业的智能化发展添砖加瓦。在萃取槽体改造项目中，我和工友讨论槽体结构，制定方案，优化了萃取搅拌及潜室的设计，减少打搅拌的可能性，降低设备停机率。从槽体施工到试车运行达产连续奋战近120天，在清理槽体、清乳化物、试漏、充槽以及生产线调试的运营方面都冲在前面。因为每天在槽体上趴着使得工衣都来不及清洗。该项目完成后，铈镨分离产能扩大38%。公司领导认准该项目转型升级对整个公司具有重要的战略意义。"

不怕强敌，云强是个胆大心细的人。随着公司内信息化项目逐渐实施，云强提出的"一转二"及"三转一"等自动转料控制项目，不仅提高了萃取槽的进料温度，也达到了能耗降低、维修率低、生产稳定的目的。

近年来，随着国家环保力度的不断加大，云强肩上的环保担子也越来越重，萃取生产线的废水已实现循环使用，废气处理将是下一个需要攻克的难关。生产过程中排放的废气，包括酸类、烷类等挥发性有机物，排放到大气后会对臭氧层造成破坏，加速温室效应。2019年以来，萃取工段一区作为主要关注对象，开展了"稀土工业萃取分离工艺挥发性有机化工物（VOCs）治理示范工程"项目，该项目被列为内蒙古自治区重大专项课题。在实施过程中，根据现场情况，云强提出首先要进行过程控制，通过更换槽体盖板、改变搅拌水封形式等手段保证槽体相对密封，减少生产过程中废气的排放；然后，整改无组织排放源，将各类无组织排放的废气进行有效收集，并经过末端治理后有组织地排放。通过这两步运作，萃取现场环境明显改善，生产废气达标排放。云强践行着他对员工身体健康的关心和对环保的责任。

近两年，公司将六车间和三车间并入一车间，从产量、产品质量、设备和生产上，都让云强统一管理。工艺线拉得越来越长，加大了工作难度，也加重了他肩上的压力，但他依然热情不减，干劲十足。

以上只是他工作中的一部分，他时常对工友们说："凡事要勤学，多上手尝试，只有默默工作，增长技能，才能成就精湛技术，才能为公司贡献智慧与力量。"多年来，他以饱满的工作热情、认真的工作态度，耕耘在一线。不论是一名普通员工，还是车间领导，他都在踏踏实实走好自己的路，敢担当，善作为，不忘初心，继续前行，以实际行动诠释着一名共产党员的初心，发扬劳模精神，用智慧和汗水谱写"中国梦·劳动美"的新篇章。

云强多次被授予包钢"优秀共产党员""先进工作者"，内蒙古自治区、包头市、包钢"劳动模范"等荣誉称号。2020年，他又一次被授予内蒙古自治区"劳动模范"荣誉称号。

（二）"新星"的升腾

我久久地沉浸在对包头市稀宝博为医疗系统有限公司（以下简称稀宝医疗）的想象中。我通过媒体的报道了解到，该公司是北方稀土进军医疗产业的第一支"先遣队"，研发了具有自主知识产权的稀土永磁核磁共振成像系统高端医疗器械，并落地生根，成为北方稀土终端应用重要支点，于是，对他们有了莫名的钦佩。

1. 永恒之追求

2020年7月14日，在稀宝医疗，笔者拜访了公司副总经理邢志强。他性情温和、热诚，在我的印象里，他已做到勤业精业，成就了自我，点亮了公司的星空。在命运之马的腾飞中，他为稀土永磁核磁共振成像系统的创新与提档升级，日复一日、年复一年地追求着，奋斗着。

笔者见到邢志强时，他一脸平和，语气富有亲和力，给人一见如故之感。他告诉笔者，2010年，经内蒙古自治区发改委批准，稀宝医疗年产300台稀土永磁核磁共振成像系统产业化项目开工建设。当时，公司领导和研发团队不仅展望未来，有了一种雄心勃勃的愿景，而且开始走进了豪迈的创新创业之路。2012年1月8日，稀宝医疗稀土永磁核磁共振成像系统生产线投产，形成年产300台的能力。公司上下精神抖擞，走向远方的信心增加了好几倍。截至2020年11月底，稀宝医疗产品已经完成中国NMPA、美国FDA注册，并通过欧盟CE认证，在全球60多个国家和地区完成销售注册，将产品销售至国内各地和欧洲、南美、中东、东南亚、非洲等地区的26个国家，深受国内外客户的青睐。

2013年3月21日，召开第26届国际医疗食品设备展览会，稀宝医疗成功入围第二届中国医疗设备行业"金人奖"，并荣膺"2013年度中国医疗设备技术创新奖"。该奖项在中国医疗界具有很高的权威性，获奖企业代表了国内医疗设备行业的较高水平。这个奖项的获得给公司带来了荣耀和信心。

在邢志强的带领下，笔者参观了该公司机加车间、磁体车间、电子车间、梯度车间、集成车间5个生产车间。这些车间分别承担磁共振系统不同的生产加工及装配任务。走进机加车间，我看到技术人员在制作磁共振机加及加工主要零部件的情景。走进磁体车间时，一帮年轻的技术人员正在聚精会神地加工安装磁共振设备磁体。每个人都在忙碌着，但车间显得空旷而安宁。我在这里认识了一位青年技术员，他说自己尽管在这个车间里操作的工序周而复始，但这里承载着他的青春和梦想。平时，他喜欢读书，听音乐，也喜欢谈天说地。在电子车间，我看见几名技术员负责制作磁共振设备的控制柜、穿透板和病床控制盒等电子部件。这些技术员都是25岁上下的年轻人，长得精神，反应机敏。他们虽然显得很平静，但我感觉到他们的心中有一种愿望在上升，也有一种从骨子里升腾的桀骜。邢志强介绍说，他们都是在技工学院学机械专业或在大学学理工科专业的理工男。在这里干几年后，他们会成为熟练工或技术行家，有的继续在这里努力奋斗，主宰自己的命运；有的会跳槽，寻找新的岗位。公司的创新重点不仅在技术问题上，而且更注重激发员工的创新创造热情，从而进一步激活企业的创新思维，增强企业的竞争力。在集成车间，笔者看见组装技术人员忙碌的身影。各种组装工作基本被机器取代，再细小的螺母也会用电动扳手，技术工的动作不是拧，而是按一按开关。这里有已组装好的一台磁共振系统和一辆驰影A30磁共振诊疗车，整装待发。我走到驰影A30磁共振诊疗车旁，仔细一看，车里有集成型磁共振、氧气系统、医用冰箱、监护系统、药品柜、彩超、无线心电图、急救供养系统、富士胶片打印机、空气加湿器等设备，一应俱全。

2019年，这个车间生产磁共振整机48台，发货和组装43台；2020年，生产55台、发货51台、组装44台。

接下来，邢志强指着磁共振系统说，稀宝医疗从创立之初就重视技术创新，重视研发投入，走技术创新之路。当时，公司领导和研发团队就认为，这条路走对了，高科技企业的中长期目标就是要靠技术创新牵引，只要付出努力、持之以恒，就可以在高端科技领域打破国外技术垄断，占领技术高地，创造出民族高科技品牌。之前，公司领导与研发团队一直思考一个问题：磁共振成像系统是当今较为有效的临床影像诊断设备之一，这项技术起源于美国，他们那里使用的是超导磁共振技术，成像所需的强磁场需要液氦来维持。氦在常温下是气体状的，是美国的战略资源，中国从磁共振成像到液态氦全部依赖进口。形成成像强磁场的另一种方式是，使用磁性材料来制造稀土永磁核磁共振成像系统。这种系统具有性价比高、使用和维护成本低、节能环保、易于普及等特点。这项技术和产品的发展有助于解决基层群众"看病难、看病贵"问题。稀土永磁核磁共振成像设备是单台稀土用量最大的稀土终端应用产品，在这种设备成本中，使用最多的是稀土磁性材料。包头是"稀土之都"和"磁谷之都"，有充足的稀土磁性材料，能够保证制造该产品的需求。再则，北方稀土实施的产业链向下游终端产品延伸的战略，肯定会对稀土与磁共振技术结合的终端应用带来广阔的发展前景。正确的理念和创新思维是一个人或一个企业前行的先导，既管方向又管长远。公司领导和研发团队有了这种理念和思维，前行就有了先导，也就有了正确方向。

　　笔者在这里阅读到他们红日初升、花荣叶茂的篇章。请读者放眼去看看他们的战斗意志和生机盎然的景象：稀宝医疗定位于高端医疗影像诊断设备——永磁核磁共振成像系统（MRI）的研发与制造，现已建成3万平方米一体化永磁MRI生产基地，同时，组建了国内同行业中规模最大、专业配置最齐的研发队伍，具有很强的持续研发能力，拥有多项世界领先的核心技术，公司产品的性能和质量已达到世界领先水平。此外，公司成立10年来专注做一件事，那就是自主创新和推动产业转型升级。目前，公司所有的设备都是自主研发的，牢牢掌握了相关的核心技术。

2. 情系天涯

　　邢志强讲述了国内首台磁共振诊疗车开进包头市东河区沙尔沁镇小巴拉盖村的故事。

　　他说："2019年4月22日上午，我带领团队将国内首台稀宝医疗驰影A30磁共振诊疗车开进小巴拉盖村子，几十位上了年纪的村民立马围了上来，开始按号排队做脑部核磁检查。我看到有位年近80岁的老人好奇地登上白色厢式车。他已驼背，头秃，仅仅在后脑勺上还留着一小撮头发。在家人的陪伴下，他进入车内开始做身体检查。十多分钟后，老人咧着嘴走了出来。众人问：'听见里面嗡嗡地响，怕不怕？''有啥怕的，不怕，挺好！'我还看到有位中年女患者来到白色厢车里做身体检查。回头一笑时，两眼活泼而有光。她肤色微黑，神情里带着一种乡间妇女的淳朴。据她说，以前她在大医院做过核磁，花了1000多元。这次在家门口做了检查，还没有花钱。她很感谢稀宝医疗驰影A30磁共振诊疗车开进村里给她免费做身体检查。

"在诊疗现场，一开始村民们并不知道这台诊疗车的来龙去脉，猴子扳苞谷——心里没个准数，疑惑不解地谈论着。后来，我告诉他们这里面装有一台利用本地稀土资源自主研发生产的国内首台移动磁共振诊疗车，专门来给大家提供免费的身体检查。他们都不由得感叹不已。我看到，检查完身体半小时后，村民们就收到了一份包头市中心医院影像中心签发的磁振检查报告单，都感到惊喜。

"工作人员张志勇向村民解释，通过互联网将后台数据传送到包头中心医院，专家接诊后将检查报告再传回来了。你们还可以通过扫描报告单上的二维码，就能在手机上看到影像，以后不用拿片子，到哪个医院就医，医生都能通过'云上医疗'看到核磁图像。"

邢志强继续介绍情况，说："在我的印象中，义诊几天就有几十号村民顺利接受了核磁检查。那两年，在包头地区共义诊2000多位村民。接下来，驰影A30磁共振诊疗车先后前往四子王旗、化德县、商都县等地进行义诊，累计临床诊断2万余病例。这些患者都说，绱鞋不使锥子——真好。我们这种义诊活动有效缓解了村民'看病难、看病贵'的问题，更是彰显了磁共振诊疗车的安全性与优势以及可靠的医疗服务。"

邢志强介绍完义诊活动之事后，颔首微笑，接着自豪地说："我们自主研发的永磁核磁共振仪，其核心部件全部采用自主技术。其中，车载磁共振系统采用了多项世界首创的先进技术，具有完全自主知识产权，成为'移动+互联网+高端影像'医疗设备的领军先锋。它有很多优势，但其售价仅为超导型医疗设备的1/3，更适合为基层百姓服务。每台磁共振车重量从20多吨降到8吨。云上医疗和移动医疗成为它最大的优势，具有智慧移动医疗功能，走到哪里，哪里就是一个小型医院。同时，利用互联网技术实现了实时传输、实时诊断，即便是远在北京的专家也可以及时清晰地看到患者的影像，依据清晰的磁共振图像给出精确的诊断，为患者提供高端、安全、可及的医疗服务。园里没有玫瑰招不来夜莺。由于永磁核磁共振仪有多方面的优势，引来了无数的赞誉。对政府来说，它可以解决医疗公平和优质医疗资源可及性问题，规范医疗，节省医保费用；对医疗机构来说，可以提高医疗水平，降低人工成本，吸引更多患者来医院检查疾病，增加效益；对患者来说，就近和早期诊断疾病，减少漏诊误诊，减少患者到大医院就诊的交叉感染风险，既降低了开销，又方便快捷。"

2020年2月，突如其来的新冠肺炎疫情威胁到人民的身心健康。就在这个关键时刻，包钢领导、北方稀土领导、稀宝医疗公司领导代表广大职工都向在武汉疫情中奋战的人和医务人员献爱心，决定向武汉捐赠一辆驰影A30磁共振诊疗车。

3月6日，稀宝医疗公司办公楼前，一辆驰影A30磁共振诊疗车身披"大爱无疆，守望相助，千里驰援，共克时艰"字样的条幅，在人们的祝福声中向武汉出发。公司领导和众多职工挥手目送这辆高端诊疗车向武汉进发。诊疗车将赠送给中国人民解放军中部战区总医院，全力支持武汉人民战胜新冠肺炎疫情。通过内蒙古自治区红十字会捐赠给疫情防控一线医院的驰影A30磁共振诊疗车，由稀宝医疗自主研发，具有远程会诊、互联网传输等技术功能，涵盖临床医学、影像学、物理学等多种学科及领域，搭载云驰医影远程系统。在移动体检、应急医疗保障、基层医疗精准扶贫等多领域广泛应用，被国家科技部列为重点扶持的科技项目，价值达1000多万元。公司针对军队的特点和现代科技的发展，对车辆内的现有设备做最高等级的升级工作，特别是软件系统，要将远程互联网设备安装上去，还要为5G技术的应用留有窗口，最终实现高速视频、音频、图像的时时共享，为远程会诊提供最便捷的手段。

3. 赤诚托事业

如果把时间拨回至2010年至2017年的那些岁月，在人们眼前会呈现出连建宇博士团结带领研发团队，为企业研发新产品并将科研成果转化为现实生产力的奋发努力、活力奔涌的身影，以及由"闯"起步，靠"创"蓄力前进的模样。据了解，尤其是在那些年，连建宇博士及其科研团队，建立起一种具有创造力、向上向善的人际关系。在休息时间里，连建宇博士跟其他研发人员一起散步、说笑，有时大家互相合影，也参加些有趣的活动。连建宇博士不喜欢按部就班地搞科研，而是渴望寻求挑战。整个研发团队发扬互相学习、互相帮助、集体至上、无私奉献的精神，令研发人员的灵魂得到净化，让员工感到欢欣鼓舞。从产品的研发至核心技术的掌握，从科研成果的转化至医疗设备的国产化、国际化，连建宇博士尽情地施展才华，付出了汗水和艰辛，书写了拳拳报国之情怀。

2010年，公司专家组组长、工程师刘胜田来到该公司开展研发工作，他对那段研发工作有着刻骨铭心的记忆。2020年12月2日上午，笔者采访了这位中年专家，他讲述在那段时间，连建宇博士团结带领研发团队，夜以继日，加班加点，攻坚克难，打破日本日立永磁医疗器械垄断的历程，让笔者感受到他们奔跑的姿态和声音。那段日子，连建宇博士带领的研发团队在重视集体荣誉的同时，融合各家之长，发挥聪明才智，不断长进，成为研发永磁医疗器械的行家里手。刘胜田的讲述很动情："连建宇博士带领的研发团队坚守创新，用辩证思维聚焦普遍性和系统性，从永磁医疗器械成像序列、梯度系统、工艺设计方面破解360个难题，对50个梯度线圈的研发进行了数百次实验，对物理建模项目的数据利用3个月时间进行计算，实现了技术升级，最终研发出0.45的磁共振成像设备，打破了国外0.4磁共振成像设备垄断的"卡脖子"问题。为国争光，也为企业争得荣誉。连建宇博士严谨、执着、刻苦，对研发工作精益求精，一一核对每一次的实验结果。有一次，晚上11点，他把我叫到实验室，对工艺设计的一个关键问题一直讨论到凌晨3点。科研人员随时等待召唤的习惯就此形成，久而久之，没有一个团队成员晚上12点以前睡觉。就这样，连建宇博士以严谨的科学态度，支撑着每一段历程。在研发工作中，我俩互相启发，取长补短，共同进步，为公司的发展做出了各自的贡献。"

笔者阅读了公司提供的关于连建宇博士的简历、花絮和生活片断，并通过在报刊上发表的关于他的照片和报道，对他有了初步的了解。从照片可以看出，他的脸上每一部分都长得匀称、恰到好处，他的眼睛里闪烁着光芒。他给同行和朋友们留下聪慧、亲和的印象。从北京大学物理系毕业后，他到美国蒙大拿州立大学攻读物理学硕士，两年后又到美国匹兹堡大学攻读博士。这是一所研究核磁共振的大学，他在这里探索核磁共振的奥秘，努力掌握高难度技术，决心将来为祖国的核磁共振事业发展奉献才智。博士毕业后，他入职于美国一家世界领先的核磁共振成像公司，做了3年多的新产品开发和技术管理工作。1997年，连建宇组织一批中国留美博士创建美国博维技术有限公司，开展核磁共振大型医疗设备的研究与开发工作。

在美国学习与工作期间，连建宇坚持底线思维，应对各种困难挑战，不断攻坚克难，独创了核磁共振成像领域多项关键技术，成为世界上少数几个掌握磁共振成像技术的专家之一。然而，他的理想高远，目标远大，他向难度系数更高、复杂程度更高的磁共振成像技术巅峰迈进。与此同时，他对祖国的科技创新始终牵挂于心。

就全国市场而言，以往我国相关大型医疗设备发展的市场引导政策、市场监管机制的建设还没有到位，中国大型医疗设备80%的市场被国外品牌占据，这也是中国的这项技术和产品长期落后、企业以简单仿制和产品组装等原因造成的。为了解决各级医院对国产大型医疗设备接受度低的问题，从美国学成回国的连建宇博士怀着拳拳报国心，在政府强有力的引导和政策支持下，以产品性能、质量和服务为导向，注重技术创新，开发优质产品，建立产品使用质量监控体系和服务满意度监控体系，在形成规模化生产和增强竞争能力上狠下功夫，已初见成效。

4. 挺身涛头

千丈麻绳总有一结。随着时间的推移，稀宝医疗公司的内部管理跟不上形势的发展，也影响了企业的生机与活力，使公司陷入多年连续亏损的境地。北方稀土领导班子通过"会诊"后，就像打开千丈麻绳的结一样，找到解决公司管理转型中存在的突出问题，并提出了明确的改进意见：稀宝医疗公司的研发能力和产品质量在业界具有较高声誉，但这并不代表内部管理不存在问题。该公司内部管理存在相对粗放、制造成本较高等突出问题，这无疑在制约着稀宝医疗向高质量发展方向进发，影响企业的改革转型进程。

如果对企业粗放管理、产品成本高等突出问题放任不管，就很难扭转年连续亏损的局面。要改变这种局面，唯一的妙方就是对症下药，围绕存在的突出问题进行改革。

2018年11月，北方稀土调整稀宝医疗公司领导班子。从此，连续几年亏损的稀宝医疗公司如何加快改革转型的步伐，跨进高质量发展之路，破解困境？这已成为领命而来的领导班子成员苦苦思考和探索的一个重要问题。要探索出一条正确的道路不是轻而易举的事。也许选择的路是正确的，但计划中的每个环节，都不是那么容易就能实现的。几天来，各种各样有利和不利的可能性都摆在领导班子成员面前。后来，他们明确地告诉自己，必须要有正确的政治方向、坚定的信念、火热的襟怀和忘我的奉献精神，在风浪中锤炼，在实践中增长才干，推动事业向前发展，走向充满阳光的彼岸。公司领导班子成员，呼唤改革创新的新风，优化转型发展模式，加快形成新发展格局。

公司的希望和憧憬正在变为现实。改革转型需要过程，要真正在"破""立"上下功夫，再到"巩固、增强、提升"上下功夫，需要要走很长的路，目前还未到大获全胜的地步。

在北方稀土整体改革思路的指导下，稀宝医疗公司领导对公司进行大刀阔斧的改革，助推"瘦身健体""四降两提"落地生根。这既是他们自我审视的过程，也是经历阵痛的过程。2019年2月，通过董事会研究，听取职代会的意见，公司制定一套"公开、公正、透明"的改革方案，广泛征求了员工意见。要真正对机构进行调整，对人员进行重新配置时，一种紧张的气氛曼延开来，有些员工开始犯嘀咕了，有些员工则不理解，有的人以沉默的方式进行反抗，还有的人扬言要辞职跳槽。

"你们想凭借改革创新的名义给自己脸上贴金我们管不着，可是我们正常的按部就班的工作程序被打破，又让我们干那些不熟悉、不对路的工种，那不是浪费人力资源吗？"说话的是一位中年职员，他的话引来了一些人的共鸣，也招来一阵讪笑。

此时，一位公司领导站起来，竭力平静下来，目光关注到每个人身上，然后慢慢地说："我们通过竞聘上岗，将原来的20个部门合并优化为5个部门、3个运营中心，人员将减少至30%，是为改变过去机构重叠、职能交叉、互相推诿、人浮于事、工作效率低下的局面而采取的有效而具体的改革措施。改革不是请客吃饭，而是刀刃向内的，会有阵痛。不改、不创新，根本找不到出路，每个人都需要在改革中改变自己、更新自己，为加快全面提高公司工作效能奉献自己的力量。"

一席话过后，所有员工都在心里掂量着，沉浸在沉思之中。俗话说，话是打开心结的"金钥匙"。接下来，领导班子成员陆续利用半年时间，对抱有埋怨或抵触情绪的员工语重心长、苦口婆心地做思想工作。当时，尽管有的员工一时想不通，怀有埋怨或抵触的情绪，但后来逐渐平复了消极情绪，点头表示理解，最终他们心服口服地赞同公司实施的改革举措，加入到改革创新的队伍中。

根据公司的实际情况进行定编、定岗、定员，大幅度进行优化配置，将20个大小机构合并为5个管理部门和3个运营中心，经过3轮逐级竞聘，中层干部优化59%，管理和专业技术岗位优化26%，操作岗位优化48%，全员优化28%。公司通过"瘦身健体"，降低了人工成本，提升了工作效率，职工收入也有了明显增长。

作为医疗产业的后起之秀，稀宝医疗并没有后来居上的优越之感，反而在四面围城中艰难破困。比如，外委、外协、外采的工作变为自主完成，自制屏蔽盒表面氧化处理、自主完成磁体搬运服务等工作，也为企业减少了不少开支。公司进一步优化装机流程，缩短装机时间。以往装一台机的平均时间为10.5天，2019年较2018年缩短1.2天。再则，公司制定了销售人员管理办法，实行激励机制，进一步加大销售人员业绩和考勤考核力度，与大区经理签订季度销售任务责任状，完不成任务的降级降薪，对超额完成年度销售计划的人员给予额外奖励，并加快兑现承诺。2019年以来，稀宝医疗磁共振诊疗设备销售数量大幅提升。与此同时，稀宝医疗通过与上海、北京、香港等地代理商和以往重点代理商（河南、迈谱锡）的合作，逐步开拓巴基斯坦、非洲、东南亚等国家和地区的海外市场，推动销售数量的增长。

虽然与同行先行者相比，地处内陆"深巷"的稀宝医疗欲分得"蛋糕"显得困难重重。但他们知道自己的优势，对自己的事业充满了信心。他们拥有相对富集的原料支撑，拥有自主知识产权的稀土永磁核磁共振设备，在县级区域普及该产品具有价格和质量竞争优势。党的十九大所提出的"全民健康"目标，也为稀宝医疗进军高端领域打开最佳的窗口。

目前，驰影磁共振诊疗车已被国家卫计委列入全国健康扶贫专用设备名录。在历次扶贫过程中，他们切身感受到我国基层农村对高端医疗的渴望，未来"驰影"一定会"驰"得更远，借改革之力，破发展难题。

领导班子成员，经过调研，掌握了全国3.2万所医院的分布情况，并重新规划营销布局，在全国6个大区和2个省区布局并健全销售网络，形成了辐射全国的营销网络。

一位公司领导找来负责华北地区销售产品的刘顺涛进行长谈。这位领导说："顺涛，产品销售对公司来说非常重要。华北地区战略位置很特殊，在华北地区打开销路就靠你了。我做董事长、总经理只是个机会，你当华北地区销售经理，负责华北地区销售网络才是个人才。"

刘顺涛微微一笑，语出惊人："您放心，我从销售员做起，还肩负华北地区销售网络的重任，不做到前两名决不罢休！"

这位领导见刘顺涛如此斩钉截铁、充满自信，便伸出手使劲拍下他的右肩，以鼓励的口吻说："好样的男子汉，好好干，去吧！"

从小就喜欢自加压力的刘顺涛这次豁出去了。自2019年开始，他就在产品销售领域摸爬滚打，开辟了新天地。2019年，刘顺涛及其团队销售9台稀土永磁核磁共振设备；2020年，销售18台。这两年，刘顺涛及其团队都超额完成了公司下达的任务。2020年，销售额便增加了两倍，刘顺涛本人销售额居全公司第一。

笔者电话采访了刘顺涛，他说："2019年以来，公司出台改革与转型新举措，尤其是实施管理转型之后，企业转活了，解决了一连串的问题，摆脱了困境。依我看，销售激励措施非常科学、细致、具体，激活了源头活水。"

企业想走得更远，飞得更高，必须管理转型，增强企业内力。与此同时，他们感知到，延伸企业产业链，把发展的"手臂"伸长，拓展新的发展空间，就必须不断提升创新能力，研发出科技含量高的新产品，倾心打造创新品牌。对企业的转型升级而言，技术是关键，而技术人才是关键中的关键。随着公司改革不断深化，技术创新工作将被摆到更加重要的位置，增加科研项目的投入，完善科研人员的激励机制，刀刃使好钢，启用那些能够胜任业务、勇于担当的技术人员，开展新一轮的科研项目攻关。

自2019年10月开始，公司研发团队开展科研项目攻关，对国产医疗磁共振成像系统的技术进步和永磁共振成像系统性能达到国内永磁MR2临床最好水平具有重要意义。产品研发的主要内容包括：运用LTHE磁体技术研发的新型高性能小磁体、高阶正交磁场匀场线圈、三维自屏蔽梯度线圈、高精度可控病床系统以及公司自主研发的高清晰度成像系统（包括一般成像序列和高级成像序列），解决稀土永磁磁共振的涡流、剩磁等关键技术难点问题。但在前期阶段，在研发过程中，攻关遇到了前所未有的困难，研发人员一次次进行论证，却一次次被推翻，对研发出国内最高场强的永磁型磁共振成像系统缺乏信心，进展一时变得缓慢。该产品从原来的0.45T磁共振系统性能提升至0.5T磁共振系统性能，除具有目前一般的全身扫描功能外，还要进行一般的功能成像研究，达到国内永磁MR2临床最好水平。此外，他们在研发0.45T磁共振系统性能的基础上，制订了增加3种主要性能的奋斗计划：一是增设软体线圈，拓宽空间，便于肥胖人群检查身体；二是增设120毫米的通用线圈，设置应用场景，有利于治疗患者疾病；三是对射频、梯度进行优化，使总功率下降，提升效率。然而，研发任务艰巨，尤其是在设计120毫米通用线圈，实现导航定位精度达到0.5毫米技术的突破时，遇到了新挑战。大幅降低制造成本的技术突破也遇到了新挑战。因此，邢志强的眉头微微蹙在一起，无形的压力和紧迫感爬上他的脸，但在他的目光和姿态中，显出一种倔强和不屈的性格。他对科研团队工作给予全力支持，并用鼓励的口气说："攻关需要另辟蹊径，最重要的是创新。大家只要有奋斗不止、一往无前的创新创造精神，最终就会到达彼岸。"接下来，研发团队在刘胜田的带领下，昼夜在现场，齐心协力奋战了几个月。

软件工程师刘英臣原来是云南一所大学软件工程学教授，她怀着为稀土业再次腾飞做贡献的宏愿，来到这里担任软件工程师，看到了新的前景和希望。刘胜田说："几个月来，刘英臣加班加点，争分夺秒，紧盯着数据，不敢有丝毫大意，每天都是超负荷工作，更顾不上节假日的休息。在研发工作紧张的时候，她分析数据，研究方案，不知不觉又忙到深夜。累得腰酸背痛时，她就打个盹缓解疼痛，然后继续忙。最忙碌的时候，吃个盒饭，又投入到研发工作中。"

"软件开发工作正在劲头上，没法陪您二老吃饭……"刘英臣赶紧打电话给母亲。

"你干脆和软件一起过日子吧！"母亲嗔怪道。

刘英臣不知所措，顿时愣住了。

“悔吗？”一位同事轻声问。

“不悔！我这段时间忙乎得顾不上照顾父母，有一种对不住二老的感觉。”刘英臣摇了摇头，“你看，这儿的十五六名科技人员哪一个不是这样？”她虽然说的很坦然，但眼中闪着不易被人捕捉的泪花。

专家组组长刘胜田为技术的突破倾情奔波，忘我拼搏，负重前行，给大家起到一个很好的榜样作用。别看刘胜田外表平静温和，骨子里却有一颗倔强不服输的心。他不仅是不断琢磨、钻研、思考的人，也是很有哲思、思维还很跳跃的专家。几个月里，他基本没有回家，就住在实验室里。看到一次又一次的失败，他几天几夜难合眼，冷静观察、反思，带上助手检查项目研发的每个环节。科研工作环环相扣，要求技术参数不能有毫厘之差，有时严得不近人情。

刘胜田的女儿已上高中二年级，需要精通中学数理化的父亲来辅导课程，但女儿一天到晚见不着父亲，就产生了一种埋怨情绪。2021年元旦，刘胜田才回家一趟。

“女儿，爸爸工作忙，很长时间没见到你，学习咋样？”刘胜田问女儿。

没想到女儿噘起了嘴，很不高兴地说：“你又不管我，我的学习咋样对你来说重要吗？”

女儿的话像刺一样扎在心上，让他有一种淡淡的忧伤。

刻苦勤奋、顽强严谨、创造性十足的刘胜田带领团队通过呕心沥血的付出，攻克了很多技术上的障碍，取得了决定性的突破，终于得到了坚实的回报。2020年10月，他们研发出0.5T磁共振成像系统样机。

这是个金色的秋天，邢志强看到0.5T磁共振成像系统样机时高兴地拍拍这个人的肩膀，又捅捅那个人的胸脯，嘴里一个劲儿地念叨："太好了，太好了！"

他握着刘胜田的手，说："我看中的就是你这股子劲，以后还得加把劲！"其实，刘胜田万分高兴，但心想：这次研发工作取得成功，凝聚着大家的奋斗和创造，成就不属于哪一个人，是属于每一个人。

新的领导班子上任以来的短短两年里，实施"瘦身健体""四降两提"工程，使企业减亏治亏取得重要突破，焕发出强大的生机和活力。这种变化，源自对工作目标的明确、工作重点的把握和工作方法的对路。对于这样亏损的企业，如果说减亏治亏是工作目标，那么"四降两提"工程就是其重要手段，转型发展则是他们的工作重点。鲜活的实践告诉人们，"四降两提"工程精准施策，直指当前最突出、最棘手、最迫切的关键问题，为减亏治亏提供了方向和路径，是推动企业高质量发展的对症良方。

第五章

重振雄风

多年来，包头民营稀土企业或从零起步，或从低谷中走出来，在狂涛巨浪中凌驾风帆，奋力拼搏，将心血与汗水倾注稀土业，成就了包头稀土事业的发展壮大。近年来，他们在稀土业创新转型发展中经受住新的考验，逐步走向实现自动化、智能化、提档升级之路，再振雄风，成为包头稀土业的半壁江山。在这一章节中，向读者推介包头市金蒙稀土有限责任公司、包头金山磁材有限公司、包头市新源稀土高新材料有限公司、内蒙古新雨稀土功能材料有限公司等几家企业老板注重创新转型发展，冲破障碍，战胜困难险阻的感人事迹。

一、勇气开拓

敬请亲爱的读者首先阅读共产党人、企业家孙喜平勇于开拓、奋发向上的人生和他的智慧与哲思。

笔者清晰地记得，2020年6月18日，采访包头市金蒙稀土集团（以下简称金蒙稀土集团）董事长、党委书记孙喜平的情景。他眼神坚毅，动作利落，性情爽朗。当时，我觉得在他身上有一股不服输、永不言败的硬朗劲儿。他谈自己用热血书写春秋的历程，谈创新转型的雄心壮志，谈走向成功的密码。他的奋斗历程、人生智慧和富有哲理的语言，让当时的我为之一振，感受到蕴含其中的深沉的爱、宏远的目标和赤诚的梦想。

（一）生命的回声

人生拼搏，才会在汗水中结出硕果，才会展翅凌空。孙喜平在步入稀土业创新转型之路以来，在奋斗中磨砺生命，用才智和心血书写了壮美而螺旋式发展的人生历程。

金蒙稀土集团旗下有包头市金蒙稀土有限责任公司、包头市金蒙汇磁材料有限责任公司、巴彦淖尔市同晨新材料有限责任公司等十几家公司。

如今，金蒙稀土集团里回荡着蓬勃的生机，书写着新的荣光。

（二）心坚石穿

包头市金蒙稀土有限责任公司（以下简称金蒙稀土公司），创立于2000年10月17日。金蒙稀土公司是金蒙稀土集团发展壮大过程中的原点，也是孙喜平乘风破浪再度扬帆的转折点。

金蒙稀土公司成立至今，在二十几年的光阴里，已发展成为主要从事高性能烧结钕铁硼磁性材料和黏结钕铁硼磁性材料的生产与加工的企业，产品应用于航天、通信、汽车、医疗器械、计算机及智能制造等领域。

1987年，孙喜平毕业于内蒙古大学，之后在包头稀土应用技术研究所工作5年。

工作期间，孙喜平先后多次赴白云鄂博矿区考察。

塞外的狂风，吹开孙喜平思索的风帆；稀土之乡的雨露，成为他征途中的甘泉。不经意间，他喜欢上这里的粗豪、富饶和神圣，不免总用爱的眼光打量它、审视它。与此同时，他用东方的文化哲学思维去思考和研究有17种稀土元素的丰饶的白云鄂博矿。作为在大学里攻读稀土化学专业的稀土研究人员，孙喜平通过几年的沉淀和积累，具备了前瞻性思维，用能够带动整个包头地区稀土科技和产业发展的眼光去研究稀土，努力找准具有战略意义的稀土研发方向。他深入白云鄂博矿进行考察时，发现白云鄂博矿区具有多金属共伴生的优势。于是，他打算开拓技术研究的思路，提升自主创新能力。再则，他发现这里存在着对有价元素均衡利用不够合理以及浪费、污染严重的现象，对改变这种局面有了使命感和紧迫感。他想到包头地区稀土企业和周围的百姓，还有他研究的项目与白云鄂博矿将发生千丝万缕的联系，这种神圣的责任心和良知，使他难以平静。

包头市领导知道攻克这种技术难题的重要性，也希望具有高科技知识结构的专家和团队，用现代化设备和创新技术去不断探索和攻关。当时，孙喜平深感综合利用白云鄂博共生矿的战略意义，于是，怀着雄心壮志，自告奋勇，承担起这项重要任务。他带着百折不挠的自信，投入紧张而有序的科研工作中，以创新技术为背景，通过多次研发，寻找突破口，找到症结所在，奋力从源头上解决这一问题。

孙喜平针对白云鄂博矿稀土资源开发过程中存在的伴生资源浪费、环境污染、稀土产品附加值低、轻稀土资源应用失衡等问题，对稀土矿清洁选矿冶炼新技术、湿法产品功能化等方面进行了几年的基础研究和应用研究，为稀土业科技创新和转型升级服务，取得了研发进展。

几年的奋斗没有消磨掉孙喜平的生命力，他的奋斗精神更加旺盛。

孙喜平凭借活跃的思维和好奇心，提出要采用交叉学科的思路开发新工艺，改变包头稀土生产中使用40年的高污染浓硫酸焙烧工艺，将造成污染的"元凶"做成可利用的产品，变废为宝，提高资源利用率，降低环境污染，促进包头稀土产业发生历史性变革。

他说："稀土是内蒙古的特色优势资源，稀土产业是自治区六大支柱产业之一，然而近40年来，稀土冶炼工艺一直使用浓硫酸高温焙烧工艺，长期存在着严重三废污染问题，精矿中宝贵的伴生资源氟、磷、钍不仅没有回收，反而成为污染的'元凶'。当看到稀土冶炼三废污染问题已经成为制约稀土行业可持续发展的瓶颈时，我心焦如火，坐立不安。作为一名稀土技术人员，我不能碌碌无为，而要勇敢地担负起探索未知、解决这个瓶颈的艰巨任务。"但是，当时包头市缺乏资金、高端设备和顶尖专家，他的建议被搁置，愿望没有能实现。那时，有一种深入骨髓的空虚和惆怅感向他袭来。

1992年7月，孙喜平放弃"铁饭碗"，下海创业，开始了人生的冒险。他回忆这段历程时说："当时，我凭借8000元的资金创办东河华运化工产业实验厂，从事稀土废料回收产业，收到了第一桶金。之后，我到白云鄂博矿区承包京磁稀土责任公司。我承包经营这家稀土企业的目的是想积累殷实的家底，为将来的创业打下坚实的基础。但我在稀土事业上有了起色，遂下决心改变自己、改变命运时，有一种看不见的危机埋下了伏笔。2012年，我组建成立产学研合作团队，利用闲置的设备和新技术选矿，开发稀土精矿分离。于是，就像开始打一场战斗，我们各就各位，精心操作，集智攻关，力争早日轻车熟路，马到成功。我们住在破败的平房，吃些粗茶淡饭，在脏、苦、累的一线日夜奋战，一干就是5年，度过了艰辛的生活。尤其是冬天，这里万木凋零，天气寒冷，棉袄被寒风吹透，帽子、衣服上都挂着冰凌，胡须、鬓发都沾着冰霜。还有灰尘飞扬，使人睁不开眼，喘不过气来。2013年夏天，雨季来临，雷鸣电闪，豆大的雨点打下来，一连几天暴风雨袭击我们低矮的房子，在住处和选矿现场处处泥水没脚，但我们为了实现有价值的创造，战胜了一切困难，一直坚持。公司员工勤劳朴实，吃苦耐劳，但他们中的多数人文化科技水平有限，对新技术、新工艺的原理吃不透、不顺手。有的人以为，这些新技术新工艺与他们不沾一丁点儿边最好，省心省事。此外，我们团队中有些技术人员自视清高，不能跟工人打成一片，也影响选矿与分离的质量和进度。习惯于风浪中锤炼的我觉得这样下去将会前功尽弃，一败涂地。我想到，人类的认知能力是有限的，咱们的工人也好，技术人员也罢，都是为了发现未曾发现的东西而走到一起的，要有团结奋斗的宽阔胸怀和睿智的信念才能策马前行。因此，我和有关技术人员耐心地向工人讲授理论，讲解关键性技术，让他们'换脑筋'，尽快掌握新技术和工艺原理及特点。接下来的日子里，这些工人在实践中掌握了新技术，并将技术应用到开发精矿分离的试验中，堪称创造了奇迹。"

孙喜平在经营企业的几年中，无论走到哪里，都像夏天里的一棵树，冬天里的一盆火。他的性格开朗幽默，经常编顺口溜，并且以顺口溜跟工友们交流情感，达到心领神会。

孙喜平一直以来都向白云鄂博矿区缴纳了足额的资源税款，但是公司所在地处于白云鄂博矿区与达尔罕茂明安联合旗的地界上。由于地界不清，在资源税缴纳的问题上，两地之间产生了严重的纠纷。有一天，达尔罕茂明安联合旗一帮不明真相的人袭击了公司的厂房和设备，使那里一瞬间被毁于一旦。孙喜平心里猛地一沉，不知所措，感到身无所倚。这样的灾难性事件猝然而至，让孙喜平遭受了毁灭性的打击。此后的一段时间，公司一蹶不振，经营进入低谷，出现了严重的亏损，外债已达160万元。在当时，这笔债务对孙喜平来说是个天文数字。孙喜平来到公司后，发现员工的情绪低落，大家都扬起脸看着他。然而，孙喜平的精神却变得强悍，他扬起浓厚的眉毛，以锐利的目光从在每个人的脸上扫过，看了每个人的表情，之后庄重地说："有人以为这个灾难折断了我飞翔的翅膀，已回天乏力了。他们想错了，这场灾难不会压垮我的脊梁，我会用铁蹄踏破这些艰难困苦，奔向远方。这是我深思熟虑后发出的生命之呐喊和铿锵的誓言，我将把这个誓言付诸实践。我们都是一家人，要一起昂起头，迎接新挑战，一起重新创业！"

孙喜平没有被命运扼住喉咙。2000年春天，他率领几十名职工在包头市昆区哈业脑包镇新光三村创建了金蒙稀土公司。这是城市边缘尘土飞扬的空间地带，也是既落后又淳朴的地方。他来这里开展第二次创业，回顾"来路"，探索"去向"。他没有回到人生的原点，在历经一次磨难之后，有了一种跟以往不同的理念：不只是考虑他自己，而是考虑全体员工，并以自己的人格魅力影响他人，与员工同甘共苦，共同去开创新天地，迎接新的阳光。

在第二次创业中，他栉风沐雨，克服难以想象的种种困难，跨越了难以数尽的重重关隘。

金蒙稀土公司刚成立时，技术力量薄弱，生产工艺落后，设备陈旧，只能进行钕铁硼的简单加工工作，严重地制约着他们的生产向前蓬勃发展，企业的活力也不能得以正常发挥。

2001年底，企业亏损的无情现实出现在孙喜平面前。这一敏感问题在全公司引起了一场不小的风波。如果继续亏损，就连最基本的生活都难以维持。因而，有些员工想方设法跳槽、调离，还有个别工程技术人员要求辞职。孙喜平召开全公司员工大会，掷地有声地说：
"企业遇到暂时的困难并不可怕，可怕的是企业没有凝聚力，大家缺
乏信心。我是个爷们儿，也是个老板，对开局之年企业就出现亏损之
事，让你们提心吊胆，我本人也很难过，但我有决心，砸锅卖铁也保
证企业正常运行，保证兑现员工工资，保证企业的技术创新和设备的
更新换代，不达目的决不罢休！"

很多职工决心跟着孙喜平干，跟着他抗争命运，改变自己的命
运，也改变企业的命运！

只有对症下药，才能妙手回春。孙喜平准确把握形势，围绕存在
的突出问题，安排当务之急要做的事情。首先，稳军心、暖人心、筑
同心；其次，筹措资金，兑现员工工资，解决临时的生活费；最后，
要技术创新和更新设备。这些工作说起来容易，做起来却很难。他在
关键时刻冲上去，在危难关头豁出来，高举精神旗帜，在不断解决问
题中实现了自我超越。为了打开员工的心房，孙喜平在召开多场会议
的同时，挨家挨户走访，深入员工之中，说掏心窝子的话，并认真地
听取他们的意见和建议。他对企业员工恳切地说："我们是同一条船
上的骨肉至亲，只要我有一口气，就不会让你们受委屈！"孙喜平将
发展方略和工作思路及时做出适当的调整。自此，有些员工终于不再
抵触，而是逐渐理解他、信任他，心甘情愿地跟他一起克服困难，迎
接新挑战。

解决员工工资和更新设备的资金从哪里来？去哪里找那些研发新
技术、新工艺的高端人才？一段时间下来，孙喜平寝食难安，煞费苦
心，寻找绝处逢生之路。其间，他猛然想起一位哲人说的一句名言：
现在科技改变世界，然而科技背后的思想才能改变科技人员的精神世
界。这句话使孙喜平陷入沉思，看似一个有趣的悖论，却如一缕阳光
照亮了他，使他超越了局限，开启了哲思，拓宽了视野。接下来，他

通过盘活资金，增加资本存量，以高薪聘请高端人才，开始研发新技术、新工艺。他还招聘了新员工，开发了新项目。此时的孙喜平有了脱胎换骨的变化，不仅以自己的修养、品德、作风影响着员工，而且总是用欣赏的目光、包容的心态关爱员工，激励、培养、训练他们，同公司领导成员和技术专家以心相交，调动了他们的潜能和创造精神。

2000年7月至2003年，孙喜平创建的公司开创稀土精矿焙烧生产线、稀土萃取分离生产线，具备年处理稀土精矿6000吨、萃取分离稀土1000吨的生产能力。

2003年，孙喜平创建公司，在实际生产中，针对难点问题组织专项技术攻关小组，全方位检查质量缺陷，解决产品质量提升的瓶颈，发挥好每条生产线的优势。在积攒实力的关键时刻，公司的化验室却突然爆炸，使他震惊不已。但孙喜平的生命力超乎想象，他有锐气、有冲劲，认真组织处理这次突发事故，以工序控制为核心，强化过程管控，不断补齐短板，提升产品质量，提高了产品的市场占有率。就在这一年，孙喜平还清了160万元的外债，也还清了拖欠职工的钱款。

自2004年以来，孙喜平作为公司董事长，专注既定的产业与产品领域，实现创新，进一步实施转型升级，争创领先。他认为，制造业的核心和灵魂就是创新，就是要掌握关键核心技术，但也不是拥有了创新技术，掌握了关键核心技术就可以坐吃山空。企业还得注重健全由产业换档升级、市场营销、合作模式、人才培养、激励机制等各方面组成的综合创新体系。

2004年，孙喜平带领公司的科研团队，攻克萃取分离技术（生产单一稀土的传统工艺）难关，实现了规模化生产，具备年处理稀土精矿10000吨、萃取分离稀土10000吨的生产能力。2005年，孙喜平带领科研团队研发新的萃取分离工艺路线时，避开硫酸稀土溶液中加碳酸氢铵制成混合碳酸稀土，之后又避开制成氯化稀土溶液等环节，从硫酸稀土溶液这一环节，直接研发出P204萃取分离技术，杜绝污染，减少废水排放。当年，公司还建成稀土氧化物生产线，具备了年处理焙烧稀土氧化物4500吨的生产能力。

2006年，对金蒙稀土公司来说，是实施一项产业转型重要项目的关键年份。这一年，他们研发出联动萃取分离技术，走上稀土产业高质量发展的新路。联动萃取分离是一种多组分萃取分离流程中分离单元的工艺衔接技术。他们根据分离单元产生的难萃组分（水相）和易萃组分（有机相）萃取顺序，经过合理配置充当其他分离单元的洗液、反萃液和有机相使用，过程要求分离流程各分离单元整体联动运行。当时，对他们来说，开发这种产业转型项目是个难以攻克的技术难题。孙喜平带领科研团队连续两三个月奋战在中试生产线上，呕心沥血，苦思冥想，实验数十次，眼睛熬红了，身体也消瘦了，却总是以失败告终。董事长孙喜平在内蒙古大学学稀土化学，质量部部长王志强在兰州大学学化学，他俩在这里并肩战斗，共同研发出一些新技术，可以说，他俩在稀土萃取技术研发领域已熟能生巧，但这次却遇到难以跨越的沟渠。接下来，他俩跟科研团队人员一起吃住都在公司里，找准方向，继续攻坚克难，向科研的广度和深度进军，但他们还是失败了很多次。历经多次的失败和徘徊的痛苦，他们难免产生一种焦虑之情。孙喜平用焦灼的目光看着王志强，发现王志强清瘦的脸上也写着同样的焦虑。后来，王志强看到在孙喜平睿智的目光中充溢着立志创新创造的信心。王志强深知，由于研发是一项艰辛的工作，因此，缺乏耐心和信心，将一事无成。即使有才气，但缺乏耐心，研究就会不深。如果信心强，就能有比他人更深入的追求，最终会到达成功的彼岸。王志强也有不轻易放弃的信心，变得更加沉着、坚定。后来，他们用各种理性方法分析失败的原因，找到突破口，使每一次的失败都向成功迈进一步。根据分离单元产生的难萃组分（水相）和易萃组分（有机相）萃取顺序，经过合理配置充当其他分离单元的洗液、反萃液和有机相使用，使分离流程各分离单元整体联动运行，宣布初战告捷。当年，公司开发的产品包括稀土焙烧矿、稀土氯化盐、碳酸盐、氧化物等20多个品种，单一稀土产品的纯度可满足99.9%及99.99%的不同规格的要求。2009年至2020年，孙喜平带领科研团队自主研发"高纯、高稀土总量碳酸铈的制备方法""低铁高比表面积氧化镧铈制备方法""氟化稀土生产系统""稀土矿硫酸强化焙烧混酸废水处理系统""稀土碳酸废水处理系统"等稀土创新转型项目。

2014年，北方稀土整合重组稀土民营企业时，孙喜平带领的金蒙稀土公司被列入整合对象。在波澜壮阔的时代背景之下，孙喜平个人的命运与企业的兴亡联系在一起，既有悲又有喜。在这关键时刻，是要拿出几个亿的股份走近被整合的队伍，还是关停企业，赶走员工，拿着积攒的资本和股份，过上踏实而与世无争的日子呢？这对孙喜平来说是个残酷的选择。正深陷难择时，他的亲戚朋友劝说："你已经历了伤和痛，苦和累，还要去体味那个被折腾得令人泣血的日子吗？"

2014年初春的一天，有位稀土企业老板找到孙喜平，他抿着嘴笑了一下，睁圆了眼，露出犀利的目光，一个字一个字地说："老孙，你我是多年的老朋友，这次稀土企业的整合是冲着咱们这些民营稀土企业来的，有一种从我身上割肉的感觉。咱们是命运共同体，只要共同抵挡这次整合，他们也拿咱没办法！"他说完又睁大眼睛紧盯着孙喜平，等待他的表态。孙喜平感到为难，不知说什么好，但内心唤起久远的回忆。人贵知心，他从自己的座位上移到这位老朋友的身旁，抿着嘴笑了一下，又摇了摇头，心平气和地说："老朋友，多年不见，甚念。但依我看，这次的整合对国家、对企业、对员工都有利，如果逃避整合，那么也许只会演一出丢了西瓜捡芝麻的戏，请您斟酌！"

那段日子，在每道晨曦和晚霞里，孙喜平似乎听得见自己的悲鸣，时刻处于痛苦如心碎的状态。然而，热爱职工、热爱包头稀土事业的孙喜平从大局出发，最终毅然决然地选择进入北方稀土整合之列，用自己的生命来捍卫职工利益，为包头稀土事业增添光亮，昂扬地走上了第三次创业之路。2015年4月，北方稀土以相对控股的资本结构收购金蒙稀土公司34%的股权，金蒙稀土公司成为北方稀土相对控股分公司。新的创新创业之路，仍充满着磨难和不确定的因素。他接受笔者采访时，动情地说："我的父母从甘肃逃荒到包头，生了我兄弟姐妹3个。包头成为我永世眷恋的故乡。在我的心目中，包头就是温馨的家园，包头稀土业就是难以割舍的爱。"孙喜平有很多机会可以离开这个家园，离开这个事业，远走高飞，过上富足的生活，但是他一直是爱恋着这个家园，守护着这个事业。他所做的一切，就是在努力践行为家园服务、为事业添砖加瓦的诺言。因此，他没有歇业走向他乡，去享受清闲的人生或另类的生活。企业员工都是跟着他战天斗地、拼死拼活一起走过来的，相互建立了深厚的感情。在孙喜平的心里，那些员工就是他的亲朋好友、兄弟姐妹。孙喜平说："如果我不珍惜这个缘分，真的要离开他们，我的良知会黯然失色，我的心会流泪。"

多年来，孙喜平一直在关心包头师范学院学生的学习与生活。自2000年至2021年以来，他每年自掏腰包拿出5万元，资助20名生活困难的学生。21年中，他共拿出100多万元，资助学生400人次，激励他们努力学习，成人成才。

孙喜平与员工的相遇，不是在路上，而是在心里。笔者在公司上下走走、看看、听听，明显地感到这里的员工心顺、心齐、心胜。员工们说，他们跟孙老板之间的缘分如金。孙喜平说，他的心跟员工、跟包头稀土事业紧密相连。因为他往往与员工同忧乐，勇气长一寸，困难就随之缩一尺。

从2012年开始，孙喜平带领金蒙稀土公司心无旁骛地攻主业，同时，扩张规模，搞多种经营，欲在发展中探索新路径。然而，在奔跑中扩张产业时，他们没能够做到近和远、稳和进、质和量的有机统一，导致企业连续几年处于亏损状态。从2011年至2017年，公司累计亏损4000万元。

2018年，孙喜平领导的金蒙稀土公司从盲目扩张产业、贪大求多而力不从心的状态之中解脱出来，重新出发，坚持走专攻稀土磁材的创新转型之路。公司放弃盲目扩张的经营模式，凝聚力量，专搞稀土磁材，蓄势赋能高质量发展，于当年扭亏为盈，坚定奔向第三次创业的收获之路。第三次创业的每一个字都饱含"闯"字当头、"新"字当先，实现"0到1"的突破之深意，也蕴含着赓续不断、再接再厉、奋勇向前的内涵。此时的孙喜平对再出发、开新局、谱新篇有充足的底气和深厚的内力。

金蒙稀土集团旗下的全子公司金蒙汇磁公司主要从事高性能烧结钕铁硼磁性材料和黏结钕铁硼磁性材料的生产与加工，产品应用于航天、通信、汽车、医疗器械、计算机、智能制造等领域，年销售额可达3亿元人民币。2011年，公司抓住机遇，迎难而上，占得先机，扩大盈利规模，为企业的创新发展注入新能量。2016年至2019年，在孙喜平的带领导下，公司完成"稀土永磁材料制备关键技术及精细加工产业化"研发项目，同时完成"年产3000吨高性能钕铁硼磁体"和"年产一亿只粘接钕铁硼磁体"转型升级项目。2020年至2021年，在孙喜平的带领下，公司开展"500吨/年一次成型超强永磁体产业化生产项目"的建设和"智能手机用高性能钕铁硼磁钢项目"的研发工作。

近两年来，在孙喜平的带领下，金蒙汇磁公司明显加快产业转型升级步伐。公司致力于生产风力发电、电动汽车、混合动力车以及控调等高端领域的综合高性能钕铁硼磁性材料制品。第一，开发"速凝甩片（晶粒细化）"项目，大大提升钕铁硼磁性能；第二，开发"晶界扩散（渗透工艺）"项目，降低重稀土金属用量，大幅度降低材料成本；第三，开发"高丰度稀元素的应用"项目，用镧铈金属替代中重稀土，大幅度降低成本，促进稀土的平衡利用。

截至2016年底，北京三吉利新材料有限公司主导产品钕铁硼合金薄带年生产能力达到5000吨，成为国内最大的钕铁硼合金薄带专业制造商，在产品质量、性能等方面均达国际先进水平，产品出口日本及欧洲的部分发达国家和地区。

2017年，成立北京三吉利新材料有限公司包头分公司，拥有了世界最先进的铸片工艺技术及设备。

时间推移到2021年，金蒙稀土集团已发展成国内唯一的稀土全产业链服务的供应商，科技创新和产业转型达到新的高度。金蒙稀土集团研发的稀土高科技产品闪耀出宝石一样恒定的光芒。

（三）慧心与哲思

孙喜平说："大事业须做大准备。2011年，在公司盈利规模扩大的情况下，我以为自己很有能力，不由得膨胀起来，让企业盲目扩张，将4000万元打水漂，导致公司陷入低谷。我从失败中感到，一个人或一家企业不仅要坚持一个目标走到底，而且求精比求大求多好。在产业化进程中，如果按错一键，走错一步，都有可能发生几千万的损失甚至倾家荡产。"

天有阴有晴，事有败有成。孙喜平说，成功与失败相伴。大事业须做大准备，也需要周密的思考。他因盲目扩张而失败，是由于缺乏周密的思考。搞产业化，如果缺乏充分的准备和周密的思考，就不会有好的基础研究、小试生产线、中试生产线和生产工艺。对一个人或一家企业来说，失败并不可怕，可怕的是他们恨天怨地和抱怨命运不公，而不去总结、认识、剖析自己，改变自己。

孙喜平是个铁骨铮铮的汉子，纵观他的人生历程，有大起大落，也有跌宕起伏，但他没有被命运击倒，而是仔细审视人生，重新站立起来。有许多似乎不可逾越的艰难困苦最终都被他成功逾越，让世人看到他螺旋式上升的奋斗历程。面对困境，甚至是残酷的失败，他都能够保持乐观而坚定的人生态度，展望未来，迎接新机遇。这些情况的背后体现了一种精神上的站立，他说："世上没有完美的人生，但只要你有坚忍不拔的探索精神，最终就会成为自己命运的主宰者和生活中的强者。"

孙喜平认为，要取得成功，就要转变观念，与时俱进。管理就是服务，董事长、总经理的责任在于确定企业的发展方向，要创造一个能够包容不同经历与背景的人和各种不同意见，推崇采用不同方法去解决问题的文化多元企业组织。

孙喜平说："我来自社会底层，公司员工也都是来自社会底层，我们是命运共同体，公司给他们创造锻炼成长与出人头地的空间，让他们感受到自己是企业大家庭中的一个重要成员。同时，要培养他们的使命感，确保有一个能唤起企业内每个人共鸣的发展远景，并让每个人知道自己在完成这个远景的过程中，应该承担起怎样的责任和使命。"

二、再展宏图

在包头金山磁材有限公司办公楼，笔者采访了共产党员、公司董事长靳树森。他慈祥善良，态度从容、心态平和。他的灵性接近泥土的禀性，朴实、真诚。

如今，年过古稀的靳树森仍在过着终日劳碌的生活，忘记了曾经拥有的荣耀、功绩和年龄，也忘记了曾经经历的艰辛和烦恼，去迎接新的黄金时代的到来。他幽默地说："我的第一个青春是父母给的，第二个青春是自己创造的。"他的同事评价他说："他有坚定的信念，创新的本能，勤勉和思考是他的特长。"

靳树森创建的包头金山磁材有限公司，领导有朝气，团队有士气，企业有人气，呈现出勃勃生机。该公司坐落在包头国家稀土高新技术产业开发区。笔者从办公楼里的公司简介中了解到，这是一家充分依托包头稀土资源优势，引进国内外一流的生产装备和检测手段，重点研发和生产高磁能积、高矫顽力和耐腐蚀性强的钕铁硼产品的国家级重点高新技术企业。目前，他们能够批量生产N54、N52、52M、50M、52H、50H、50SH、48SH、45UH、42UH、42EH、40EH、38AH、35AH等高性能产品。这些产品广泛应用于新能源汽车电机、风力发电伺服电机（设备自动化、机器人）、曳引电机、变频电机、信息产业、医疗设备、轨道交通等高新技术产业。2017年，公司被认定为内蒙古自治区企业技术中心；2018年，公司成为信息化、数字化、智能化试点企业。公司还被评委包头市首批创新引领民营企业和包头市科技"小巨人"企业。

（一）理想的浪花

靳树森是农民的后代，也是太行山的儿子。太行山，是革命的红色摇篮，也是他的起始之地。他从这里出发，像春风一样抚摸着山峦，又像骏马一样奔向远方。

从此，青春的梦在奋斗中闪光。在后来的岁月里，他投入建设家乡和创新转型稀土产业的伟业之中，在一次次的奋争中收获希望和光荣。

1966年5月，靳树森加入中国共产党，向党组织发誓：无论今天还是明天，自己将成为最积极、最有生气、最能冲锋在前的力量，报效祖国和人民。

靳树森向笔者讲述他走过爬过的道路之艰和创业创新之难。

1993年，对靳树森来说，是难忘的一年。就在这一年，他从海南一家军工企业的子公司——东华工贸有限公司调到山西国营4393厂，担任厂长、党委书记。当时，他的爱人不同意他从改革开放中的海南转到处在相对封闭状态中的太原。

靳树森从海口飞到太原机场时，4393厂派车接他。小车在半路上发生故障，跑不动了，他和司机推着车进入工厂的大门。他入住的工厂招待所非常简陋、脏乱，房间锁头生锈得锁不上门。

4393厂是一家军工企业。靳树森回忆当时的情况，说：“该厂已深陷困境，好几年处于停产状态。有很多员工外出打工或在本地打零工养家糊口，但他们不愿看到工厂倒闭和破产，而是期待着工厂早日起死回生、恢复生产。我上任的第三天，有一名老职工患重病住院，当我看到他因交不起住院费而为难时，我自掏腰包替他交了1500元。治病期间，我去探望过几次。后来，他痊愈出院。我赶到他家慰问时，他的老伴给我跪下说，家里一贫如洗，实在是还上垫付的钱，请谅解。我立即扶她起身，说这笔不是垫付的，而是替你们交的，你不用还钱。"

组织上曾考虑派些能人去拯救这家风雨飘摇的工厂，但没有人愿意接手这个这烂摊子，不仅受苦受累，还担风险。靳树森深知这个情况，也有过担心，但一个共产党人强烈的责任感使他消除忧虑，最终毅然决然地挑起重任。当时，人们并没有看好这个资历尚浅的新掌门人，但他却相信事在人为，只要付出百分之百的努力，就会有丰硕的果实。他这份倔强和勇气，给一天天萎缩和衰落的工厂带来了复苏的希望。

20世纪90年代初，科技进步日新月异，知识更新不断加快，在前进的道路上，各种新情况、新问题、新矛盾层出不穷。靳树森把学习当作一种工作责任、一种生活方式、一种精神追求，在常学常新中加强理论修养、提升精神境界，还要加强对工业经济、知识经济和稀土产业的学习和研究。通过学习，靳树森认识到，在改革开放的大潮中，在中国向前迈出的每一步中，都有轰鸣的机器声和繁忙的流水线。1980年，中国制造业增加值占世界总量的1.5%，仅为巴西的一半。1990年，中国制造业增加值首次超过巴西，位列发展中国家首位。中国在世界经济中地位的提升，主要是靠制造业来支撑。

靳树森还认识到，工业创造的财富比重很大，对整个社会的贡献也很大。工业生产着无数种产品，当技术进步率比较高时，就会支撑国家长期的经济增长。人均收入的增长有两个来源，一个是增加人均资本存量，另一个是技术进步。技术进步从哪里来，主要靠工业和实体经济的发展。

靳树森作为共产党员、工厂的掌门人，关注的是企业进步的方向、前景、目标、目的和效果等重大事情，他与领导班子成员一起探讨工厂的革新、独辟蹊径、重振雄风、开拓未来的问题。他了解工厂的兴衰历程，了解钕铁硼的开发、经营情势，以及这里曾拥有的专业技术人员、管理干部、工人队伍的基本情况。钕铁硼是"磁王"，不仅得到稀土界的青睐，而且它的应用领域越来越广泛，但是这家工厂所生产的钕铁硼产量很低，没有形成规模，不足以改变这种不景气的状况。靳树森通过艰辛努力争取到国家的扶持，加快技术改进，加大技术创新力度，同时，与香港一家公司合作，迅速扩大了钕铁硼生产的规模。

就在这个老树添新枝、老厂换新颜、绝处逢生之际，香港合作方董事长不见了。直到银行上门要求还贷时，靳树森和员工们才发现用于担保的厂子将被法院裁定拍卖抵债。

工厂站在了生死存亡的十字路口，靳树森也站在舆论的风口浪尖。但他是个有正气、志气且清廉的人，没有被金钱、名誉、地位的引诱迷失做人的本性和前进的方向。不该拿的不伸手，不该贪的不要！他被一些人误解，受到埋怨和指责，但他有气量，从不计较别人说些什么，因为他仰无愧于天、俯无愧于地。他守护着工厂的安全，为企业职工遮风挡雨，寻找新的发展机遇。显然，时间让靳树森的正直和清廉品质显露出来，也让他获得了很高的声望。

在靳树森的带领下，工厂引入资本，还建立产生智力资本的社会结构，即动员大家共同出资，进行企业股份制改造，在风险共担、利益共享的同时，组织员工集资，还清了债务，使工厂轻装前行。此外，他们还建立产生智力资本的社会结构，走向企业转型发展之康庄大道。他认为："智力资本之意，即创意、革新能力、知识水平和专业技能。建立产生智力资本的社会结构，是工厂成功的又一个关键所在。"在这种氛围下，员工成为富有创造力的群体，能够更加精力充沛、无所畏惧地发挥自己的才能，成为企业珍贵的力量源泉。接下来，站在国家大力发展新兴产业的战略节点上，多种高性能磁铁产品陆续投入批量生产。从此，工厂每年都上一个新台阶，成为山西省钕铁硼生产的龙头企业，企业效益和职工收入双增长，并带动"山西磁材"品牌的崛起。

在靳树森的领导下，企业重启钕铁硼生产的同时，推出计算机电源产品，在北京中关村专卖店销售。然而不久，三角债务困扰企业的发展，阻断他们新的发展之路。后来，企业凭借靳树森的新思路，将计算机电源产品打入客流不断的王府井，他们的产品柜台很快在王府井占有一席之地，直接面向广大顾客，不仅增加了效益，还避免了三角债务。接下来，又在广东创建金河电子器材科技有限公司，成立当年产值就超过400万元。后来的几年中，该公司年产值一直都保持在七八千万元。

靳树森先后被评为山西省大同市"十佳党委书记"、山西省"优秀企业领导"，还被选为太原市党代会代表。凭借自己的威信和才能，他还担任山西省钕铁硼联盟理事长达十多年。其间，他经常跟包头稀土联盟进行交流，建立了友好关系。

（二）壮志凌云

2009年，包头举办稀土展销会。之前，包头市有位领导找到靳树森，邀请他到包头参会。靳树森带领40多家企业老板参加展会，看到了包头稀土产业发展的广阔前景。靳树森感觉到，第一，包头稀土资源丰厚，这是稀土制造业发展的基础原材料；第二，这里有国家级稀土高新技术产业开发区，在向稀土企业提供优质服务的同时，营造了优越的招商环境，制定了一系列优惠政策，如有购置土地和使用电价相对便宜的优惠政策；第三，包头市委、政府及各级领导都热诚地邀请他到包头创业，激起靳树森创新创业理想的浪花；第四，包头气候干燥，很适合钕铁硼的生产和产业发展；第五，这里生产出的产品有足够的消费市场承接。

包头在召唤，等待着雄鹰飞翔。靳树森自此便有了把工厂迁到包头，寻找新商机，打造更大更现代化的稀土航船之宏愿。但是，这种宏愿没有得到家人及亲朋好友的支持，他们都在劝说："您已是年过六旬的人，该享受人间清福，安度晚年。何必到那个人生地不熟的地方搞什么创业，是土地爷挖黄连根——自讨苦吃，闹不好把老命都搭上。"但靳树森有股不服输的韧劲，在有生之年要建成一个中国一流钕铁硼企业是他的梦想。他人老骨头硬，想好了的事，十头牛都拉不回来。

靳树森真的要告别太原时，一种依依惜别之情涌上心头，这里已成为他一段不舍的记忆。但他的告别是在寻找另一个家园，是为了在稀土业的转型发展上有新作为，再上一个新台阶。他就这样义无反顾地走进包头，拥抱崭新的事业。然而，第二次创业需要勇气、担当和谋略。

万事开头难是人类在多年实践中得出的真理，一切事情都始于开头，开头决定事物的走向。

2010年，靳树森看到，中国制造业总产值超过美国，居世界第一。就在这一年，靳树森创立的稀土企业登记注册，他的人生有了新的转折。他不仅为国家制造业繁荣发展的新形势感到欢欣鼓舞，而且怀着拓展稀土事业的远大理想，开启了第二次创业之路。

然而，就从企业登记注册的那一刻起，麻烦事一个接一个地向靳树森袭来。

雄心不取决于年岁，正像青春不一定都属于黑发人。当年已64岁的靳树森面对各种麻烦和困扰，以跬步千里的雄心壮志，披荆斩棘、拨开云雾，一天一个起点，不断向稀土事业的巅峰迈进。

2011年4月，靳树森领着一名司机和一名会计在阿尔丁大街地税小区租了一套房子，用几天时间去勾画厂房及办公楼的图纸。画图纸是具有独创性的思维活动，也是靳树森长期实践的积累和偶然得之的精神产品。他说："我是个书画爱好者，过去画过很多幅画，对画图纸也很感兴趣。在那些日子，我走路、吃饭，甚至在梦中，都在绞尽脑汁构思图纸，兼顾它的实用性、现代性和艺术性。钕铁硼材料生产发展很快出现了很多新工艺，设计院对此并不熟悉，只能由我帮助他们拿出一个好的设计方案。这个方案主要包括工厂的整体布局、厂房设计以及工艺路线、设备的配置和科研中心的设计。"面对一切常识性、技术性的东西，他不敢有丝毫马虎，每个细节都要考虑清楚，对没有把握的技术问题，就详细记下来，查阅资料，并向专家请教或听取班子成员的意见。后来，在他画图的基础上，某设计院顺利完成了厂房和办公楼的设计图纸。

遇事能肯干，有难非难。1990年，靳树森做胆囊切除手术；2006年，做阑尾炎手术，留下了些后遗症；2008年，发生车祸。至今他的身体仍不舒服，尤其是累了或天气有变化时，身子骨就疼痛得厉害。他来到包头之后，不适应当地的生活和气候，时不时犯胃病，不停地拉肚子，低血压症也找上他，折磨着他。2011年10月，有一次他到工地查看开工建设情况时，突然晕倒在地。但他挑战自己，一边吃药，一边含辛茹苦地坚持劳作。就这样，他把苦换成甜，不停地为企业奔波。

2012年初春，靳树森的企业圈下了地段，当看到春风里蓬勃萌动的绿意，他眼角的皱纹里蓄满了笑意。

圈下地段之后，靳树森接续要做的事还有很多。他是位目标远大、胸襟博大之人，不准小打小闹，而是要规划新建两座规模大的现代化厂房和一座办公楼，然后陆续购置先进的机械装备，还要招到一批熟练工，调整和优化人才队伍。此外，他还寻找新技术突破的切入点，优化产业结构，加快转型升级步伐。这是一个庞大的创新创造工程，也是他心智、才能、体力与毅力的一个较量。

在企业创建、发展、壮大过程中，靳树森遇到了不少严峻的挑战。靳树森制订购置机械设备的方案，购置设备是高投入、高风险的事情。他首先考虑的是如何定制购置国内外先进的高性能设备问题。他还考虑购置环保性能达到欧洲认证标准的机械设备，并处理好随之而来的环保压力等。但董事会内部在购置设备问题上产生不同意见，甚至发生激烈的碰撞。有些成员反对购置价格高的设备，哪怕是品质和性能好，也得坚持量体裁衣。以后企业发展壮大了，也得量入为出。但靳树森的这份自信，生生不息，仍坚持购置国内外先进的高性能的仪器设备。他认为，眼下现代化进程异常迅猛，如果购置那些便宜的落后的设备，就像骑着毛驴追火车——不赶趟了。第一，这种设备达不到欧洲认证标准，将来生产出的产品质量也不会达标，不仅影响产品销路，而且降低企业效益。第二，这种设备对安全生产和环保会带来隐患，还经常出毛病，时不时掏维修费和人工费，还有可能出现挖肉补疮——得不偿失的事。2018年8月，靳树森带着几名董事会成员，冒着酷热，赴上海、无锡、苏州、常州等地的多家稀土企业搞调研，多看、多问，拓宽视野，并拿出了购置先进仪器设备的可行性报告，用实际行动触动班子成员的心灵，沟通董事会之间的情感。公司董事会在购置先进的性能好的设备问题上统一认识，加快了公司仪器设备现代化建设步伐。第三，公司缺乏资金。靳树森说："民营企业资金短缺是个普遍存在的现象，我建厂房、购置设备需要一大笔资金。我出售山西的企业之后有了一笔钱，但这笔钱在包头这座新企业建设中只是杯水车薪。为了筹够资金，我们不知多少次跑银行申请贷款，但我们的贷款申请没有得到批准。在资金最困难的时候，我们积极争取政府稀土业创新转型资金的支持，再加上股东和朋友们的帮助，才解了企业的燃眉之急。"靳树森回忆这段往事，感恩于朋友在他最困难的时候来到他身边，伸出友善之手给予帮助的深情厚谊，说："有的朋友把钱送到我的手上，也用不着让我写欠条，他们的真情让我很感动。他们说我的为人诚实可靠，用不着签什么合同。"第四，在靳树森的带领下，注册成立不到几年的包头金山磁材有限公司已发展成为一家高性能钕铁硼年产量达2500吨的先代化企业；2022年，高性能钕铁硼年产量将达到5000吨，产品质量达到全国一流水平。然而，有的董事会成员不赞成规模化经营，认为高性能钕铁硼年产量保持在1000吨就可以了。他们认为，适度扩大产量可以，但盲目扩张产量，不仅是个滴血的过程，而且一旦销路不畅，资金链断裂，投入的资金、付出的心血将付之东流，要付出沉重的代价。到那时，神奇的诗篇会破灭，沉重的现实会压弯人们的腰，也会催落人们的眼泪。靳树森认为："公司经过周密的调研，发现国内外对高性能钕铁硼磁材的需求量很大，而且随着稀土业的发展，需求量逐年增加。此外，公司的产品质量上乘、性能优良，因此不会存在产品大量积压、滞销的问题。2020年实现2500吨高性能钕铁硼产量，2022年实现5000吨高性能钕铁硼产量，当然会有一定的风险。这条路并不是一帆风顺，而是非常艰难，但一个公司的信念很重要，要有驰而不息的奋斗精神，不能拘泥于老路，要敢于创造新的自我。只要企业管理转型、创新转型发展，拥抱使命召唤，锻造现代化企业，规模化经营，就能更好地为国家、为地区、为员工造福。"

笔者在靳树森的带领下参观了企业氢碎车间、气流磨车间、成型车间、烧结车间、加工车间和公司理化分析中心。在烧结车间，看到他们开发的超高矫顽力磁体。烧结钕铁硼在理论上矫顽力极高，但是实际矫顽力与理论值差距甚大。因此，他们针对市场高端应用产业化需求，开发超高矫顽力磁体。当介绍这个项目的技术路线时，靳树森说："一是合理添加重稀土元素，优化合金成分，探索晶粒细化工艺；二是探索低氧工艺及低温热处理技术，防止晶粒异常长大，使微观组织均匀，保证磁体性能的一致性。"在烧结车间，他们还生产出体积小、性能高的烧结钕铁硼永磁体。这种耐热稳定性好的永磁体，降低其涡流损耗以减轻电机的涡流损耗。靳树森介绍该项目的技术路线时说："一是采用细晶工艺结合自有粉体改性技术获得结构'细'而'匀'的毛坯，强化抗退磁效应；二是采用周向分段分层与特有的胶接技术，增加永磁体等效电阻，降低电机涡流效应。"这个车间的生产线基本实现自动化、智能化操作，车间里的每台烧结炉都安装脱硫过滤设备，使设备排出的二氧化碳大大降低，改善了生产环境。笔者在公司理化分析中心参观时，看到这里研发检测仪器的种类比较全，配置的氧氢、碳硫、材料显微结构、粒度分析、力学万能试验机、PCT、高低温湿热冲击试验箱、材料表面镀层厚度及盐雾等多种分析、测试仪器等实验设备引人注目。靳树森说："这些实验设备均为国内一流设备。检测设备价值1200多万元。"

　　企业作为重要的市场主体，要创造经济社会价值，离不开一个企业家的统率和领导。在新时代，靳树森将弘扬企业家精神，加快科技创新、产业转型升级进程，将实业报国、为社会服务、为员工服务的理想信念融入中华民族伟大复兴的实践中，迸发出强大的生命力。

　　靳树森深知，稀土新材料作为国家产业发展战略规划中的战略材料，发展前景广阔。近年来，稀土新材料及相关产品和技术装备越来越引起世人的关注。他也懂得稀土新材料的具体涵盖范围：稀土新材料本身形成的产业，稀土新材料技术及装备制造业，传统稀土材料技术转型升级的产业等。靳树森说："与传统稀土材料相比，稀土新材料产业具有技术高度密集、研究与开发投入高、产品的附加值高、生产与市场的国际性强、应用范围广以及发展前景好等特点。"稀土产品的研发水平及产业规模已成为衡量一个国家经济、社会发展，科学技术进步和国防实力提高的重要标志，世界各国特别是发达国家十分重视稀土新材料产业的发展。

（三）如虎添翼

没有一番寒彻骨，哪有梅花扑鼻香。春夏秋冬，时序变更，靳树森始终在工作中奔波，他的认知和实践经验在不断积累、增加。不怕人老，单怕心老。年过古稀的靳树森自2015年开始，看到包头不仅已形成了"稀土原料—稀土新材料—稀土终端产品"的产业格局，稀土产业结构逐步往下游产品延伸，而且稀土新材料产业的发展呈现出进入"快车道"的新态势。为此，他的目光放射出更远的光芒。他感到，稀土新材料既是国家产业发展战略规划中的战略材料，又是国民经济诸多领域需要的重要材料，发展前景十分广阔。面对这种新形势，自己绝不能落后于新时代的发展，必须迎头赶上。

技术创新和产业转型发展使靳树森的公司如虎添翼。2015年6月3日，靳树森办理公司的土地购置手续。靳树森迎接更加严峻的挑战，全力以赴地推动产业转型升级，瞄准稀土新材料新产业，规划建设年产5000吨高性能耐腐蚀钕铁硼电机磁钢生产线。2022年，将建成这条生产线，生产出的产品将广泛应用于信息产业、伺服电机（机器人）、新能源汽车、风力发电、变频电机、核磁共振、航空航天等高新技术产业。

技术创新是企业的命根子，也是提升产业链供应链现代化水平的关键。靳树森在实践中感到，加大研发投入，进行科技创新，生产具有核心竞争力的产品，加快产业的转型升级，才能在激烈的竞争中立于不败之地。"对一个企业来说，有两个事情非常重要，一个是技术，另一个是管理。"靳树森说，"这两项要务就像飞机的两个轮子一样，缺一不可。创新就像飞机的发动机一样，是个重中之重的要务。"

靳树森领导的企业步入转型升级、发展壮大的关键阶段之后，提升企业技术创新能力成为迫在眉睫的事情。可是，在企业可持续发展上发力，就要着力提升关键共性技术、现代工程技术的突破能力。然而，提升科技创新能力，需要每年投入巨额研发经费。就在这个需要巨额资金的时间点上，企业再次遇到资金短缺的问题。回顾这段经历时，靳树森说："企业发展到一个新高度时，还会碰上很多坎。碰上要爬过不去的坎时，需要勇气，不是匹夫之勇，而是恒常之勇。此时的企业董事会成员和股东们已变得与时俱进，正创造着新的自我。他们甘愿冒风险，自筹资金，甚至以命相搏，激发了创新活力，肩负起科技创新、产业转型的历史使命。"靳树森在创新创造中看到了一片光明前景。

靳树森不仅努力了解我国政治经济现状，以及科技事业的基本架构，还了解人类历史的大纲和国际问题。不过，在公司技术创新、产业转型中，就如何发挥科技人员的聪明才智方面遇到了一些效果不理想的问题。在这种情况下，他的管理观念渐渐发生转变，在管理好生产经营的同时，更加注重对技术创新与转型发展的管理，加强研发、销售业以及员工的培训。靳树森认为，企业就像奔腾向前的河流，员工就像河床里的水。如果河床里没有水，河流就会干涸、断流，失去生命力。企业没有员工的参与和支持，就不可能发展，员工离开企业也很难生存。在这些员工和科研人员的心里和潜意识中，都有一杆良知的秤，都有靠奋斗实现理想的愿望。因此，靳树森在企业内部努力营造一种有挑战、有希望、有成长、有发展的氛围，不仅让他们有饭吃、有衣穿、有车开、有房住、能赡养老人和家人，生活得更美好，而且充分发挥人的主观能动性，顺应员工日益觉醒的民主意识的情势，实现管理决策的民主化、科学化，进一步注重创新型、应用型、技术型人才的培养，使公司成为人才的蓄水池，释放员工创新与创造的活力。

公司在人才培养上采取了不少举措。在这里以夏峰为例，他是公司引进的研发人员。在靳树森的眼里，夏峰德才兼备，很有发展潜力。因此，公司拿20万元解决他买房子的问题。此外，为了支持他的发展，在他于北京钢铁研究总院院读博士期间，公司保证他的基本工资，同时，其他学杂费也由公司来解决。

公司研发中心有教授、教授级高工6人，博士、硕士研究生5人，中级职称人员20人，形成老中青结合、梯队合理的技术研发团队。公司有完整的研发中试生产线，研发中心的实验设备齐全。公司对研发的投入逐年增加，不遗余力。近两年来，每年投入的研发资金有八九千万元。此外，科研人员的奖励资金达一千万元。目前，公司与中科院包头稀土研发中心、中科院宁波材料所、中科院力学所等单位共同开展稀土产业研究，合作研发项目近20项。2015年以来，公司拥有国家发明专利4项，国际发明专利1项，实用新型专利7项，有两项科研成果通过自治区科技厅科学技术成果鉴定，认定为国内领先水平，其中一项获自治区科学进步奖三等奖。"高频永磁电机用高性能烧结钕铁硼磁钢制造技术"获国家"中国好技术"称号。2016年，产品38AH两次在中国计量院检测，磁能积+内禀矫顽力达到＞74的水平，达到国内批量生产的最好水平。

面对变局，靳树森带领的包头金山磁材有限公司节奏不乱，按照自己的节奏和公司情况去发展，做到短期、中期、长期结合。自2020年来，靳树森对工业信息化建设表现出极大的热情和希望，对信息高速公路有着更为紧迫的要求。他投入200万元加强公司工业信息化、信息化高速公路建设，争取早日实现公司工业信息化的全覆盖，带动创新技术快速发展，让公司飞得更远、更高。靳树森说，进入新发展阶段，在加快构建新发展格局的过程中，必然会遇到新的问题和挑战。不能拿过去的理念、方法看待和解决问题，要有战略眼光和专业水平。比如，公司加快资本运营步伐，积极做好上市的准备工作，这就是统揽公司全局的战略眼光与思维格局。

三、骏马腾飞

冀代雨像一匹骏马在改革创新的浪潮中昂扬腾飞，向着成功的彼岸一路驰骋。

冀代雨是位不忘初心、践行使命的共产党员和企业家。笔者凝望他一往无前、昂扬奋进的身影，领悟到他更加自信、更加坚定地呼唤改革创新，推动转型发展的精神风貌，记录他向上的力量和挥之不去的故事。

（一）智能制造

包头市新源稀土高新材料有限公司（以下简称新源稀土公司）、内蒙古新雨稀土功能材料有限公司（以下简称新雨稀土公司）在董事长、总经理冀代雨的率领下，企业制造、产业模式与企业形态实现根本性转变，充分体现智能制造的巨大潜力，让人刮目相看。

2020年，笔者在新源稀土公司、新雨稀土公司副总经理鲁继涛的带领下，参观这两家公司的自动化、智能化工厂。

在这里，笔者看到他们脱胎换骨，成为非凡，处处闪耀着一个又一个新亮点。

第一，自2016年以来，新源稀土公司、新雨稀土公司连续4年投入近亿元，对企业从原料入厂到产品交付的整个过程，都按照智能化工厂的要求规划设计，对企业全流程、全链条生产均实现生产管理在线监控。在这里，新一代信息技术与先进制造技术深度融合，在制造业产品设计、生产、物流等价值链的各环节中，使数字化、网络化和智能化的共性技术得到应用，赋能产业转型升级、高质量发展。这是一个新亮点。

第二，新源稀土公司、新雨稀土公司研发与生产出纳米稀土抛光材料，改变了国内半导体企业对纳米稀土抛光材料的需求主要依赖国外进口的局面。这也是一个新亮点。

第三，新源稀土公司、新雨稀土公司以绿色环保为主思路，运用"制造流程化、产品高纯化、工艺清洁化"的全新理念，依托技术创新，将企业打造成为高纯稀土行业"领跑者"，成为绿色转型的典型。这又是一个新亮点。

鲁继涛动作利落，思路敏捷，说："这个宏远目标的实现，冀代雨老板追寻已久。虽然无法预知面临的艰难险阻，但他不甘于平庸。他勇于探索和发现，确定一个目标，一步一步往上爬，相信自己定会有登顶的一天。"

笔者看到，新源稀土公司、新雨稀土公司呈现出优势互补、互相守望、彼此照亮、你中有我、我中有你的新态势。当笔者来到工厂高纯稀土纯化车间时，却看不到当班工人的身影，但自动化生产线在正常运转。此时，技术员卢家飞从数码机房疾步走来，微笑着向我介绍该车间的运营情况。他说，该车间以混合氯化稀土料液为原料，经有多级萃取分离为单一的氯化稀土溶液。在分离过程中，实现全自动化精准控制，使镧、铈溶液纯度提升至99.999%以上的工序。2017年，公司对该车间生产线进行了自动化升级改造，结合自动化控制系统，对各物料流量、pH酸碱度、液位进行精准控制和实时监测，把混合的氯化稀土转化为高品质、制备超高纯、低杂质的单一稀土产品。2020年10月，公司再次对这条生产线进行升级改造，产品的纯度从99.999%提升至99.9999%，制备超高纯，技术创新达到国际领先水平。听了介绍，我的心里为之一颤，感觉到这是他们多年养精蓄锐之后所迸发出的创造能力。

接着，我们来到合成车间参观。鲁继涛说，这里以分离纯化后的单一稀土溶液为原料，经碳酸氢铵溶液沉淀为高纯碳酸稀土。沉淀过程实现自动化生产连续固液分离。在煅烧车间，我看到以碳酸稀土为原料，高温煅烧，连续生产出稀土氧化物的一条流水线。在颗粒整形车间（纳米工序）看到，以高纯稀土氧化物为原料，经特殊工艺合成纳米稀土抛光液的流水线。鲁继涛边走边自豪地说，这里生产出的纳米稀土抛光液粒径规格为5~100nm，将主要用于制造半导体芯片、高端光学玻璃、精密光学元件、手机盖板液晶显示屏的抛光。我一边观看一边思忖，这种纳米稀土抛光液是这家公司多年来磨砺和攻坚的产物，是填补国内空白的创新产品，是让国人引以为豪的创新转型的亮点，值得称道。在环保车间，我看到将高纯稀土纯化车间、合成车间、特殊化合物车间生产的工业氯化铵废水经四效蒸发，产出氯化氨固体的一条流水线。这时，鲁继涛指着装在大袋里的雪白色氯化铵固体说，这是2019年企业投资1500万元建成的年处理50000吨氯化铵工业废水资源化综合利用的项目，现已实现在企业工业生产废水零排放的同时，将废水变为化肥，陆续销售到用户手中。此外，在蒸发过程中产生的水蒸气经冷凝返回到各车间被循环利用。参观了这些车间后，笔者觉得这些创新转型成果不是一蹴而就、信手拈来的。在企业的发展进程中，鲁继涛与企业风雨同舟，参与创新转型的全过程，协助冀代雨扎实推进创新型企业建设，当他讲述到车间自动化、智能化升级改造取得的成果，以及实现了自我蜕变的情况时，在他和善的脸上露出了一种自豪的神情。

（二）回眸历程

2001年3月，新源稀土公司诞生。

新源稀土公司董事长、总经理冀代雨看到自己创建的公司能够在大好的春光里开启运营，看到柳树舒展着嫩芽，苍郁的翠柏也换上新装，处处呈现盎然生机的景象，便对未来充满了憧憬。

从此，新源稀土公司在自我挑战中打破常规，完成蜕变，展翅翱翔。

新源稀土公司坐落于包头国家稀土高新技术产业开发区稀土工业园区。

经过20年的打拼，新源稀土公司绘制出一幅壮阔的图景，蕴含着新颖、秀美的内涵。

2020年7月，笔者走进新源稀土公司时，厂房和办公楼掩映在绿树丛中，展现出绿色环保花园式现代化企业的面貌。

新源稀土公司是一家民营股份制高新技术企业。经过20年的艰苦创业和创新发展，该公司呈现出日趋发展的态势。具体来说，他们的稀土产品多样、质量上乘、安全环保，极具发展潜力。

冀代雨向笔者讲述他的成长与企业发展壮大的历程。

1985年，冀代雨结束了两年半的军旅生活，之后被分配到包头市稀土冶炼厂工作。冀代雨刚刚步入"弱冠之年"，但经历了军营的学习和磨砺，并在部队加入党组织，成为一名有理想、有信念的军人。他复员来到公司时，给人留下了富有青春朝气、精干成熟的印象。在这里工作的几年中，他曾在冶炼车间当工人，也从事过销售工作，后来担任销售科主管。无论干啥他都能兢兢业业，也能独当一面。其间，他多次被评为该厂业务能手和优秀共产党员。

1996年，冀代雨离开包头市稀土冶炼厂跟几个朋友在包头创办了包头粤北有色金属有限责任公司，主要从事稀土产品与有色金属的贸易业务。公司成立之初，遇到了种种困难，尤其是在资金上举步维艰。但他觉得，在奋斗的年纪不逼自己一把就对不起金色的青春和人生。因此，他迎难而上，克服种种困难，自筹资金解决资金匮乏的问题，将一分钱掰成两半花，度过了一段艰难的岁月。后来，他为了让以贸易为主的公司转变为产品生产公司，开启了创办新源稀土公司的新征途。但要使新建厂、购置装备、创建稀土产品生产厂家的想法能够得以实现，需要巨额资本和复杂的经营管理系统。就在这个时候，稀土产业境况低迷，亲戚朋友劝他说："当下稀土业如此不景气，你非要盲目上什么项目，就像飞蛾扑火一样，务必要悬崖勒马。"他没有被逆风和回头浪阻止，而是学会思考、斟酌与运筹，勤于创造，勇于奋斗，续写迎难而上的新篇章。冀代雨回忆那段历程时，说："我的成长道路，有曲折和坎坷，充满着艰辛困苦，有喜怒哀乐，也有一般人可能具有的缺点和错误。但艰难困苦成为我的教科书，使我经常审视自己，并认识到创新创业金子般的意义和价值，让我在实践中有了新的发展。"

执着的追求源于信念和精神。在很长一段时间里，稀土氧化物都是新源稀土公司的主打产品和代表产品。他们一直在追求卓越和创新突破。冀代雨说："我们思想的坚定，带来了行动的迅捷。2001年7月，公司完成了年产'3000吨混合稀土和年产3000吨高纯稀土氧化物'项目的立项批复。当年，公司以稀土分离为起点，建成两条生产线并投产，衍生出镧系、铈系、镨系、钕系四大产品系列。"由于冀代雨悟性很高，通过创建生产线，很快成为一个精通业务的行家，抓生产时仿佛每个汗毛都是心眼，浑身都是经验。再则，他有持之以恒、奋力向前精神状态，创造了新源稀土公司的速度和奇迹。2002年10月，生产3000吨的单一高纯度氧化物稀土萃取生产线试车成功并投入生产，实现了纯度99.95%～99.995%的单一稀土产品的生产。

2003年8月，新源稀土公司被内蒙古自治区科技厅认定为"高新技术企业"。2004年10月，新源稀土公司被行业权威《中国稀土》杂志评为中国十大稀土企业之一。2006年，冀代雨荣获全国十大青年创业奖。他为公司培育出的惊人创造力所动情，也流下了感动的眼泪。再后来，他的这种创造力流传下来，对稀土业永续发展带来了新的希望。为此，冀代雨的脸上挂着高兴的笑容，员工们也咧着嘴冲他笑。他决心把美好的青春年华全部奉献给稀土业，决心用大手笔画出更新更壮丽的画卷。

凭借实践，冀代雨觉得，"创新是引领发展的第一动力，科技创新是战胜困难的有力武器"很有道理，更深入理解"企业是市场活动的细胞，是科技创新的重要力量"所拥有的内涵。因此，冀代雨牢牢把握科技创新这个关键变量，瞄准稀土科技前沿和产业转型的方向，不断加大科技投入力度，为传统产业迈向新兴产业加速发力。他对公司员工说："我们公司在具备稳定的生产线的同时，要不断积累资本，积累管理经验，还要进一步加大技术创新力度，突破一两个关键技术，提高产品质量，拉动稀土新产业链，开发新材料。"

冀代雨作为共产党员、企业老板，始终牢记使命，滋养初心，淬炼灵魂，坚决从"三转型"（即从技术转型、装备转型、管理转型）入手，加快稀土产业转型步伐，奋力为地区和国家做贡献。

2007年，在资金紧张的情况下，公司把巨额资金投向研发中心的事，引来了股东们的不同意见，有的股东劝冀代雨不要再做无用的挣扎，有的股东向他提出了尖锐的意见。成功与失败其实就在一念之间，冀代雨调整好自己的心态，坚定信念，坦然面对他人的抱怨和质疑，以严肃认真的态度，有理有据地说服公司股东，并拿出800余万元，在包头国家稀土高新技术产业开发区稀土应用园区扩建研发中心，后来又投入几百万元完善了仪器设备系统。参观此研发中心时，笔者看到了他们出资几百万元采购的具有国际先进水准的检测设备和设备齐全的一流实验室，了解吸纳优秀研发人员的基本情况。这为公司向下游产业链延伸，研发深加工后续产品，助推企业创新发展插上腾飞的翅膀。接下来，公司每年从财政扶持资金中拿出30%的资金投入技术创新的事业中，做强创新引擎，得到政府的肯定和同行的赞叹。此外，他们还制定详细的创新激励机制，使研发中心不断发展壮大，充分激发了科研人员的工作热情和创造性。

在企业管理转型实践中，公司尤其加强对环境保护工作的管理。冀代雨知道，包头市对环境保护的要求很严格，企业环保与清洁生产的达标门槛也很高。但睿智的冀代雨深知，要从稀土里拿出金子来，必须加强环保管理，要大刀阔斧地治理环境污染，持续改进清洁生产，实现绿色转型。只有这样做，自己才觉得心安理得、问心无愧。虽然说冀代雨刚跨过"不惑之年"，但他神形年轻、动作利落、思维敏捷。此时的他已经练就应对各种挑战的能力，充满着激情，也保持着率真的性格。他说服股东要坚决放弃急功近利的想法，制定和完善企业环境保护管理制度，大刀阔斧地治理环境污染，把环境保护工作纳入日常生产经营活动中，又动员企业员工参与到"节能、降耗、减污、增效"工程建设中。

一个月来，冀代雨每天来车间查看"节能、降耗、减污、增效"工程运行情况。有个员工对此感到好奇，就问他："冀总，您有什么指示下达给我们，让我们去执行不就完事了吗？"

"你们年轻人知道什么呀？对公司来说，'节能、降耗、减污、增效'工程就跟打仗一样，需要战前侦察，掌握情报，做到心中有数，才能打胜仗。此外，我还要了解职员的士气以及应对战事的态度和能力。"冀代雨说道。

以"高起点、高标准、严要求"为原则,在全过程、全天候、全员的环保管理过程中,冀代雨发现有个车间主任放松管理,低起点、低标准要求"节能、降耗、减污、增效"工程建设,出现了问题,需要返工,从头再来。冀代雨以严厉的语气对他说:"你应该知道,这次的工程建设就像打仗一样,要以高标准、严要求精心指挥工程建设,需要你率领团队冲锋陷阵,可是你却如此松松垮垮,懒洋洋的,很不严谨,很不严肃,造成了极坏的影响,要立即整改。板子应该打在你身上,并给予黄牌警告。"

2002年7月,公司与包头市煤气厂签订协议,开始使用煤气烧锅、灼烧氧化稀土,不再自己购买动力能源原料以解决产品生产用热需求。这样一来,大幅度降低了能源燃烧过程中产生的废气和残渣排放量,消除了环境污染问题。2006年12月,新源稀土公司再次调整能源结构,正式使用天然气作为清洁能源,这比使用煤炭、石油等能源更安全、热值高、更洁净,而且燃烧后无废渣、废水的产生。2005年12月,公司建成处理含铅铵废水200立方米的环保蒸铵车间一座,保证蒸铵废水处理达到行业标准,并在2009年10月获得"工业蒸发尾气回收利用装置"的专利。2005年,该公司被包头市环境等级评价系统测评为"绿色企业"。2006年,该公司作为国家首批开展清洁生产的企业,通过了清洁生产验收;还开展了环境风险评价工作,通过验收。

(三)转型高地

2011年,在冀代雨的谋划与领导下,新雨稀土公司诞生。冀代雨担任董事长、总经理。新雨稀土公司是冀代雨的另一篇佳作,也是他的信心和支柱。

新雨稀土公司起点高、目标高远。冀代雨的目标是要创建创新转型新高地。

有心打石石成针，无心打石石无痕。

一代又一代共产党员艰苦奋斗，不断筑就实现民族复兴的"同心圆"。共产党员冀代雨把创建创新转型高地看作为民族复兴的"同心圆"添砖加瓦的一个新作为、新举动，开启了新征程。

冀代雨向历史、向党组织、向员工做出的庄严承诺步步化为现实。为了让新雨稀土公司产品向稀土下游产业链延伸，实现产业的转型升级，他做了3件事：

第一，2011年，冀代雨经过广泛调研后，对高端液晶抛光粉项目的发展前景有了期待和信心。未来3年内，市场对机算机用大屏幕液晶显示器面板的需求将增长50%，对电视机用大屏幕液晶显示器面板的需求增长300%。LCD玻璃面板抛光粉是近年来稀土抛光粉需求的主要增长点，笔记本电脑、液晶电视、手机、数码相机、数码摄像机、MP3等电子产品的普及，使得对抛光粉的需求也不断增加，每年需求量已经超过20000吨并持续快速增长。另外，用于光通信元件、光掩膜、光存储介质的稀土抛光粉的增长也较为迅速，将成为最近几年的另一个市场增长点。为适应市场需求，做强做精年产3000吨高端液晶抛光粉项目，需要对年产3000吨抛光材料项目进行技术升级改造，全面提升抛光粉物理性能以及应用性能，使制备的高端抛光夜晶抛光粉达到国际先进水平。

第二，随着现代纳米科学的发展，将纳米材料所具备的小尺寸效应、量子效应、表面效应和界面效应与稀土元素独特的电子结构特点相结合，使纳米稀土材料拥有了不同于传统材料的诸多新颖的性质，更大限度地发挥稀土材料的优越性能，并进一步拓展其在传统材料领域和新型高科技制造领域的应用。

2014年至2015年，冀代雨通过调研了解到国内外市场对纳米稀土材料的需求不断增加的实际情况，便于2016年开始下定决心，每年投入100万元开展对纳米稀土抛光材料的研发与生产，为纳米稀土材料的换档升级做出了贡献。冀代雨认识到，尽管过去他制备的高端抛光夜晶抛光粉达到国际先进水平，但这些生产线目前已落后于时代的发展，技术工艺将被淘汰。目前，国际半导体企业使用高端抛光材料主要为纳米稀土抛光材料，而国内半导体企业主要运用二氧化硅，纳米稀土抛光材料则主要依赖国外进口。因此，自2016年以来，冀代雨面对世界纳米稀土抛光材料行业处于激烈竞争的态势，决心突破这一领域被发达国家"卡脖子"的问题。与此同时，他带领新雨稀土公司研发团队开发纳米稀土抛光材料新产品，现已形成6个系列、20余种规格型号，广泛应用于液晶玻璃基板，硬盘玻璃基板、手机盖板玻璃、精密光学元件、光掩膜及装饰品等领域。冀代雨对所从事的稀土研发工作一直有一种非常苛刻的要求和敬畏心理。

第六章

稀土情缘

在"稀土之都"汇聚着五湖四海的稀土人和天南地北的有识之士。他们在这里守望相助，团结奋斗，共同描绘着稀土业的壮美风景。共产党员、劳动模范、技术专家、工程师、创新创业者等，以坚定的步履、坚毅的眼神、金子般的心灵以及富有张力的故事书写了一段段稀土情缘。虽然经历不同、故事各异，但有一种精神特质贯穿其中，他们为开掘稀土之光，从四面八方来到包头，在这里拼搏奋斗，矢志奉献，形成了众志成城的战斗力，使包头稀土业处处充满了阳光。

稀土业的每一缕光芒的闪耀，都同他们的人心、人性、情感有关。从他们身上拥有的那份持之以恒、一以贯之的坚守与精神境界里，可以看到包头广大稀土人的独特气质以及创造与开拓的精神。

一、共产党员的魅力

2020年，笔者先后几次采访了共产党员、高级工程师曹鸿璋，共产党员、包钢首席技能大师柳志刚。他们的开拓创造精神和人生理想让笔者敬佩，他们的事迹已构成了包头稀土创新创业历史的一部分。他们拥有的共产党员的魅力，给人一种深刻的生命感悟。

（一）春华秋实

2019年金秋和2020年盛夏，笔者先后两次采访了优秀共产党员、包钢劳动模范、高级工程师曹鸿璋。刚刚步入不惑之年的他，模样周正而温和，不急不躁。他讲述了自己的人生之路和心路历程，给我留下了深刻印象。迎风傲雪、吃苦耐劳、攻坚克难、不断进取的精神成就了他。我用欣赏和赞许的眼光看待这个年轻共产党员的创新创造成果，记录他奋发有为的人生。

曹鸿璋说："我主要从事稀土湿法冶金及稀土在高分子材料中的应用研究工作，先后主持或参与完成30余项国家、省市、地方纵向和横向课题。我喜欢稀土科研工作，努力做好每一件平凡的事，不止不息地思考并探索科技创新问题，对未来充满如饥似渴的梦想。我在核心期刊上发表论文21篇，申请国际发明专利2项，国家发明专利30项，授权5项；获省部级以上科研奖励4项，包头市及包钢（集团）公司等科技进步奖4项。但我觉得，自己取得的成就跟新时代的要求还有很大的差距。各种名誉和荣耀如人的外貌，品行却能展示一个人的内涵，因而我更主张完善自己的品德。科学技术是文化的一部分，我愿意将自己归于文化人范畴，文化人更应该保持谦卑的品性。"

从人的品性修养中能读出人的内涵。曹鸿璋笑起来很柔和，目光中带一种谦和、感恩的色彩。他说："我的父母是农民，在他们身上闪现着善良、亲切、乐观开朗、勤勉不息的光芒。他们把这种品性和生活态度传给了我。"

2006年，曹鸿璋大学毕业就来到包头稀土研究院（以下简称稀土院）工作。后来，他攻读北京科技大学硕士研究生，眼下是兰州大学在读博士生。多年来，他致力于稀土在高分子材料中的应用研究。14年间，他先后被授予"中国塑料加工业科技创新之星""包头市优秀党员""包钢身边好人"等荣誉称号，还被包钢授予"模范共产党员""十大杰出青年""劳动模范""优秀科技人员"等荣誉称号。曹鸿璋把青春的履历写得丰满而有力。前不久，曹鸿璋被评为"2020年自治区青年创新人才"，作为稀土应用领域出类拔萃的"后浪"代表，再次站在时代浪潮上。

勇立潮头搏大浪，敢为人先竞风流。

科技创新使后浪推前浪，曹鸿璋带领团队积极拥抱新时代，始终将创新创造作为工作重点，开辟稀土在高分子材料中产业化应用研究的新领域，促进镧铈轻稀土高效平衡应用。为解决PVC塑料制品因含铅而不环保的问题，成功开发了具有自主知识产权的稀土PVC热稳定剂绿色环保产品，替代进口钙锌稳定剂，技术达到国际先进水平。该成果入选2014年、2016年中国稀土十大科技新闻，荣获中国稀土行业科技进步一等奖、内蒙古科技进步二等奖，并被工业和信息化部纳入《国家鼓励的有毒有害原料（产品）替代品目录》。为加快技术成果转化为现实生产力，曹鸿璋及其团队在稀土院建成年产5000吨稀土复合稳定剂中试生产示范线。2019年，实现中试年销售额超过1000万元，为建设更大规模的生产线提供理论基础和技术支持。

不驰于空想，不骛于虚声。

为解决可降解生物塑料聚乳酸脆性大、韧性差的问题，曹鸿璋带领团队研制出聚乳酸用稀土增韧改性助剂，代替巴斯夫扩链剂。他们开发的新产品具有较强的市场竞争力，目前已在浙江、山东、江西、海南等省的十余家聚乳酸制品企业完成中试产业化。曹鸿璋作为该项目负责人，总是这样不断开拓进取，默默干"大事"。

积跬步，行千里。曹鸿璋已经带领团队成功开发出稀土PVC热稳定剂、聚乳酸用稀土增韧改性剂、稀土耐热改性剂、稀土紫外屏蔽剂、特种橡胶稀土耐热助剂、涂料防腐剂等多种高分子材料稀土助剂，推动稀土产业链向终端应用延伸，向形成我国原创的、具鲜明特色的稀土化工新材料方向迈出新步伐，做出重要贡献。在稀土行业整合和高质量发展的迫切要求下，曹鸿璋带领团队一次次攻坚克难，在推动自身技术升级的同时，积极布局新领域、开发新产品，围绕稀土产业转型发展，创造提速稀土科研的新奇迹，也加快让新材料富含稀土"维生素"的步履。公而忘私，甘于奉献岁月，他成了拼命三郎。

对曹鸿璋来说，家是一个温馨的港湾，他与爱妻风雨同舟，荣耀事业。

曹鸿璋的妻子说："他很忙碌，常常顾不上这个家，我曾抱怨过，但他舍小家顾大家，一心为稀土科技创新事业奔波，我理解他，支持他。对年迈的父母，对年幼的孩子，对这个家，我得多担当。婆婆生病了，他没空陪同看病；我做手术住院，他在加班。因为他把百分百的精力和身心都奉献到工作中去了。在他拼搏奋斗的前行之路上，并非只是鲜花和掌声，并非一帆风顺，磨难和挫折一路如影随形。但他仍然呕心沥血，奋发图强。这种精神境界，让我钦佩。"曹鸿璋说："面对家庭，我亏欠的太多太多，有时候也很难过！但家里有勤劳、善良的妻子，她真诚的支持和付出，使我感到安稳，我的创新能力才能够发挥到最佳境界。因此，我要真诚做人，通过奋斗成就事业，以报答党和人民的培养，也回报父母、妻子对我的期望，而不能光耍嘴皮子或坐享其成。"

理想的路，总是为有信心的人预备的。曹鸿璋就这样俯首躬行，用奋斗和奉献描绘出不一样的青春底色，淬炼出不一样的青春厚度，一步一步成长为科研工作的中流砥柱，彰显"后浪"担当。

为了以市场为导向，开发市场急需的技术和产品，推动稀土产业链向终端应用延伸，曹鸿璋带领团队开辟了稀土在高分子材料中应用研究的新领域。他带领团队开发出具有特定性能的高效、多功能、无害化的新型稀土功能助剂，主要原料采用镧、铈等轻稀土，既符合国家循环经济的发展要求，解决我国大量镧、铈轻稀土过剩积压、应用不平衡的难题，又可促进我国功能助剂技术原创性发展，为相关行业提供产品和技术支撑，将资源优势转化为产业和经济优势。

曹鸿璋带领团队研发的PVC稀土复合热稳定剂是拥有自主知识产权的绿色环保产品，具有优良的热稳定性，可满足各种PVC无毒制品的生产要求。已通过SGS权威机构的检测，各项指标完全符合欧盟RoHS指令及REACH法规要求，可广泛应用于型材、管材、建筑板材等多个PVC制品加工领域。研究成果分别入选2014年、2016年中国稀土十大科技新闻。开发的第三代稀土稳定剂产品，门、窗未增塑聚氯乙烯（PVC-U）型材标准中耐候性试验条件测试，10000h结果为 $\triangle E=2.0$，老化性能完全超过进口钙锌稳定剂。经内蒙古自治区科技厅组织专家鉴定，该项目整体技术达到国际先进水平。该项目授权专利5项，注册稀土商标1项，已形成系列产业化技术。在该项目研发伊始，从南京采购定制的实验室用PVC挤出设备，在调试验收期间，不能顺利挤出，他和设备厂家人员一同寻求解决办法。8月初的南京，室外温度40多摄氏度，调试车间200多摄氏度，又赶上限电政策，工业用电只能在夜间保证。他和厂家人员不断改变试验条件，最终顺利挤出，完成验收任务，保证了项目组试验顺利开展。

在完成年产5000吨稀土复合稳定剂中试生产示范线设计、安装、调试以及中试线的建设过程中，曹鸿璋肩负的担子很重。当时，在人手少、技术力量薄弱的情况下，还得利用现有的场地和设备，实现当年建设、当年投产，提前圆满完成任务。此外，曹鸿璋还负责制定了《稀土复合热稳定剂》产品标准，因此，他投入极大的精力和热情，身先士卒，加班加点，争时间，抢进度。在中试现场为了安装和调式，他一待就是十几个小时。错过吃饭时间，他克服饥饿、困乏，拖着疲惫的身躯夜以继日地奋战在现场是常有的事。那年冬天特别寒冷，他在抢修中试生产线的设备时，为了轻装上阵，便脱下棉袄，连续干了10多个小时，冻得直发抖，手冻僵了不听使唤就放在脸上捂一下暖和了再接着干。通过曹鸿璋的顽强拼搏和修改完善，最终完成了安装、调试和改进工作。

日日行，不怕千万里。历时6年的奋斗，曹鸿璋及其团队迎来了光明的前景。经国内各大PVC制品企业试用评价以及中国塑料加工工业协会助剂专委会业内权威专家论证，又经国家工信部批准，于2019年4月1日起实施，这也是国内环保稳定剂的第一个产品标准。

曹鸿璋带领团队研发的稀土稳定剂是PVC制品企业使用的进口原料的最佳替代品，经鸿达兴业批量生产使用，成本较进口稳定剂每吨降低3000多元，性能提高近20%。这不仅扩大了稀土院的影响力，而且为科研与企业对接，快速产业化做出典范。

为了使稀土稳定剂获得市场认可，积极融入市场，曹鸿璋先后赴包头市东利塑业、亿利塑业、呼和浩特君子兰塑胶、新疆天业、江苏培达、青龙管业、京华塑业等国内几十家PVC制品企业，与厂里的技术人员一同上机试验，做连续生产工业试验。根据市场反馈和要求，不断优化配方，从技术上解决了麻点、白度不够、析出等问题，同时不断降低成本，以适应市场需求。

此外，为加速市场推广，不断加强对外交流与合作，扩大稀土院的影响力，曹鸿璋先后多次参加中国塑料工业高新技术及产业化研讨会并应邀做主题报告。同时，邀请行业协会秘书长等人来稀土院考察，为稀土稳定剂市场开拓奠定坚实基础，为稀土产业转型升级和高质量发展提供科技支撑，注入新的活力。

（二）无尽的事业

作为包钢的一张名片，金属制造公司能够昂首向前，提质增效，转型发展，离不开那些共产党员、劳动模范、技能专家的出实招、干实事、创实绩的精神境界。

笔者采访了优秀共产党员、包钢首席轧钢技能大师柳志钢。我认识他，读他的人生阅历，倾听他的动人事迹，记录他闪亮的足迹，诠释他的初心、情怀和信念。他将自己的身心与企业的命运紧紧连在一起，开展关键制造工艺的攻关，全力破解产业发展中的"卡脖子"难题，为企业的转型发展做出贡献。

1989年7月，柳志钢毕业于包钢技校炼铁专业，之后被分配到包钢，在这里一干就是30年。

柳志钢走出校门，走进包钢就在炼铁厂1号高炉工作。他在炉前工和热风炉两个岗位上苦干实干，每天面对扑面而来的铁水热浪，在淬炼中经受洗礼，磨砺青春，锻造了一种不怕苦不怕累的坚强意志。1993年1月，他被调到带钢厂原料车间从事加热炉工作，在新的岗位上有了能充分利用自己所学的专业知识的机缘。在专业技术人员和师父的帮助下，他用最短的时间熟练地掌握了岗位操作技能并顶岗。但他深知，要成为一名优秀的加热工还需要不断地学习相关专业技能，在实践中积累经验。

柳志钢在带钢厂工作的8年里，先后担任加热班长、工长，在耕耘中收获，在奉献中绽放，传递着青春梦想的期许和热望。他回忆起那段历程，深有感怀，说："那些年，我努力掌握先进的制造技术，充分利用步进式炉的特点，提出在装钢时不要将钢坯推得过紧的建议，要求工友们留有5毫米左右的间隙。在我的倡导下，大家都坚持这样做，结果被加热钢坯的表面增加、加热速度加快，缩短了加热时间，提升了加热炉的生产效率。在加热炉的大修或中修中，我均负责技术和质量工作。"

1999年11月，柳志钢成为一名共产党员。他更加坚定了理想信念，决心勇攀技术高峰，奋力为国家和企业的经济发展做出新贡献，他的生命变得更加丰盈。从此，他处处以共产党员的标准严格要求自己，处处在普通的岗位上为他人起表率作用。

2000年，人类跨入新世纪，中国人民开始拥抱21世纪的霞光。在这个节点上，柳志钢的生命充满了活力，工作质量有了新的提速。他利用业余时间学习"行政管理"。凭借他多年的工作经验，以及对专业技能的学习和掌握情况，包钢于2001年1月将他评定为加热炉热工中级技师职称。

2001年4月，柳志钢被招聘到薄板厂热轧部轧机区域从事加热炉热工、热轧工种。

有了千里马，何愁千里路。柳志钢就像一匹千里马奔腾向前，驰向远方。包钢CSP生产线的辊底式加热炉由德国LOI公司总体设计，于2001年6月正式投入运行。这条先进的生产线技术含量高、工艺复杂、自动化程度高，柳志钢刻苦钻研技术，在调试期间与外方专家并肩作战，学到了技术创新的本领，无论从技术还是工作能力上均得到专家和同事的认可。后来，在企业管理人员和柳志钢等工匠的共同努力下，公司总体运行情况良好。

梦想是激发活力的源泉。当时，为了让企业创新转型发展跃升至新的水平，柳志钢在板坯温度控制方面严格把关，从板坯入炉起，由一级计算机进行温度、压力等数据的采集工作，并通过二级计算机的加热数据模型，进行板坯温度控制，实现较高的温度命中率，并保证了较小的温度偏差，其他指标也达到了设计要求。

在薄板厂，柳志钢由一名加热工成长为一名轧钢工匠。2004年，他担任热轧部轧机区域工长，全面负责轧线工作。轧钢过程中，最敏感的一个工艺参数就是保持较高的、均匀的轧制温度，这是薄板规格轧制的关键。除了保证加热温度的均匀性，更重要的还是保证板坯出炉后至轧制过程中，保持温度均匀变化。与温度变化关系最大的是水，水也是轧钢过程中最重要、用量最大的一种介质。他恰到好处地把握加热炉与轧钢的密切联系，提高空气预热温度，把空气预热温度提高到400～450摄氏度，减少炉体散热，降低氧化烧损。

在日常的加热炉事故处理中，针对不同情况，柳志钢能够做出及时果断、正确合理的判断。与此同时，他帮助加热炉的其他同志共同进步，使所在班组以及加热炉区域的整体实力得到了提升。在薄板厂的数次大中修过程中，他严格按技术规程办事。在时间紧、任务重的情况下，他克服困难，辛勤工作，把好质量关，完成各项检修任务，为完成全厂的生产任务打下坚实的基础。

2007年6月，柳志钢调入宽厚板生产线工作。在宽厚板中科学加入稀土元素，会起到提质增效的作用。因此，他深知在新的岗位上自己担负的任务是多么重要与关键，面对这样的挑战，可以说如同行走在刀刃上，很辛苦也很危险。起初，柳志钢的双眼投射出一种深思和忧虑的目光。不久，在他的脸上又呈现出不畏艰难的神情。

当初，柳志钢配合外方主要调试了粗轧机和精轧机各项功能，完成了楔形、厚度、宽度、平直度、镰刀弯、机架响应等保证值的测试，为轧机正常生产优质产品奠定了基础。他还配合外方完成了双机架和精轧单机架的批次轧制调试，采用热机轧制，提高轧制节奏，为开发高性能钢种打下坚实的基础。

为确保所生产的钢板性能，他从跟踪连铸坯的质量低倍硫印和化学成分出发，到加热工艺各段的温度和时间的保证与调整，再到轧制工艺参数的设定，甚至是要求做金相组织的检验，每一阶段都一丝不苟地分析总结，从而制定出最佳的生产工艺。为了确保轧制工艺的稳定，要求操作工手工记录轧制工艺参数。现在，钢板性能百分之八九十都在内控范围内，但他们还是要进一步强化工艺纪律，稳定和提高产品质量，争取合格率达到100%。他就这样勇挑重担，苦干实干，为此耗费了很多精力和时间。

每滴汗水，都为他的梦想之花注入生机。在反复拍打波浪的实践中，柳志钢释放活力，成为一名"技术+管理"人才，站在事业发展的新起点上。接下来，他向创新高地再出发，进一步制定轧机操作岗位责任制管理规定、轧机工艺管理规定和操作制度，制定生产组织考核管理办法，减少错误操作或其他非正常停机时间，最大限度地提高轧制节奏，提高产量，确保高质量完成生产任务。

2013年6月，柳志钢来到2250毫米热轧生产线，被临时借调到加热炉区域，负责炉子的砌筑质量检查等工作。在别人看来枯燥无趣的事，他却主动思考，想方设法提高工作效率和准确性。他对自我加压，不仅完成领导安排的工作，而且在下班后到操作台实践轧机操作，在很短的时间内熟悉了一线操作。更重要的是，他体会到工作的乐趣和价值。他感慨地说："那段时间，我虽然很累，但每天都特别兴奋，因为我学到了很多东西，现在特别感谢那时我自己付出的艰辛和努力。"

2014年至2015年，低合金高强钢薄带轧制常出现轧漏、甩尾、堆钢等问题，班组人员看见这种规格就心生胆怯，谁都不想坐在主操位置操作，组里有人流露出想要放弃的想法。可是作为工长，他却不甘心。他利用业余时间上网搜索国内外相关论文，并联系自己的同行和同学，收集资料。通过阅读大量的论文，及时研究2250毫米生产线生产实际状态，他大胆提出了自己的想法，他的思路很快被认可，他成功掌握了薄规格的操作方法。成功带给他的不只是喜悦，更多的是激励，让他明白要做好一项工作，离不开大胆设想和踏实肯干，要找准正确的方向，坚持下去，就会看到不一样的景色。

柳志钢的技术能力有目共睹，班组同事说："真心佩服他对工艺技术的熟悉和了解，生产中遇到难题，他总能很快找到解决办法，而且特别耐心细致地给我们讲解原因。他一个人身兼数职，可每样工作都能做得特别出色，这种工作劲头和精神带动了大家，有他在，我们就有信心，愿意跟着他大胆地往前冲。"

2016年，由于工作能力出众，柳志钢被任命为热轧工艺白班大工长。他主动完成领导安排的工作，下班后到操作台跟踪生产，询问发生的问题，又询问产品质量如何。在近一年的时间里，几乎每天工作12个小时，深夜回到家还抽出时间总结经验，天天如此……就是凭借着这样一股韧劲儿，肩挑新的责任，面对层出不穷的新问题，他没有活在以往的成绩里，而是脚踏实地往前看。

柳志钢被多次授予"优秀党员""模范党员"等荣誉称号，先后被评为"爱岗敬业身边好人""青年岗位能手""先进工作者""先进个人"。这是他顽强辛苦地劳作而获得的奖赏。面对纷至沓来的荣誉，他说："坐着不如站着，站着不如走着，走着不如劳作着。勤奋的劳作是打开我才智大门的金钥匙。"

二、劳模精神之美

劳动给人带来尊严，劳动能产生美，劳动也是人追求生命意义的必由之路。这里向读者推介稀土界两位劳动模范郭延春、菅瑞军在攻坚克难中创造业绩的感人故事和人生轨迹。他们把梦想的种子撒在奋斗的土壤上，在劈波斩浪中开拓前进，在披荆斩棘中开辟天地。

（一）壮志与大爱

自治区劳动模范、企业家郭延春的壮志与大爱震撼人心。

1970年，郭延春出生于一个书香之家，父母都是中科院的高级研究员，他们经常教育郭延春将来要成为一名品德纯洁、心灵至诚的人。与此同时，父母还叮咛他要掌握为人民服务的本领，为经济社会的发展做贡献。从此，郭延春渐渐懂得了无知者创造不出有价值的人生，也容易成为生锈之铁的道理。他走进始终不渝地追求知识，用知识改变世界，实现自我价值的路。

1993年，郭延春毕业于北京科技大学，之后被分配到国内知名稀土企业工作。第一次接触稀土钕铁硼行业，他感到既神秘又好奇，边工作边摸索，逐渐领悟到稀土钕铁硼产品功能的神奇与魅力。

时间的脚步推移到1998年，从这一年开始，他有了创业的想法。他不再满足于为个人创造财富，而是树立了用良知和才智为经济社会发展做贡献的理想，毅然决然地走向自我创新创业之路。2000年8月，郭延春与他的三四个朋友合伙，创建了北京磁源科技有限公司，他担任副总经理。当时，他们懂技术，但缺乏管理人才和资金，遇到了很多难以预料的困苦，但他们知难而进，消融化解一个又一个不利因素，换来了希望。

2003年7月，郭延春取得了中国人民大学MBA（工商管理硕士）。

2011年，郭延春创建北京恒宇磁源科技有限公司，并担任总经理。之后，在疾风暴雨中，他锤炼自己，也体味到创业的艰辛和快乐。随着企业不断发展壮大，员工队伍也迅速扩增，一个个活力四射的年轻人加入这支队伍中，用阳光般的心态撸起袖子，奋战在生产的一线上。员工们一直都与郭延春一起经历种种艰辛，也享受着成功带来的喜悦。随着多年的打拼，郭延春深深地爱上了稀土永磁行业，便给2007年出生的女儿，起名为郭咏慈，期望孩子继承事业，传承稀土永磁产业，开创未来。这种动力驱使着公司迅速发展，经营业绩突飞猛进，在2012年至2015年期间，累计向国家纳税150万元。

1. 横空出世

2016年初春，郭延春应包头国家稀土高新技术产业开发区领导的邀请，来包头参观考察。此时的郭延春已成为一名放眼千里、胸有成竹的企业家。在领悟到包头市稀土资源丰富的优势和招商引资的优惠政策，又感受到人们的热诚之后，他的心陡然一亮，有了一种意犹未尽的兴奋。他笑得爽朗而清脆，然后又发出一阵大笑，这种喜悦是从心底升腾的。从此，他的心飞向包头。

千淘万漉虽辛苦，吹尽狂沙始到金。

回到北京的郭延春向企业员工通报了企业整体搬迁至包头的初步意见，一时间员工们面面相觑、迷惑不解，陷入沉思和内心的挣扎之中。面对企业搬迁遇到的重重困难，郭延春没有退却不前，而是迎难而上。他向员工认真细致地分析企业搬迁至包头的战略构思和切身利益及美好的前景。他的讲话语句清晰、抑扬顿挫，目光坚毅沉稳，脸上挂着自信的笑容。他对大家坚定地说："面对变化莫测的稀土经济市场，面对冷峻的现实，为了赢得企业的美好未来，我们必须拿出勇气和胆略，奋力开拓，换来全新的自我。包头市作为稀土核心生产基地，拥有稀土制备、钕铁硼毛坯生产到深加工产业链。此外，在这里已创建全国唯一一个以稀土冠名的包头国家稀土高新技术产业开发区，目前已成为全世界最大的稀土材料及深加工基地，正努力打造在世界范围内最具影响力的磁谷。我们作为稀土磁性材料企业，若入驻包头国家稀土高新技术产业开发区，不仅会有新的发展机遇，而且有机会抢占稀土产业创新转型制高点。"

企业员工多年来与郭延春同甘共苦、肝胆相照，闯下了一片新天地，同时，又看到他可贵的品质和宽广的胸怀，一直都很信任他、感激他。尤其这次，郭延春严谨客观的分析和充满激情的讲话，不仅引起了强烈共鸣，更让他们热血沸腾。很多员工的心活了、辽阔了，担心与犹豫一扫而空，心甘情愿地跟着老板干，做出令世人感到吃惊的成绩。2017年3月，郭延春带领北京恒宇磁源科技有限公司107名职工，披着星光，踩着风霜，顶着严寒，不畏艰辛，不辞辛劳地从北京来到包头创业，成立包头恒宇磁源科技有限公司，郭延春担任董事长、总经理。

2. 砥砺前行

郭延春一直保持着昂扬的创造力。他通过自己多年的工作经验，以及国家对稀土非公有制企业发展政策的支持，把包头恒宇磁源科技有限公司建设成为包头市一家专业从事钕铁硼产品的研发、生产、加工、销售、服务于一体的高新技术企业。

郭延春具有远见卓识，当一种机缘到来时，一伸手就能抓住它，再把它变成美好的未来。2017年6月，郭延春将原公司客户安徽江馨微电子科技有限公司引入包头，成立包头江馨微电机科技有限公司，他参股成为公司最大股东，担任董事长。

当郭延春带着人马将企业搬迁到包头时，很多人怀疑他不会顺风顺水，不会有笑意益然傲视群雄的未来。然而，郭延春勇于开拓，找到了奋发进取、走向成功的路，迎来了一片绚烂的天地。

在郭延春的带领下，笔者参观公司车间。在这里，员工们坚守岗位，兢兢业业地工作。在这里工作的绝大部分是技能型男女青年，他们创造着自己的未来，也创造着企业的未来。这里有一种向前的行动，给人一种追光的感觉。郭延春说："我们重视研究与开发，将其打造成未来市场的基础。我们开发出具有快速精准对焦、功耗更低等特点的微型音圈马达，配合大的光圈、高像素的LENS，在光线不足的情况下也能具备很好的成像功能，相继被各种手机终端设备制造企业用于中、高端产品当中。针对VcM应用技术需求，5G智能手机、折叠屏等技术将激活手机市场的发展趋势，为行业带来5000亿以上新增市场空间。新型微型马达及手机摄像头的相关核心技术已达到国际先进水平。"

在公司起步阶段，需要大量的周转资金，面对国内有些企业付款时间长，对他们企业经营带来不利影响的实际情况，公司确定发展战略定位，经营发展目标，寻找那些磁材用量大、结款时间短的企业进行对接，建立长期稳定的合作关系，以此为企业的发展打基础。接下来，郭延春接触韩国电声行业的企业，通过做几次生意之后发现他们磁材用量大、结款时间短，同时，也讲求信誉。因此，在郭延春的谋划下，公司很快跟他们建立起稳定的合作关系，也获得了更广阔的发展空间。为了确保产品质量，满足客户需求，郭延春总是关注每道生产工序和环节。有一次，韩国客户订购的产品在出口检查中出现了镀层脱落的现象。韩国客户发现他们订购的产品出了质量问题后，非常焦急。

公司稀土永磁材料镀层技术中存在的问题，也是这个行业的技术瓶颈。郭延春了解情况后，立即召开有关领导和技术人员参加专项分析会议，并对所有生产过程进行严格的排查追溯，找到出现问题的原因。之后，公司组织员工连夜加班，经过上百次反复实验测试，用纯净水代替自来水清洗产品，缩短电镀时间，调整酸液的比例，增加酸洗的次数，变更尺寸公差。那些日子，他们对试验后的数据进行整理，进行分析，最终找到了技术突破口，确认了新的电镀工艺，极大地改善了镀层脱落的风险。从此，公司磁材质量得到了客户的高度认可和评价，公司也成为韩国客户指定合作厂商，合作得非常融洽。

在VCM新产品的开发路线上，可以说是不拘一格，精益求精，对于现有马达产品有了单一的技术突破。比如，2017年他们产品设计的最小高度规格为3.4毫米，主要趋于在500万像素以下及低端产品上。2018年，他们开发出超薄型的13M用的VCM马达，其厚度仅有2.6毫米。他们继续朝着体积更小、更薄型VCM马达进军，争得新的突破。

郭延春带领研发人员利用1年时间，以勇攀高峰的科学精神进行摸索、攻克和反复验证，推进自主创新，突破了技术瓶颈。2020年，他们根据市场需求开发出超薄创新产品，受到客户的欢迎。比如，他们开发的200W超薄微距产品，高度仅有2.4毫米；4800万高像素超薄中置马达，高度仅有2.5毫米。这已突破原有超薄型产品的高度，并且在一些材料和模具的选择及工艺制程方面，也不断优化，推陈出新，达到这一领域的新高度。

郭延春一直强调，科研与产品开发方面必须坚持以市场为导向的原则，并以全球化的眼光把握客户需求，与客户需求项目进行有效对接，大力发展以稀土为主的高新技术产业，走出一条强化转型升级能力、不断开拓创新的发展道路。

在产品工艺自动化导入与产能效率提升方面，由于原来生产VCM产品都是靠人工来实现作业，每条生产线每小时完成360个产品，单个生产线需求人员是46人，成本无法降低，产能也无法满足客户需求。在最忙的时候，郭延春带领管理人员到生产一线和普通员工一起，为完成生产产品而共同努力奋斗。由于产品和工艺的局限性，无法突破自动化作业。2018年，开发出超薄型13M产品时，他们就开始着手半自动化设计与导入，但半自动化机台作业的产品只限于个别岗位，大部分岗位还是需要手动作业，每小时完成1800个产品，单个产线需求人员35人，成本上相对降低了，产能相比原有工艺提升了5倍。2019年，产品在市场上竞争越来越激烈，利润越来越低。由于原材料成本无法下降，他每天和大家一起开会商讨具体方案，最终，所有人达成共识，只能从工艺上降低单个产品成本。2019年，他们的产品陆续进入终端厂华为、三星、OPPO、联想、传音及ODM厂，由于订单量持续上升，无法满足客户进货要求，他们意识到产能不足的问题。2019年，公司重新设计工艺流程后，每小时产能可以达到4500个产品，单个产线需求人员29人，是原有半自动化产能的2.5倍，同时扩建了10条半自动化生产线。2020年，因疫情影响，VCM马达需求产能反弹，出现产能的窗口期。原有生产线是由转子线、定子线、总装线组成的流水线，在郭延春的决策下，将现有的半自动化的定子线单独拆分出来独立生产，使生产线更加流畅，在瓶颈的岗位增加设备，加大产出。生产线改造完成后，每小时产量突破了6000个产品的瓶颈，单个生产线需求人员24人，顺利度过了2020年的产能窗口期。公司用匠心成就品质，用品质成就品牌，抢占未来发展的制高点。

目前，公司拥有自主知识产权专利77项，其中发明专利7项，实用新型专利70项。公司通过自主研发生产的钕铁硼永磁和VCM系列产品，被广泛应用于计算机、电子设备、航空航天、医疗设备、交通等技术领域。90%以上的产品出口越南、韩国等地，主要客户是三星、LG、现代汽车、JBL音响以及国内小米手机等厂家。如今，公司发展经营前景非常乐观，已完成10条生产线建设。为了实现大规模量产，根据市场需求和订单情况，他决定继续扩大生产规模，增加6条现代化生产线，项目已经开工建设，于2021年初投入使用。

2018年，该公司实现经营目标销售收入8500万元，出口创汇700万美金；2019年，销售收入9000万元；2020年，公司销售收入实现1.5亿元。公司先后获评高新技术企业、内蒙古自治区企业研究开发中心、包头市绿色通道企业，顺利通过ISO管理体系认证，荣获2019年度"包头市智能制造科技示范企业""包头市创新引领型民营企业"等殊荣。

3. 大爱无疆

爱如阳光，能够温暖人心；爱是一股温暖的力量，感动人心，激励斗志，振奋精神。真诚的关爱是和谐劳动关系与良好工作、生活环境形成的基础。一个企业的员工只有获得来自管理者的关爱，无论是言语精神上的激励，还是物质福利方面的优惠，都会使员工在心灵上得到慰藉，思想上获得温暖。

"善良的根须和根源，在于建设和创造，在于确立生活和美。"郭延春认为，公司员工不像机器上的螺丝，而是公司大家庭的重要成员。因此，在生活与工作中，郭延春为员工着想、为员工服务、善待员工，让员工产生一种特殊的归属感，让工作给员工带来快乐，并让员工把希望和梦想与企业的最高目标联系在一起。如2003年，该公司车间的一名员工因设备操作不当受伤，郭延春立即安排该员工入住医疗条件最优越的医院进行治疗，不仅自己去看望，还专门派人员全天陪护，直至该员工康复出院回到工作岗位上。这件事在员工们的心里留下了深刻的记忆。2011年，郭延春把企业的温暖送到员工的身边，跟员工团结在一起，拧成一股绳，促进了企业的发展壮大。当时，有几名员工是一家两代人都在这里工作，还有相当一部分女员工面临结婚生子，他们都需要郭延春去关心和爱护。为此，郭延春做出了惊人的决定：对结婚的员工，由公司出钱为他们举办结婚庆典，让员工感受到大家庭的温暖。他又让那些生子休假的女员工，等孩子出生至上幼儿园之后，再回到岗位上工作。公司不仅给她们保留岗位，同时，工资正常发放，解决了员工们的后顾之忧。一桩桩一件件感人的事迹陪伴着公司员工的成长。员工们说："郭老板关爱我们，经常嘘寒问暖，帮我们解决生活中遇到的各种困难，为我们排忧解难。随着时间的推移，原本的雇佣关系已演变成一种亲情关系，让我们感受到人间大爱。"搬迁至包头后，公司开工建设、布局规划，又需要高成本投入。与此同时，解决107名职工的住房，以及不同年龄段孩子们的入园、入学等生活安置问题，千头万绪，迫在眉睫。这也让郭延春牵肠挂肚，耗费了大量心血。郭延春全心关注这些事情，组织管理人员，跑遍了周边的大街小巷，利用最短的时间，妥善解决了每个员工的住房问题。接下来，郭延春以最快的工作节奏，联系学校，最终圆满解决员工孩子们入幼儿园，上小学、中学等问题。其实解决这些问题，说起来容易，做起来却难上加难。为此，郭延春身体力行，忙上忙下，殚精竭虑，像一团火在燃烧。郭延春还组织公司党支部、工会开展"慈孝基金"活动，在帮助员工实现事业发展的同时，对员工父母给予关怀、照顾。稳定人心、稳定人才，吸引着大量优秀人才走进企业，提升了企业员工的凝聚力。

在公司发展壮大的过程中，他善于发现人才，团结人才，使用人才，不仅使自己有了卓越的成绩，而且使企业拥有了新天地。比如，在他的员工队伍中有位德高望重的老兵，人们敬称他为"李主任"，他是位眼光犀利的人物，参与并见证了公司的发展历程，他把自己的一切奉献给公司。步入76岁高龄那年，他仍然坚守在工作岗位上，认真负责管理一线工作，让郭延春安心跑业务，他像父辈一样大力支持郭延春的事业，延展他的精神世界，让人领悟到生命的价值。2019

年，郭延春决定让他回家休养，安度晚年。之后，郭延春夫妇每次回北京，都像对待自己的亲人一样，经常去看望他。郭延春在从李主任身上得到光和热，还学到了他坚忍不拔的工作精神。曾经有人这样问他："市场大环境影响经济发展，民营企业面临着诸多困难，现在你的企业发展转型得这么好，为什么还这么拼命工作呢？"他的回答却很坚决："我现在可以无忧无虑地享受生活，陪伴家人。但是，我的几百号家人离不开我，我要让他们过上有尊严的殷实生活。"郭延春这种滚烫、火热、无私的爱心和广阔的胸襟，让员工感受到人间的温暖和良知，也吸引着一拨又一拨的追随者。

2020年，公司向社会提供新的就业岗位700多个，为缓解当地就业难贡献了一臂之力。2021年，郭延春坚持以"质量为本，科技创新"为经营理念，与高等院校搭建产学研合作平台，培养更多专业技术型人才。

4. 精彩人生

郭延春不仅能够坚持大胆创新，而且特别勤奋刻苦。他早晨6点钟就起床，凌晨1点钟才睡觉。在解决企业难题时，连干几天几夜，在节假日都照常工作。同时，他对员工进行培训，要求员工热爱稀土事业，忠于职守，为稀土业、为公司、为大家埋头苦干、竭尽所能。

郭延春赢得了很多荣誉。荣誉和名声就像一颗颗光彩夺目的宝石，镶嵌在他走过的足迹上，让他沉思和斟酌，也让他人从中得到启迪。2018年，他当选为内蒙古自治区第十二届政协委员，同时，作为稀土钕铁硼深加工行业代表出席会议，向大会提交"推动稀土钕铁硼深加工产业化的重要性"提案，得到自治区政府和包头市政府的高度重视。2018年，他被聘为包头国家稀土高新技术产业区政策理论研究院研究员，任期3年。同时，他荣获包头国家稀土高新技术产业开发区科研贡献奖。2019年，他被包头国家稀土高新技术产业开发区授予"第二届道德模范"荣誉称号。2020年，他被评选为内蒙古自治区"草原英才"，被内蒙古自治区授予"内蒙古自治区劳动模范"荣誉称号。

郭延春面对这些殊荣，仍保持着一种光亮洁净的精神，和往常一样，不敢懈怠。多少个日出日落，多少次魂牵梦萦，郭延春没有片刻停留，用无尽的奋斗和不停的攀登，追逐太阳，追逐创新创造奇迹。他闯过无数次的颠簸和坎坷，走向远方时，忽然发现山外有山，天外有天，没有想到在远方还有更加壮美的世界。他面对各种困难和挑战，在不断反思自己、超越自己、提升自己的眼界和精神境界的同时，决心加快创新转型升级的步伐，发掘出更加耀眼的稀土之光，去拥抱在那远方向他招手的壮美的世界。

（二）激昂的风采

笔者采访在包钢轨梁厂担任轧钢备品维护工的全国劳动模范菅瑞军时，为了能够充分洞察和体会他以辛勤劳动、诚实劳动、创造性劳动作为自觉行为的精神风范，于是改变过去的模式，首先采访了他的妻子杨爱莲。

杨爱莲也是一名包钢工人，率真、善良，讲一口流利的普通话。她说："十几年之前，他就担任包钢技能大师、轧钢高级技师，轧梁厂一号线甲工段工长。他总是很忙碌，也很辛苦。那些年，他每天除守着轧机之外，还为厂里的技改、工艺的设计、产业转型而奔波得焦头烂额。我经常看到他回家时那种既饿又累、有些烦躁的样子。他不善言谈，也不愿意向他人诉苦。他上夜班之后，凌晨两三点钟回来是常有的事。年轻的时候，我跟他吵过嘴，我说他这样拼死拼活地干，图个啥，好像没有你这个地球就不转了。我又说他脑子不活泛，不会赶巧，你不为我着想，还不心疼你这个年幼的孩子吗？他愣了愣，回过神来就说，厂子是他的大家，是他心灵的依托。他顾大家却顾不上小家，对他来说，公司的事大于天，生活里的不便还有孩子、家务方面让我受苦了。

"夜班回来后，对他来说最重要的事就是睡觉，休息不好会影响再上夜班。由于家里面积小，我跟女儿在家待着怕影响他睡觉，我就带着女儿到公园里玩，让女儿在公园里做作业。到中午了，就在附近的小饭馆随便吃口饭，让女儿趴在餐桌上休息一会儿，下午又让她在公园安静的地方看会儿书，直到傍晚他上夜班的时间快到了，我俩才回家，就这样坚持了很多年。如今，女儿已成为厦门大学的大四学生。

"他是个追求完美的人，很执着，对自己要求严格。2015年10月，他左耳朵完全失去听力，去过几家医院接受诊疗，但疗效甚微。那是2017年11月的事。有一次，他从厂里开车出来，到家门口时，他的腰突然动弹不了，连车门都走不出来，我扶着他下车，又扶着他上楼。后来，医生将他的病诊断为较重的腰椎间盘突出症，建议他做手术治疗。后来，他休息了半个月，我给他烤电、按摩、推拿，但稍微好点儿他就去上班了。2017年底，厂里钢轨的研发工作进入紧张的攻关阶段，让他的团队限期完成。那是个寒冬时节，他身患重感冒，头痛发热，剧烈咳嗽，恶寒袭身。他说浑身剧痛，我和孩子不放心，劝他在家休息几天，病好了再干也不迟。他却说不要紧，现在正是开展攻关、创造研发奇迹的关键时刻，需要他在现场发挥主力作用。我目送他出门时，他呼吸急促，全身微微地颤抖起来，走路时轻飘飘的。但为了如期完成研发任务，他咬紧牙关，早出晚归，甚至工作到凌晨两三点钟。据他说，经过十多天的攻关，终于摸索出一系列行之有效的操作方法，并付诸实施，收到良好的效果。

"之后，我为了给丈夫调理身体，开始研究按摩推拿，还掌握些肌理、病理、经络方面的知识，边学边练，成了半个大夫。接下来，他还是上下班。回家之后一旦接到厂里的紧急电话，无论深夜还是凌晨三四点，他立马出发，飞速到厂里参与维修设备或抢险机器之类的事。他的身上经常有烫伤、扭伤或肌肉、骨头受损之类的事。因此，他每次深更半夜里走，都会引发我对他的担忧，我一直等他回来才睡觉，甚至一夜无眠。如果他凌晨两三点走，我就更睡不着觉，便起床干家务来消磨时间。"

之后，我拜读了《纪念包钢轨梁厂投产五十周年》一书。在这本书里有篇题为《金牌蓝领的钢轨情怀》的通讯引起了我的注意。这篇通讯描写了菅瑞军爱岗敬业的精神和尽心尽责的模范事迹，以及感染和激励身边工友的故事。在这篇通讯里写道，950轧机退出包钢的生产序列，菅瑞军随着包钢装备转型升级的脚步，站在了能够生产时速350公里高速钢轨的万能机前。从手脚并用到按动鼠标操作，菅瑞军感慨万千。钻研技术、紧跟时代潮流的热情，在他的心中喷薄而出……在100米高速钢轨生产线旁，为了能找出造成钢轨表面不常见的质量缺陷，菅瑞军总是与1000多摄氏度的红钢相伴，手中的一个木棍来回划过钢轨，查找钢轨表面缺陷……1号线设备调试期，轧钢机出口处突然发生弯曲，类似事故不断发生。菅瑞军向德方专家提出调整轧辊方向解决故障的建议，调整了电脑程序后，故障很快被化解。他多次为解决类似的故障找到了新方法。

笔者通过采访菅瑞军的妻子，阅读关于他的文章，对菅瑞军有了初步的了解。

2020年7月4日，笔者第二次到包钢轨梁厂采风时，以职业和敬佩的眼光，打量着被采写的主角——菅瑞军。他给我留下的印象是，个头高挑，脸庞清秀，为人朴实，沉默，不善言辞。他说："我的父母、岳父岳母、妻子都是包钢工人。上一辈人为包钢奉献了血汗，我们这一代要接过老一代的接力棒，勇于担当，迎难而上，再展宏图。过去我作为包钢技能大师、轧钢高级技师、包钢轨梁厂一号线甲工段工长，感知包钢轨梁厂对我的重托和员工对我的信任，也深感依靠技术创新、改革落后的生产工艺、产业转型升级，对推进高质量发展的重要性，我愿做到无我的状态，为企业奉献自己，才会心安理得。从上个月开始，我换岗做轧钢备品维护工，完成轴承的维护和装配，工序复杂，技术含量高，任务也很重。"他分明是个不多言语的人，但看得出他对包钢、对包钢轨梁厂是一片赤诚。

他一刻也没有停下匆忙的脚步，依然以旺盛的精力砥砺前行。我也看到或听到些关于他的故事，但我很想从他的口中再进一步挖掘关于他本人的更多的感人事迹和故事。他向我露出了腼腆的笑容，停顿一会儿后恳挚地说："我做的都是本职工作，没有什么特别值得写的特殊贡献。"

"我是带着学习的态度来的，到你们这里采风，也是充实自己、更新自己的过程，咱们可以从工作到生活随便聊聊。"我鼓励着说。

他看到我一脸真诚，继续说起来。

从1992年入厂的那天起，菅瑞军没有离开过火红的轧机和钢轨，从普通的轧钢工成长为包钢技能大师、950轧钢机的行家里手、1号线甲工段工长。那时，奋斗已成为他的主旋律，用青春和汗水创造出让人刮目相看的业绩。他的目光总是投向工段和车间，并充分发挥技术带头人的引领示范作用，先后攻克了重轨轨高尺寸波动、钢轨型钢非定尺等多项技术课题，解决了"钢轨高点消除和控制""万能轧机轧制310乙字稀土钢的调整"等一批提质增效重点项目，通过经济技术创新累计为企业创效1300余万元。在这些项目攻坚克难的征程中，他不知付出多少心血，但获得了前所未有的价值感，他的干劲更足了。

作为工段长，为提高钢轨轧制质量，改进CCS轧机轧辊冷却装置，菅瑞军提出依靠独特的安装和喷淋方式有效提高冷却效果的建议，经过反复试验和论证，应用生产后，取得非常好的效果。新生产线投产后，在消化吸收进口轧钢设备工艺的基础上，菅瑞军通过探索和实践不断优化钢轨生产工艺，通过对生产人员进行专业技能培训，整体提高团队的操作水平，从而稳定了钢轨生产。特别是生产时速350公里的钢轨，产品质量要求高，他通过不断实践、总结，改进CCS卫板与孔型定位方法，精确了60轨CCS卫板与孔型定位，通过调整轧机参数以及导卫板装配，100米高速钢轨轧疤、轧痕、刮伤及断面不对称缺陷的攻关，使百米挑出率得到稳定提升。公司重点考核的检废率、中废率、百米轨合格率和钢轨实物质量等主要经济技术指标在行业均名列前茅，这些工作同时为轧制高等级高速钢轨积累了宝贵经验。

沉默寡言的菅瑞军，突然有了创新灵感和情感的冲动，说："我们轨梁厂不能总是停留在一个低端制造业的档次上，不能只满足于'世界加工厂'这样的产业'分工'，而是必须实现产业转型升级，走向高端制造业。我们作为工人阶级应该有一种社会责任感，要不断更新技术，轧制出国家建设需要的高质量钢轨。"他的这种豪情壮志不仅凝聚企业精神，还带动了身边的一大批人。为了切实提高钢轨质量，他指导四大班优化生产工艺，落实各工序环节的质量责任，对钢轨生产过程中的每一个工序点进行严格管理，让每位职工各司其职，做好分内工作。通过制定钢轨生产管理措施，持续提升钢轨品质。日常工作中，菅瑞军每班都亲自上冷床测量上一班生产的钢轨的对称性，根据具体情况摸索出紧E机架半圆锁、调整UR轴来解决南北两端对称冲突的现象，提高矫直机矫直质量，减少矫直机调整时间。他与团队不断积累、摸索和总结轧钢基础数据及使用操作方法，有效指导生产，为100米高速钢轨生产顺行和产品质量的提升打下坚实的基础。

面对万能轧线生产任务及高铁产品质量的高标准和严要求，菅瑞军努力完成每一项任务，履行每一项职责，守护着车间，守护着产品质量，为企业的转型发展建功立业。他带领生产人员连续轧出了合格的H350、H250、75轨、AT60等新产品，批量生产出合格断面的型钢产品。多个新产品在甲工段一次性批量轧制成功，多次刷新班产纪录。

铁路车辆用310乙字钢，是铁路车厢专用钢材，工序控制的优劣决定着列车能否安全运行。近几年开发成功的YQ450钢种，使310乙字钢产品的市场进一步得到拓展。在310乙字钢轧制过程中，该产品在BD1、BD2轧机校准中存在许多问题，如出钢扭转严重、东弯大、热锯切不断以及成品长腿腿尖有折叠等。菅瑞军通过组织他的技术团队进行了近两个月的刻苦攻关，加班加点，有时连吃饭都在想着怎样解决310乙字钢轧制难题，有时为一个问题争得面红耳赤。管瑞军说："在技术创新工作上马虎不得，用老百姓的话说，就是从鸡蛋里挑骨头。当时，不论是谁，只要他肯干活，攻关技术质量高，我就把他高看一眼。不管他们曾当面对我发脾气，还是背后骂过我，我都不在乎。他们有啥技术难题，我袖子一卷帮他两手。自己常常忘记吃饭，也忘记下班。晚上回家时，把早晨带的饭原封不动地带回家。"爱人看到他既累又饿的样子，很奇怪地问个究竟，但菅瑞军只是摇摇头，说："忙活得没来得及吃。"

在创新创造事业和产业转型过程中，菅瑞军养成了风雨无阻的劳作习惯，练就了一往无前、奋发图强的坚强意志，这样的努力没有白费，他们最终攻克了310乙字稀土钢轧制难题，有效解决了310乙字钢轧机校准技术问题，不仅为包钢轨梁厂解决生产中的一大难题，而且让稀土之光照耀大地，为包头，为祖国争了光。后来，他撰写的《降低310乙字钢中轧废的工艺改进》获得包钢轨梁厂2013年度科技进步奖一等奖。他的大师工作室团队在员工自主改善中完成《钢轨高点消除和控制》项目，仅2013年产生效益582万元，该项目获得包钢自主改善成果一等奖。另外，《调整终归冷床步距提高生产效率》《310乙字钢卫板改进提高产品成材率》以及《缩短轧辊装配时间提高生产效率》等攻关项目均获得成功并取得可观的经济效益，仅2013年度就产生效益700余万元。

2013年，菅瑞军与他的技术团队成员董延翔总结的"轧钢热锯片快速拆装降本增效提升作业率操作法"荣获全国冶金行业职工技术创新成果三等奖和内蒙古自治区职工经济技术创新奖二等奖。"轧钢热锯片快速拆装先进操作法"和"解决轧制重轨系列道次的减少先进操作法"被包钢命名为"先进操作法"。

2013年以来，在包钢菅瑞军轧钢技能大师工作室的基础上，先后挂牌成立包钢劳模创新工作室、包头市职工创新工作室和内蒙古自治区职工创新工作室。从此，菅瑞军的脸庞上闪耀着自信的光芒。他手把手地传承技术，先后培养了10余名能够独当一面的后备年轻技术人才，他们现已成为包钢轨梁厂两条轧钢生产线上的主力军，有的还当上了工长、技术员。菅瑞军考虑的更多的是自己的责任和使命，不仅自己坚持学习，从不懈怠，也严格要求徒弟和年轻职工要加强理论学习，不断提升自己的理论素养和科技知识水平。四大工段在试轧新品种时，经常将试轧任务交由菅瑞军带领的甲班工段来完成，因为他们善攻坚、敢创新、出成绩。在严峻的市场形势下，只有这样的团队才能够更好地适应多品种小批量轧制的生产实际。他培养的技术人员手脚灵敏、精力集中，效率也很高。他们用劳动的双手改变着自己的命运，也改变着企业的命运。

2007年，在厂青工技术大赛中，菅瑞军夺得轧钢工第一名；自2008年4月起，先后被包钢轨梁厂和包钢聘为岗位技术能手、轧钢技能大师；2012年，获得内蒙古自治区轧钢工职业技能大赛第一名，被自治区授予"五一劳动奖章"，其所在工段被授予"自治区工人先锋号"先进集体；2013至2019年，被聘为包钢技能大师；2015年4月，被党中央、国务院授予"全国劳动模范"荣誉称号。

三、绽放青春风采

青年是整个社会力量中最积极、最具生气的力量，包头国家稀土高新技术产业开发区（以下简称稀土高新区）的希望在青年，稀土高新区的未来也在青年。为了让他们在创新创业中锻炼成长、施展才华，稀土高新区还设置了青年创新创业基地（以下简称青年基地）、稀土高新区社会组织孵化基地。

在这里笔者向读者讲述两名年轻人在青年基地锻炼成长、施展才华并为青年基地服务的生活场景，以及他们在平凡的岗位上体现出的可贵的精神价值。

（一）蓄力向上

2020年12月，初见青年基地创始人、稀土高新区团工委书记刘嘉，不免眼前一亮，他三十七八岁，中等身材，五官端正，一双大眼，显得干练而热忱。他毕业于天津大学。正准备考研的时候，他的父亲去世，看到母亲情绪低落的样子，他放弃考研来到稀土高新区，一边照顾母亲一边工作。后来，他在稀土高新区党工委的关怀和领导下，创办了青年基地。从此，他的生活充满了生机，他的血液也像奔腾不息的河水一样，久久不能平静。他自觉肩负起这个重担，在火热的实践中摔打锤炼，经风雨、见世面，并热忱地为入驻企业和社会组织提供服务。他说："创建这个青年基地时，一波三折，在为入驻企业和社会组织提供服务、解决问题、破解难题的过程中遇到很多困难。就以起初找个价格便宜、环境佳、地段好的基地办公地点为例，我历经千辛万苦，说尽千言万语，跑断腿，磨破嘴，费尽心智，最终得到金融大厦广场的一位出租整层楼房东的理解和支持，达成了合作协议，从而结束了这一段落的奔波和劳碌，让青年基地在包头黄河大街98号包头金融广场A座26楼安家落户。"

刘嘉书记主动请缨，深化服务青年工作改革，整合社会资源，多方询问，晓之以理，动之以情，在没有经验可以借鉴的情况下，他整理青创项目，历时3个月的时间紧张筹备。功夫不负有心人，2017年7月，自治区首家由共青团自建自营的青年基地正式挂牌。有一次，为了和部门沟通协调相关事宜，他竟然忘记了接年幼的孩子放学回家。在刘嘉书记的努力下，30家创业项目慕名申报入驻孵化基地，面对众多项目的申报，新一轮的考验又开始了，基地的制度、管理办法、进退机制、孵化流程等都是摆在他面前的重要问题，为了制定相关制度，他一连三天不回家，每天带领团干部加班到深夜，困了就在办公室里休息，第二天接着干，眼睛都熬红了。大家劝他："书记，回家休息一下吧！"他说："我们要以最快的速度完成相关制度的制定，就能为创业项目提供创业保障。"在他的坚持下，申报项目如期入驻基地并开始正常工作。

刘嘉作为一名共产党员、团干部，就是这样时刻保持对党忠诚，注重党性修养，在工作和生活中敢于担当，清正廉洁。

"之后，我带领班子成员自我加压、优化服务措施、加强有效监管，为企业入驻提供更加便利、高效的优质服务，更加坚定了企业和社会组织的入驻信心。如今，入驻我们青年基地的企业有78家、社会组织有36家，注册青年创业项目达102个，解决就业人数达3000人次，缴纳税金500余万元。青年基地不断完善载体平台，为创新创业者'铺路''排忧'。青年基地为入驻企业和社会组织免费提供办公场所、物业支持和活动场地，现已形成1500平方米核心办公区。面对入驻项目的创业者在营销、管理、融资等方面知识储备不足的现状，专门设立'一站式'综合服务大厅，从企业入驻环节入手，解决企业在运营过程中的各种刚性服务需求，确保创业者无后顾之忧。此外，依托来自深圳、北京、成都、包头的50名知名导师与专家，组建'导师智库''专家智库'，为创业者提供免费创业指导、法律财税指导以及项目评估等服务。这都是我生命的过往，每个奋斗者都会这样去做。"

（二）迎风傲雪

入驻青年基地的社会组织——包头市社区服务联合会（以下简称社联会），自成立至今的4年里，在会长李翠娥的带领下，致力于打造居民轻松享受安全、便捷、精彩、健康、幸福的生活，以服务稀土高新区为重点，逐步扩大至包头市。这是个有情有爱的事业，始终散发着真善美的光芒。

5年来，社联会在社区开展了为老助小、助残扶困、文体活动、家庭教育等服务120余场，参加各级青年志愿者、社会组织创投大赛10余场。此外，组织残疾儿童康复、留守儿童关爱及特殊家庭的家庭关系辅导与心理疏导20余次。服务社会上万人次，已成为和谐社会建设和社会公益服务的一支重要社会力量。

笔者采访社联会长李翠娥，她中等个头、脸庞白净，自然、洒脱，扑闪的眼睛含着沉静的微笑，对事业充满着自信。她说："自担任这个会长职务以来，我就像着魔一样，浑身是劲，一年四季忙个不停。今天看似是个平淡的一日。早晨6点钟，闹钟响了，我就马上起床，吃完饭就投入新一天的工作，从早晨到下午5点我一直不停地忙碌着。昨天和前些日子的疲劳还没有恢复过来，但我为事业奔波时就忘记了那些劳累和烦恼。"

　　李翠娥感恩稀土高新区青年基地为社联会免费提供水电气暖服务以及在其他孵化项目上的支持和关心。接着，她讲述社联会为稀土高新区居住的老人们提供居家养老服务的善举，当讲到连续3年为107位失能、半失能、高龄老人及"三无"老人（无子女、无家庭、无收入）提供居家养老服务的感受时，眼睛忽然发亮，似乎在她心中洋溢着一种抑制不住的幸福感。她说："树老焦梢，人老佝腰。菜老筋多，人老病多。此外，这些'三无'老人把精神寄托在我们身上，想要通过我们提供的服务达到筋骨壮、不服少年郎的程度。我们为了让他们享福，分4个班组，走到老人身旁，不是亲生的也叫爹娘，对老人们分类建档立卡，入户服务，不仅免费对他们的慢性病做定期检查，还给他们做心电图和彩超，同时也提供健康保健服务。在每年重阳节都举办金婚老人走红毯活动，并给他们拍摄金婚照。今年疫情期间，我们很牵挂那些老人，组织人员把红外线理疗灯、助听器、助行器、血糖仪、血压计等理疗家用设备、各类生活用品以及为过生日的老人准备的生日蛋糕，通过社区防疫人员送到老人们身边。这些老人很信赖、很想念我们这些工作人员。"

　　俗话说，智慧要从年幼时积累，骏马要打马驹时骑练。李翠娥在稀土高新区创建的益捷康儿童康复中心，为残障儿童的康复治疗做了很多有益的工作。她还带领社联会工作人员，开展很多有益于儿童的活动。她回忆着这些往事，认真地说："2020年6月，我参加一次康复中心的慈善活动时，那些残障孩子的父母、爷爷奶奶感动得泪流满面，我也感动得掉下眼泪。与此同时，我发现这些孩子的家长和长辈们的心理负担很重，有的已到心理崩溃的地步。因此，我下定决心组织人力，以'走心'和'用情'的方式，对他们进行疏导，让他们尽快走出阴影、拥抱阳光，改变思维模式，增强生活信念，用好的心态走进子孙们的康复之路。"

科技路社区加州郡府小区居民主要以宝妈或带孩子的爷爷奶奶为主，家长十分看重孩子的教育，所以"小班制"活动在小区内接受度较高。同时，充分利用社区资源，让孩子更多地与同龄人交往，是小区居民的普遍需求。针对这项需求，李翠娥多次与包头市慈善总会交流沟通，争取"'蒲公英'慈善图书馆"项目慈善资金3万元，购买幼儿绘本及其他书籍，满足辖区居民阅读需求。

"茂盛的禾苗需要水分，成长的少年需要学习。"在全面推行"蒲公英"项目的过程中，李翠娥不仅给孩子们提供图书，还在每天19点至20点30分开设"小班制"的各类型培训课程，将社会主义核心价值观、道德教育、健康家庭理念以灵活多样的方式植入每一个课程中。

"我们会每周根据居民诉求更新课表，确保居民的参与率。"李翠娥说道。后来，这个课程逐渐成了居民口中的"明星课程"。

"书从书架上拿的，看完了一定要放回原来的地方。"小朋友脱口而出。在场的家长都惊呆了，问："这是谁教给你的呢？"

"阿姨说书从哪里拿一定要放回哪里去。"小朋友继续说。这就是平时在"小班制"课上老师讲给孩子们的。

"蒲公英"项目是李翠娥的梦想。"蒲公英"的每一朵黄色花朵飘落大地就是一个小种子，每一个小种子作为公益"主人公"投身公益实践，秉承"公益筑梦，点亮人生"的理念，成为点亮孩子梦想的万卷书。

尾　声

照耀出更灿烂的稀土之光

　　包头稀土业创新转型发展的辉煌成就，凝聚着无数稀土人的奋斗和创造。我书写《稀土之光——包头稀土业创新转型发展纪实》是为了让人回望岁月留下的脚印，感怀党领导稀土事业长足发展的奇迹，凝望那些党政领导干部、稀土业管理高官、稀土企业家、稀土行业专家及科研人员等稀土人在阵痛与希冀中奋发向前的身影。

　　铭记过去，铭记辉煌，这是包头稀土人前行的动力。包头稀土人感恩于党领导和引领包头稀土业创新转型发展所取得的辉煌成就。阅读这部报告文学也能领悟到，包头稀土业的发展壮大，是坚持党的全面领导，确保党把方向、谋大局，总揽全局的生动实践。笔者展现包头稀土科研单位、稀土企业及稀土界人物的志向、信心、精神力量以及生命意义，是为了照亮和鼓舞后来者砥砺前行。

　　《稀土之光——包头稀土业创新转型发展纪实》其实只是个"序

曲"。在未来，在党的领导下，包头稀土人团结一心，守望相助，将绘就更加壮美的史诗，使稀土之光闪烁的伟业不断延伸。

今天的包头稀土人远远地望着世界稀土风云，向世人宣告他们创造新型"稀土之都"的雄心壮志。请您关注包头"十四五"以及长远规划远景，就会发现他们拥有的超越自我、飞向远方、续写改变世界稀土版图的宏愿，让人心潮澎湃，热血沸腾。按照"十四五"规划，包头市将加快质量变革、效率变革、动力变革，建设重要的稀土新型材料产业基地、重要的现代稀土能源产业基地以及在全国有重要影响力的稀土现代装备制造业基地。建设在全国有重要影响力的应用稀土科技成果的农畜食品产业基地，建立区域性服务中心和创新中心，建设对外开放的新高地，让稀土产业焕发出夺目的光彩。到2025年，包头市稀土和稀土相关产业集群整体规模将迈上全新台阶，将包头市打造成为全国乃至全球稀土科技创新和产业转型升级的新高地。

在未来，笔者要远观更强大的"稀土之都"包头的雄伟峰峦，新的辉煌穿过风雨与梦的岁月，必将不可阻挡地改写世界稀土创新发展的新版图。包头稀土业崛起于世界东方，照耀出更加灿烂的稀土之光。

后　记

　　长篇报告文学《稀土之光——包头稀土业创新转型发展纪实》即将由远方出版社出版发行，与广大读者见面。

　　我用两年多的时间不停奔波，以青翠欲滴、绿草铺满的心灵之笔，书写长篇报告文学《稀土之光——包头稀土业创新转型发展纪实》，希望梦想之花在春光明媚的季节绽放。如今，在出版社社长苏那嘎以及编辑、排版和封面设计人员的热忱关心和支持下，付梓出版，实为令人欣慰的事。在这里向他们表示由衷的敬意和感谢。

　　回望书写包头稀土业创新转型发展的壮丽画卷而走过的路时，有一种恬淡而悠长的余味。

　　我曾经是一名资深的新闻工作者，也是一名长期行走于大地上，扎根人民、扎根生活，把自己的命运与改革发展的伟业紧紧连在一起，以文学的形式去鼓舞人要团结奋斗、创新创业和创造美好生活的报告文学、散文作家。近些年，我已采访并写作多部唱响主旋律、弘扬人间正气、歌颂新时代亿万人民开拓进取、勇往直前、建设现代化宏伟事业的长篇报告文学，获得了广大读者理性思索的回声。2018年孟秋以来，我20多次赴包头，深入现实生活，利用两年多的时间倾心采写长篇报告文学《稀土之光——包头稀土业创新转型发展纪实》。有人觉得像我这种年迈的作家如此含辛茹苦地奔波不值得，但这是第一部以报告文学形式全景式地展现稀土业的历史和创新转型发展历程的作品，向全世界展示包头稀土人奋斗不止、勇往直前的精神风貌，展示中国精神和中国力量。这是很有意义的事，而我只不过是一名记录员，为此尽力做点事，是我的初心。

2020年4月，我完成这部作品初稿，向内蒙古自治区党委宣传部有关领导汇报创作进度，当即得到他们的鼓励和支持，认为这将是一部很有意义、很有价值的力作。这给了我很大的信心，进一步激起了我的创作热情。之后，我的这部作品的写作得到内蒙古自治区文联和内蒙古作家协会的支持与帮助。我再度深入包头进行采访，对自己以往所写的文本思路、内容和形式进行调整，充实。2020年5月，这部报告文学入选为内蒙古自治区党委宣传部、内蒙古文联主抓的《草原文学重点作品扶持工程》"建党100周年"重大主题文艺精品创作项目，不仅在经费上给予了支持，而且对我深入采访和体验生活也给予很好的安排和支持。我成为第一位以报告文学形式系统书写包头稀土业创新转型发展历程的作家，这种机会和殊荣使我倍感珍惜。

我再度走近火热的生活，深入一线、深入现场采访写作，得到包头市委宣传部、包钢党委宣传部、包头国家稀土高新技术产业开发区、包头广播电视台的重视和支持。包头市委宣传部在采访写作方面为我提供了方便，并做了具体安排。同时，该报告文学被列入包头市2020—2021年重大主题文艺作品项目库，并对作品的政治方向、内容以及尊重客观事实等事宜上给予把关。

对这部报告文学的采访写作，我有个感悟，那就是需要五分采访、三分思考、两分写作。但强调采访和思考的重要性时，我并不否认写作和修改作品的重要性。老作家艾芜说："写作还有一个过程，就是修改过程。修改时，把作品当作不是自己的，从别人的角度去吹毛求疵，冷静地修改。"美国作家海明威说："我把《永别了武器》最后一页修改了三十几遍，然后才满意。我把《老人与海》的手稿读过将近200遍才最后付印。"因此，我对文本的写作和修改给予重视，对文本进行了多次修订。

2012年2月3日，包头市委宣传部组织召开这部报告文学的研讨会，包头市委、政府，包钢党委宣传部，包头国家稀土高新技术产业开发区、中国科学院包头稀土研发中心等部门和单位有关人员参加会议。他们高度认可作家的劳作，并进行了深入的研讨和交流，感谢他们的辛勤付出。我认真听取各方面、各部门的建议，并逐一核实、修订。之后，包头市委宣传部对我进一步核实、充实、修订的文本进行审读，并拿出评语报告，对文本的写作内容、写作手法、典型人物写作、运用文学手段等方面给予认可，尤其对写作内容方面给予肯定。在评语中说："作者秉持逻辑思维的真实性、前进方向的真实性、价值取向的真实性和事物客观规律的真实性的写作理念，很好地把握了作品内容，尊重客观事实，反映稀土创新发展事业的本质。"

此外，2021年3月上旬，在内蒙古文联和内蒙古作协的周密安排下，确定中国作家协会报告文学专委会副主任、中国报告文学学会常务副会长、著名文学评论家李炳银先生为这部报告文学的审读专家。他不顾劳累，在百忙之中抽出宝贵时间，细心审读，并提出很好的意见和建议。我珍重这些意见和建议，再次对作品进行修改，添加了内容和情节，并对文字进行润色，主要是重新采访一些典型人物，注重将人物放在迂回曲折或在艰难困苦的环境中去书写，不断克服和改进一些没有波澜、没有起伏而平铺直叙或一览无余的写作模式，留有些伏笔、悬念之感。当然，挖掘现实生活中的人物身上拥有的矛盾冲突、难度比较大，但是我尽力去寻找人物身上发生的生动的故事或具有文学价值的细节和情节，努力提升讲好故事的本领，使人物更加生动、形象更加丰满，在作品的社会性、思想性、文学性的提升上下功夫，衬托中国精神和时代风貌。2021年4月下旬，李柄银先生再次认真审读修订本，并拿出再读意见，对我的再度修订给予充分肯定。他在再读意见中说："此长篇报告文学对中国稀土矿藏的探采及复杂的加工，延伸历程及曲折情形，对当前的科技创新发展，几代人为此付出的汗水和劳动智慧精神行动，给予了真实热情的追踪与文学叙述，信息量密集，情节故事令人感动！这是我看到的第一部面对稀土工业历史发展及现实状态的作品，对于人们认识理解和珍惜国家这一资源的自觉的行动极有帮助，也是一种爱国主义教育的很好的阅读对象！因此，其史志作用和现实报告意义突出，应当给予充分关注。"

与此同时，我采访和书写的众多人物，向我介绍自己的人生经历、奋斗精神，与我交流心得体会，诉说自己的喜怒哀乐，表达对稀土事业的关心和热爱之情，还为我提供相关图书资料、人物和企业简介。这不仅是个采写他们的过程，也是向他们学习，更新自己、完善自己、提升自己的过程。

《稀土之光——包头稀土业创新转型发展纪实》即将与读者见面，在此一并向所有对这部书的采访、写作给予关心和支持的领导、专家及相关人员表示衷心的感谢！

从采访写作到形成文本肯定有不少纰漏和不尽如人意之处，希望广大读者、专家学者、作家朋友和稀土业界人士给予指正，我将会继续努力，完善自己，不断前行。

巴·那顺乌日图

2021年12月在呼和浩特